屈騷纂緒

楚辭學研究論集

陳煒舜　著

臺灣 學生書局 印行

屈騷纂緒

山迂題耑

序 一

潘美月

　　時間過得真快，與煒舜共事已經整整四個春秋。據我所知，煒
舜這幾年來只有寒、暑假時才抽空回香港探望父母，其餘留在臺灣
的日子裡，週日、一、二、三在宜蘭教學，週四、五到臺大中文系
旁聽孔德成老師的課，週六有時還要和他指導的研究生討論學位論
文。除此之外，他幾乎大部分時間都在做學問。對於一個初度而立
的年輕人來說，如此的生活也許過於規律化、過於單調乏味，而煒
舜非但不以為苦，更樂在其中。他為學篤實嚴謹，遇到疑惑之際會
熟慮深思，好與師長、儕輩探討學術，更常常到臺大圖書館、國家
圖書館等處蒐集資料。因此，短短四年內寫就四十多篇學術論文，
或宣讀於臺、港、大陸及海外舉辦的學術研討會，或發表於《漢學
研究》、《清華學報》、《成大中文學報》、《書目季刊》、香港
中文大學《中國文化研究所學報》等學術刊物，數量和質量都達到
了一定的水準。這些論文涉及了楚辭學、明代文學、古典文獻學和
神話學等範疇。

　　取得博士學位以前，煒舜一直在香港接受教育。就讀研究所時，學術方向是文學批評，碩士論文以清初林雲銘及其《莊子因》、《韓文起》、《楚辭燈》爲主要研究對象，博士論文則專攻明代楚辭學。來臺工作後，他徇教務處之請，出版了一部楚辭學入門書籍《楚辭練要》，我曾應邀作一小序。後來，他又以博士論文第一章爲基礎，修改擴充，著成《明代臺閣文風下的楚辭學》一書，將於近期內付梓。在撰寫博士論文的過程中，煒舜發現了一些有趣的問題，但當時由於時間、精力及論文範圍的限制，未能就這些問題作深入的探討。近幾年來，煒舜卜居臺島，勤學不倦，有更多的渠道去蒐集資料，有更足夠的時間去慎思明辨，也有更充分的能力去處理這些問題。相關的學術論文一篇篇問世，我都有幸成爲最早的讀者。

　　彙集在本書《屈騷纂緒》中的九篇論文，皆以楚辭學爲主題，時間跨度上起南宋，下及當代。如晚明張之象《楚範》六卷，《四庫全書總目·存目類》雖有著錄，但流傳稀少，《四庫全書存目叢書》亦未收入。難能可貴的是，煒舜特地在 2005 年冒著酷暑前往北京中國科學院圖書館調閱此書的明代原刊本，還從茅坤文集中找到並不見錄於該明刊本的〈楚範序〉，撰成〈張之象《楚範》題解〉，以傳統敘錄的形式，對張之象的生平、著作及《楚範》的寫作動機與內容作了扼要而平允的述評。〈陳深楚辭學著作考敘〉一文，通過檢閱地方志等典籍，補入陳深著作《秭歸外志》，又考察諸書的內容與版本，提出萬曆間馮紹祖在〈楚辭章句議例〉中道及的《陳氏楚辭》並非陳深《批點本楚辭》，而是其另一部不爲人知的著作。僅《批點本楚辭》一書，煒舜就閱覽了臺灣國家圖書館、

北京中國科學院圖書館、清華大學圖書館、上海圖書館、浙江省圖書館等機構所藏的多種版本。復如〈歸有光編《玉虛子》辨僞〉持《玉虛子》與其他典籍仔細比勘，雄辯地證明《玉虛子》的 108 條眉批與總評中，至少有 100 條是剿襲、黏合《屈子品節》、《屈子品彙》及其他古籍後，僞託明朝賢達而成。再如〈從《楚辭評註》看明末清初的學風轉變〉較詳實地考辨了《楚辭評註》的版本，〈《續修四庫全書總目提要》明代楚辭學著作提要補考〉對民國初年所編《續修四庫全書總目提要》的缺失作了細緻的修補。至於其他論文，亦多有紮實的考證，這與煒舜對古典文獻學的喜好與重視有很大關係。

　　煒舜在香港修讀過佘汝豐先生的「目錄學」，又在臺灣旁聽過我的「目錄學」、「版本學」、「文獻學專題」，對古典文獻學一直抱有濃厚的興趣。他一方面利用古典文獻學知識，搜尋有關楚辭學的資料，一方面將楚辭學與古典文獻學相結合，令研究視野更爲開闊。我個人以爲，目前能把此二者結合起來作深入研究的學者，臺灣並不多見。煒舜有如此根柢，他對於古典文獻學研究方法的運用，定能自楚辭學拓展至其他學術領域。這不僅可從他近期撰構發表的文章（如〈隋煬帝敕撰文獻圖籍考略〉、〈袁桷及其藏書始末探論〉、〈《梁武帝累修成佛》藝術技巧析評——以材料來源的探辨爲中心〉、〈淺論傳統方志與文學研究〉等）中看到一點趨勢，還可從他的研究生指導工作上尋得一絲端倪。今年夏天，煒舜的第一批碩士生中有三位按時畢業。我忝任校內口試委員，發現她們的研究範圍雖然各各不同：一爲〈帝顓頊故事研究〉、一爲〈隋煬帝及其文學〉、一爲〈楊萬里《天問天對解》研究〉，但論文的「文

獻分析」部分都同樣蒐羅該備、評述中肯，全文也因此內容踏實、不乏創見，其中有一位更考入原校博士班，榮居榜首。這無疑反映出煒舜督導之力，以及他的治學態度和學術取向。

　　《屈騷纂緒》出版在即，今日又聞佳音，煒舜已由助理教授順利升等副教授。為學之士，任重而道遠。往後的歲月裡，我深信煒舜定能像這四年一樣，保持弘毅的精神、謙遜的態度，繼續努力，培養更為深厚的學術根基，在學術生涯中屢創佳績。

　　謹疏短引，以寄我殷切之望。

民國 97 年 7 月 31 日
撰於佛光大學文學系

序 二

陳怡良

　　煒舜先生的《屈騷纂緒》即將出版，囑我為其撰寫序文，起初我以愧於資淺才疏，恐難勝此榮任而婉拒，然在其再三懇託下，又感到個人與煒舜先生結契，亦屬有緣。記得兩人初識於 2000 年 5 月 25～27 日，在香港舉行之「屈原研究國際研討會」（香港中文大學中國語言及文學系、北京大學中文系、中國屈原學會主辦，深圳大學協辦）上，後在臺灣之學術期刊中，又屢拜讀其見地獨到、脈絡清晰，考辨有力之《楚辭》文獻研究論文，再者又在 2007 年 9 月 22～25 日，於杭州舉行之「2007 年楚辭學國際學術研討會」（浙江大學古籍所、古代文學與文化所、楚辭學研究中心、中國屈原學會主辦）裡，又再歡聚。如此，既是舊識，又是同好，而就在情意難卻下，也只好遵其所囑矣。

　　在臺灣研究《楚辭》文獻之學者，屈指可數，極為有限，而煒舜先生是當今臺灣研究《楚辭》文獻，卓然有成之青年學者，更為難能可貴。以其多年潛心投入於《楚辭》之教學與研究工作，已取得顯著之成果，曾於 2006 年 7 月出版《楚辭練要》一書，如今又

再出版《屈騷纂緒》，此即其成就斐然之展現，所謂「後生可
畏」，個人以爲可在煒舜先生身上，得到驗證。

　《楚辭》文獻，號稱汗牛充棟，卷帙浩繁，乃爲我民族珍貴之
文化寶藏，如加以忽視，而不去發掘整理與研究，則對學界恐有損
而無益，尤有負於作爲炎黃子孫之一份子。以煒舜先生這部合九篇
論文而成之著作，是從新角度，即是從版本學、文字學、辨僞學、
統計學、社會學、歷史學、評鑑學、主題學、結構學等角度，選擇
歷代《楚辭》專著中，凡與題解、內容、思想、正僞、著作背景、
刊印情況、版本鑒別、著作特色等相關問題者，或加論證、評騭，
或加辨僞、考訂，又或比較、分析等，無不認真從事，運用許多來
自傳統，或現代新興之治學方法，予以耙梳釐清，探奧抉隱，提出
了許多中肯、客觀，具有啓發性之見解、觀點，讓人耳目一新，不
但對《楚辭》研究有著重大之貢獻，更對《楚辭》文獻學之探討，
指引出一條嶄新之途徑！

　有關本書具體之創獲，個人在此略舉其中一、二，以見一斑：

　譬如首篇〈高元之及其《變離騷》考述〉一文，以身處南宋，
又爲理學中人之高元之，所著之《變離騷》九篇，在今人所著之
《楚辭學史》著作中，居然皆未言及，甚至某些《楚辭書目》之專
著裡，均將高元之之時代，誤記爲明代人，如此訛誤，殊感遺憾。
其實所以造成遺漏、誤錄之原因，主要是其書，已於明中葉之後亡
佚，其相關資料，又僅見於極少數、有限之文獻中，甚而著錄者，
不加稽考，僅因題目移去，而誤記爲他人所作。再者是高元之生前
之著作，又無一傳世。在如此查證困難，或以訛傳訛等錯綜因素
下，致使此《變離騷》之真面目，一直深陷雲霧之中，而隱沒不

彰。

　　幸賴煒舜先生是一有心人，經不辭辛勞，廣蒐文獻，又能博引證據，慎思明辨，方能將高元之之生平與著作，究明清楚，且進而探其文學思想，尤其能將其所著《變離騷》之創作背景及其刊印情況，內容大旨等一一理清，其結論爲可藉高氏自序之觀點，查明在洪興祖《楚辭補註》成書後，朱熹《楚辭集註》未付梓前，此數十年間，宋人於楚辭學研究之概況。學術研究之目的，本在探究真理，發現真相，煒舜先生以所著論文來作證明，其實事求是，持論通達之工夫，由此可見。

　　另〈從《楚辭評註》看明末清初的學風轉變〉一文，則是探討處於明、清之際之王萌、王遠伯侄二人合著之《楚辭評註》（按：該書原題爲王萌評註、王遠攷音），有關作者之生平、成書年代、版本與內容編次，進而論析二王之楚辭學特色等。煒舜先生仍是一本其專一致志，全力以赴之苦心，多所蒐集資料，而後廣引博證，經過一番稽考、論證、比較、分析之後，向來不太爲人關注，即使有後代學者，偶或討論此書，又常誤將二王混爲一談之該著作，其內容與特色，終能粲然明白。

　　而煒舜先生在本文中，曾辨明《楚辭評註》付梓之真實情況，又爲考訂其版本源流，更編製三個簡表，使讀者一目了然。且依《評註》內容，在分別論析二王之楚辭學特色後，加以比較二人評註《楚辭》之異同與短長，藉此以爲明末清初學風演變軌跡，作一佐證。持之既有故，言之自成理，而本文架構之嚴謹、條理之綿密、文字之精鍊，皆可見煒舜先生學術根基之紮實。

　　除以上二文，個人稍作簡介外，另置於本著作末之〈香港楚辭

學著作舉隅〉一文，乃屬報導性兼評論性之著述外，其他六篇亦莫不是煒舜先生引用正確可靠之豐富資料，並經審慎研判後，方抒發己見之作，此處不贅。

清代著名學者戴震有言：「僕聞事於經學，蓋有三難：淹博難，識斷難，精審難。」（〈與是仲明論學書〉），可見治學欲兼有淹博、識斷、精審三長，頗為不易。煒舜先生投入《楚辭》文獻研究多年，必能體會其中三昧，而其大著，當可謂是其能克服種種困難，以力求完善之見證，亦是一部鑽研有得，創見處處之《楚辭》文獻研究佳作，確有其強度與力度。其既突破前人之窠臼，復多其本人之新見，正可印證作者勤奮治學之態度，與勇於探索之精神，深信對青年學子必有引導與啟示之作用。個人忝為其朋友，期盼其能精進不懈，繼續耕耘，以光大此一學術園地。個人深信，未來必有更豐碩之研究成果問世，以嘉惠士林。

以上是個人粗讀煒舜先生大著之微末心得，亦因先睹為快，而受益良多，特提筆略陳所感所見，一則亦企能與煒舜先生共勉，為發揚楚辭學而努力；一則願借此機會，推薦予學術界之同好，而與我個人共享其益，是為序。

2008 年 5 月 15 日于成功大學中文系

屈騷纂緒：

楚辭學研究論集

目　　次

高元之及其《變離騷》考述

前　言

　　宋代是楚辭學的興盛時期，學者們從不同的途徑開展其研究。註釋方面有洪興祖《楚辭補註》、朱熹《楚辭集註》、楊萬里《天問天對解》、錢杲之《離騷集傳》等；編纂校勘方面以洪興祖《楚辭考異》、晁補之《重編楚辭》、黃伯思《校定楚辭》爲代表；音韻學方面有吳棫《楚辭釋音》、林至《楚辭補音》、黃銖《楚辭協韻》等；考證方面有吳仁傑《離騷草木疏》、謝翱《楚辭芳草譜》等。至於擬騷文集更比比皆是，如晁補之《變離騷》、《續離騷》、朱熹《楚辭後語》、高似孫《騷略》等。這些宋代的楚辭學專著，今人易重廉《中國楚辭學史》、李中華、朱炳祥《楚辭學史》等多有討論，然皆未言及一本重要的著作——高元之《變離騷》。

　　高元之《變離騷》九卷，在宋、元之世聲名甚著。如《寶慶四

明志》稱高氏「嘗謂《離騷》之學幾亡，爲九篇」。❶ 元人袁桷
云：「吾鄉高端叔先生作《變離騷》，直與古者相抗。」❷ 又
云：「宋諸儒擬《騷》，弗能及也。」❸ 然入明以後，政治極
權、道學獨尊，由於儒家認爲屈原行徑有失中庸，《楚辭》文章華
而少實，臺閣諸臣皆罕言屈騷。朱熹《楚辭集註》獨尊，而研究
《楚辭》的風氣漸轉沉寂，百年間幾無新的專著面世。葉盛《水東
日記》有〈高元之變離騷〉一條，其言曰：

> 《離騷》經文公先生之手，無遺憾矣。近得一書云《變離
> 騷》，蓋斷簡也，當竢知者足之。❹

葉盛乃明英宗、憲宗時臺閣重臣，藏書甚富，有《菉竹堂書目》。
《菉竹堂書目》蓋亡於晚清，❺ 其是否著錄《變離騷》、著錄內
容如何，不得而知。然葉氏於《水東日記》既謂所藏《變離騷》爲

---

❶ [宋]羅濬：《寶慶四明志》(臺北：商務印書館影印文淵閣四庫全書，1983 年初
　版)卷九，頁 31a。
❷ [元]袁桷：《清容居士集》(臺北：商務印書館影印文淵閣四庫全書，1983 年初
　版)卷五十，頁 21a。
❸ [元]袁桷：《延祐四明志》(臺北：商務印書館影印文淵閣四庫全書，1983 年初
　版)卷五，頁 6a。
❹ [明]葉盛：《水東日記》(北京：中華書局，1980 年初版)，頁 239 至 241。
❺ 按：時下所見《菉竹堂書目》要皆以《粵雅堂叢書》刊本爲底本。然陸心源指
　出此本內容與四庫館臣所著錄多有牴牾，「蓋書賈抄撮《文淵閣書目》，改頭
　換面，以售其欺，決非館臣所見兩淮經進之本」。其言甚覈。見[清]陸心源：
　《儀顧堂題跋》(臺北：廣文書局，1968 年影印初版)，頁 246 至 247。

殘書，且須「竢知者足之」，可見配全不易。毋庸置疑，高元之《變離騷》在明代前期已不顯於世。值得慶幸的是，《水東日記》雖非書目，卻也紀錄了《變離騷》篇目與〈高元之先生變離騷序〉。

明代中葉以後，馮紹祖《觀妙齋楚辭章句》、陸時雍《楚辭疏》等著作的集評部分雖皆錄有此文，然題目業已移去，逕題為「葉盛曰」。如此訛誤，究其原因蓋有二端。第一，《水東日記》「當竢知者足之」之下文云：「高元之先生變離騷序」。此語可有兩解：一為高氏自序，二為葉氏替此書所作之序。馮紹祖、陸時雍等人蓋取第二解，遂以此文乃葉盛所作。❻ 第二，明代中葉以後，經濟繁榮，出版事業發達。編者及坊賈為求書籍暢銷，遂採取各種方法。如舊題歸有光所編《諸子彙函》，據書前〈諸子評林姓氏〉，此書所錄前人之說，宋十二家，元三家，而明代竟達一百七十六家。❼ 挾本朝人物之名望以招徠顧客，聲勢浩大。故此，將〈高元之先生變離騷序〉歸於葉盛名下，蓋亦非無心之舉。

葉盛為明代前期臺閣作家的代表人物之一，而〈高元之先生變離騷序〉筆觸犀利，詞鋒激切，不類臺閣文風。但明代中葉以後，此文一直被視為望重士林的葉盛之作，各種《楚辭》集評時有轉載，它對於楚辭學者的影響，可以想見。然由此亦能推斷，《變離騷》一書於明代中葉以後當已亡佚，故學者閱讀馮紹祖、陸時雍等

---

❻ 按：此文乃高元之所作，第四節另詳。

❼ 題[明]歸有光：《諸子彙函》(臺南：莊嚴文化事業有限公司據遼寧省圖書館藏天啟五年(1625)刻本影印，1995年初版)，頁8至13。

人之書時，亦不克辨其紕繆，指出此非葉盛所作。至於明清以來官、私書目幾無著錄高氏《變離騷》者，唯一著錄之《浙江通志》，亦因循舊志而已。今人饒宗頤《楚辭書錄》云：「《變離騷》九卷，明浙江高元之撰。《續文獻通考》、《浙江通志·經籍》並著錄。」❽ 姜亮夫《楚辭書目五種》仍其說。❾ 查清人沈翼機、稽曾筠等纂修《浙江通志》，〈經籍志〉著錄有高元之《變離騷》。現將〈經籍志〉中列於《變離騷》前後之著作鈔錄於下：

騷略三卷 延祐四明志 高似孫著　　　補楚辭一卷 萬曆紹興府志 姚舜明著

變離騷九篇 續文獻通考 高元之撰　　擬離騷二十篇 嵊縣志 張燦著

離騷解 萬曆秀水縣志 黃洪憲著　　　離騷新疏四卷 桐鄉縣志 陸時雍著 ❿

《變離騷》前爲姚舜明《補楚辭》，後爲張燦《擬離騷》。姚爲宋人，張爲明人，而高元之在二者之間。《楚辭書錄》及《楚辭書目五種》誤以姚舜明爲明人，蓋見其前有「萬曆紹興府志」字樣。而高氏在姚氏之後，故亦被誤認作明人。抑有進者，清高宗《續文獻通考》並未著錄高氏《變離騷》。復觀前引《浙江通志·經籍志》

---

❽ 饒宗頤：《楚辭書錄》(香港：蘇記書莊，1956 年初版)，頁 56。

❾ 姜亮夫：《楚辭書目五種》(北京：中華書局，1961 年初版)，頁 450。

❿ [清]沈翼機等纂、稽曾筠等修：《敕修浙江通志》(上海：商務印書館據光緒二十五年(1899)浙江書局重刊本民國二十三年(1934)影印本(光緒本據雍正十三年(1735)本重刊))卷二五三，頁 10a。按：姚舜明、高元之皆爲宋人，答亮〈楚辭書目五種補考五則〉已有指出(見《古籍整理研究學刊》1997 年第 3 期，頁 16-20 及 66)。

之文，以高似孫《騷略》出自《延祐四明志》。考高似孫《騷略》
見錄於《文獻通考》；❶ 然其籍貫實乃嵊縣而非四明，故《延祐
四明志》並未著錄《騷略》。至若高元之則乃四明人，故於《延祐
四明志》有小傳，內文語及《變離騷》。由此可知，《浙江通志‧
經籍志》實訛《文獻通考》為《續文獻通考》，又將之與《延祐四
明志》錯置。換言之，清末以前著錄《變離騷》之書目，蓋僅《浙
江通志》一種而已。

　　高元之《變離騷》雖亡，然並非片紙不存。葉盛《水東日記》
固已紀錄其篇目及自序。考宋人周必大《文忠集》卷五十三收有
〈高端叔變離騷序〉，曾丰《緣督集》卷十八收有〈高元之變離騷
後序〉，則此書之大要，尚可考知。高元之生前著作雖無一種傳
世，然其生平尚見於前人之記載。如宋樓鑰《攻媿集》卷六有〈高
元之輓詞〉三首，卷一百三有〈高端叔墓誌銘〉；《寶慶四明
志》、《延祐四明志》皆有高氏小傳；《宋史‧藝文志》、清朱彝
尊《經義考》各著錄高氏著作若干；明黃宗羲《宋元學案》紀錄了
高氏之師承；❷ 宋趙與虤《娛書堂詩話》、蔡夢弼《草堂詩
話》、魏仲舉《五百家註韓文》載錄高氏析論詩文之語若干。如此
不一而足。有見及此，筆者嘗試就高元之的生平及《變離騷》作一
考述，以為宋代楚辭學及文學之研究拾遺補闕。

---

❶ [元]馬端臨：《文獻通考》(臺北：商務印書館，1987年初版)，頁4289。
❷ [明]黃宗羲：《宋元學案》(北京：中華書局，1986年初版)，頁22。

一．高元之生平及著作概述

高元之（1142-1197），字端叔，號謙齋，學者稱萬竹先生。
❸ 鄞縣（今浙江寧波）人。生於紹興二年壬戌。七世祖高瓊，歷
仕太祖、太宗、真宗三朝，卒諡武烈。高氏原家薊門；五代之亂，
徙濠梁；又徙亳，是爲蒙城高氏；後居汴京。宋高宗建炎南渡，其
父世埴遂家於四明，著籍於鄞，安貧喜教子。而元之性穎且勤，苦
學篤志。獨處赭山蕭寺，得《易》一編，晝夜誦讀不輟，遂曉大
旨。鄰士異焉，稍借以書。謹聽強記，讀書或數月不盥櫛，假寐絕
床不就枕者累年，由是博通經史諸子。少未知名，屯田郎鄭鍔一見
奇之，俾訓其子，人以此加敬。傅伯成爲郡教授，少許可，折節與
交遊，緣是鄉學者數百人師事之。後受《易》、《春秋》學於程
迴；❹ 迴師喻樗，樗乃楊龜山門人。事父母盡孝，好周人之急。
教導生徒，勤懇盡誠，如訓己子。孝宗乾道四年（1168）領鄉薦，
淳熙改元（1174），又爲第一。然五上春官，卒不第。慶元二年
（1196）當受特恩，不就。次年九月癸丑卒，年五十六。貧不能
葬。同年十二月，門人會葬於桃源鄉蔣山新盛隩，買田立祠於寶巖
院，歲時祀之。娶里士朱友聞之女，先三年卒。男三人：子高、子

---

❸ 按：《浙江通志》引《嘉靖奉化縣志》「萬竹廬」條云：「縣西南六十里，高
元之所居。元之本鄞人，以父世植葬奉化之察廉岡，因是結廬萬竹之間，故稱
萬竹先生。」同註❿，卷四十三，頁48b至49a。

❹ 按：黃宗羲謂程迴字可久，號沙隨。（同註⓬，頁61。）《全宋詩》高元之小傳
謂高氏受業於「沙隨、程迴」，蓋誤以爲二人矣。(見北京大學古文獻研究所
編：《全宋詩》(北京：北京大學出版社，1991年初版)，冊48，頁30336。)

享、子文；一女名淑。

　元之師從程迥，博采諸儒所長。而天文、地理、稗官小說、陰陽方技之書，靡不究極。佛氏《大藏經》五千卷，讀再過。性嗜書，家藏數千卷，手自點勘，寶之如珠玉。遇所未見，解衣輟餐，不計直、不憚遠，裹糧徒步而求之。又好前輩遺墨故物，得之喜而不寐，對之則起敬，如見其人。復志存北伐，論兵法尤精，與老校、退卒語中原及兵家事，抵掌忼慨。早年客游括蒼，吏部何俌愛其才，教以詩律。會稽陸游，文章少所許可，以詩人稱之。《劍南詩稿》卷二十四有〈觀梅至花涇高端叔解元見尋〉一詩。❶ 與樓鑰、周大受友善。臨終前，以所藏歐陽修爲進士時白襴及其史稿詩章遺樓鑰，囑爲墓誌銘。樓鑰爲墓誌銘外，又作〈高端叔元之輓詞〉三首，其詞曰：

　　百氏極旁搜，潛心老不休。鄰光時自照，簞食誰堪憂。弟子多藍綬，先生竟白頭。淒涼數間屋，知我獨《春秋》。

　　鐵石賦梅花，閒情白玉瑕。兩公終磊落，千載敢喧譁。清節成瑰偉，浮詞尚蘖芽。君看死生際，不見一毫差。

---

❶ 按：陸游〈觀梅至花涇高端叔解元見尋〉共二首，其一云：「春晴閒過野僧家，邂逅詩人共晚茶。歸見諸公問老子，爲言滿帽揷梅花。」其二云：「春暖山中雲作堆，放翁艇子出尋梅。不須問信道傍叟，但覓梅花多處來。」見《劍南詩稿》(臺北：商務印書館影印文淵閣四庫全書，1983 年初版)卷二十四，頁7b。

> 滿卷《變離騷》，歐公一素袍。豈惟將厚意，要使勺殘膏。
> 宿草成千古，生芻為一號。雖無韓子誅，貞曜本來高。❶

以顏回、宋璟、陶潛、孟郊爲比，稱許高元之爲人清高，歎惋其仕途坎坷，又因其臨終贈歐陽修白襴及《變離騷》等著作而感念不已。高元之卒後，《變離騷》尙未付梓，時周大受爲南康令，遂請周必大、曾丰作前、後序，刻而傳之。❶

　　高元之生前，著述頗豐。樓鑰〈高端叔墓誌銘〉論其著作云：

> 有《義宗》一百五十卷，《易論》、《詩說》、《論語傳》、《後漢歷志解》各一卷，《揚子發揮》三卷，詩三千、雜著五百，號《荼甘甲乙稿》，藏于家。❶

既云「藏于家」，則所作諸書於高氏去世前顯然尙未梓行。高氏尤邃於《春秋》，專務明經，自三傳而下不盡以爲可。嘗以十餘年參詳治《春秋》者三百餘家，訂其指歸，刪其不合者，薈粹爲一書，間出已意，晚年又多所更定，成《義宗》一百五十卷。又有《易論》、《詩說》、《論語傳》、《後漢曆志解》各一卷，《揚子發揮》三卷。嘗謂《離騷》之學幾亡，遂作爲九篇，額曰《變離

---

❶ [宋]樓鑰：〈高端叔元之輓詞〉，《攻媿集》(臺北：商務印書館影印文淵閣四庫全書，1983 年初版)卷十六，頁 18a。

❶ 按：本節所述，乃參樓鑰〈高端叔墓誌銘〉、周必大〈高端叔變離騷序〉及羅濬《寶慶四明志》、袁桷《延祐四明志》小傳等資料重寫而成。

❶ [宋]樓鑰：〈高端叔墓誌銘〉，同註❶，卷一百三，頁 6a。

騷》。作詩數萬,生前存者已不能什一。以詩三千、雜著五百訂爲《茶甘甲乙稿》。以書名度之,蓋甲稿爲詩,乙稿爲雜著。趙與虤《娛書堂詩話》錄有〈雨詩〉及失題殘句各一聯。清胡文學《甬上耆舊詩》收高氏〈大小晦山〉、〈飛雪亭〉(按:一作〈題雪竇飛雪亭〉)、〈長汀即事〉詩三首。❶❾ 今人所編《全宋詩》又自黃宗羲《四明山志》多輯得〈小晦嶺〉、〈雪竇寺〉詩二首。❷⓿ 諸詩當皆收於甲稿,而蔡夢弼《草堂詩話》等書所引《茶甘錄》則應載於乙稿部分。❷❶ 明黃潤玉〈先賢贊·萬竹高先生元之〉云:

　　五舉不第,授業門人。九《騷》見志,廬墓終身。萬竹森

---

❶❾ 見[清]胡文學:《甬上耆舊詩》(臺北:商務印書館影印文淵閣四庫全書,1983年初版)卷二,頁 31a。爲便參詳,謹將三詩謄錄如下。〈大小晦山〉:「大晦出小晦,過盡山峰翠。寒雲抱幽石,枯卉老壖瀨。沿流路逼側,當道壓破碎。卻立重回首,瀑布瀉雲背。」〈題雪竇飛雪亭〉:「危亭上拂煙霧光,蒼崖深到蛟螭穴。天河飛來破山翠,寒入疏林風自發。翻珠錯玉無時歇,岩前散作千秋雪。寒聲蕭蕭凜毛髮,白雲朵朵翔空滅。飛流濺沫入毫端,天與一詩爲題絕。」〈長汀即事〉:「楊花剩得晴方好,榆莢其如世上分。花向喜中看更好,分明春色解欺人。」

❷⓿ 同註❶❹,冊 48,頁 30336。〈小晦嶺〉:「路自崎嶇心自平,雲扃無鎖但徐行。松風石溜今悲怨,中有樵夫度嶺聲。」〈雪竇寺〉:「雪竇深雲處,相攜到乳泉。沙田春事晚,山寺野花妍。香飯饑南燭,丹房記景天。仙居應六八,更欲上風煙。」

❷❶ 按:蔡夢弼〈集千家註杜工部詩集序〉謂高元之嘗爲杜詩訓解。(見不著編輯人:《集千家註杜詩》(臺北:商務印書館影印文淵閣四庫全書,1983 年初版),頁 6a。)然觀蔡氏《草堂詩話》,所引高氏之說皆出《茶甘錄》,則所謂「杜詩訓解」似未結集成書。

嚴，萬卷沉酣。實多著述，允矣《荼甘》。㉒

黃氏乃永樂時人，蓋高元之《變離騷》、《荼甘甲乙稿》明初尚
存。復考《宋史‧藝文志》，著錄高端叔《詩說》一卷、《春秋義
宗》一百五十卷、《論語傳》一卷。㉓ 清初朱彝尊《經義考》著
錄《易解》一卷，佚；㉔ 《春秋義宗》一百五十卷，標以「未
見」，㉕ 近人宋抱慈《兩浙著述考》則稱此書已不見。㉖ 南宋魏
仲舉《五百家註昌黎文集》稱高元之曾校正韓集，㉗ 今亦不見。
至於清人所修《浙江通志‧藝文志》著錄高氏著作，亦因循舊志，
不足為存世之憑信。總而觀之，高氏著作今日蓋已不存子餘。為便
審覽，謹表列高氏著作之目於下：

㉒ 同註❿，卷二六八，頁 24a 至 24b。

㉓ 分見[元]脫脫主編：《宋史》(北京：中華書局，1997 年版)，頁 5048、5065 及
5070。

㉔ [清]朱彝尊：《經義考》(臺北：商務印書館影印文淵閣四庫全書，1983 年初版)
卷三十二，頁 1b。

㉕ 同註㉔，卷一百九十，頁 1b。

㉖ 宋抱慈：《兩浙著述考》(杭州：浙江人民出版社，1985 年初版)，頁 379。

㉗ [宋]魏仲舉：《五百家註昌黎文集》(臺北：商務印書館影印文淵閣四庫全書，
1983 年初版) 〈評論詁訓音釋諸儒姓氏〉，頁 9a。

書名	四部	存亡	附記
1. 《易論》一卷	經部	亡	《經義考》作《易解》。
2. 《詩說》一卷	經部	亡	《浙江通志》作《詩傳》。
3. 《義宗》一百五十卷	經部	亡	〈宋志〉作《春秋義宗》。
4. 《論語傳》一卷	經部	亡	一題作《論語解》。
5. 《後漢曆志解》一卷	史部	亡	
6. 《揚子發揮》三卷	子部	亡	
7. 《變離騷》九篇	集部	亡	全書亡於明代後期。
8. 《杜詩訓解》	集部	亡	似未成書，待考。
9. 《昌黎文集校正》	集部	亡	
10. 《茶甘甲乙稿》	集部	亡	當含《茶甘錄》。

二 · 高元之文學思想管窺

　　要探討高元之的楚辭學，必須以其整體的文學思想為背景。高元之著作今雖不存，然其文學思想尚有可考者。高元之曾校正韓集，蔡夢弼《草堂詩話》所引高氏數語，亦涉及聲韻考據。可見高氏鑽研文學，非游談無根者可比。筆者以為，高元之早歲文風「劌目鉥心、穿天出月」，與江西詩派淵源甚深；而晚歲文風「日造平淡，以幾于古」，則與江湖詩派相呼應。他對杜詩有特別的愛好，其《茶甘錄》於杜詩多有論述，這與江西詩派之尊杜一脈相承。因此，本節會分目論述高氏早歲與晚歲的文風。至於其就論杜詩之

語，蔡夢弼《草堂詩話》收錄五條，頗具特色，本節將於第三目另作討論。

(一) 早歲文風：「劌目鉥心、穿天出月」

自黃庭堅以後四五十年間，江西詩派成爲詩壇主流。陳良運云：「江西詩派的詩歌理論，其主要特徵是：強調詩歌創作要講求『法度』，要把握一定的技巧原則，因此理論建設的重點在創作理論方面，詩人們不斷在創作實踐中摸索經驗、提升經驗，從構思謀篇到用字遣詞，都試圖確立一套有規可循、有法可遵的技巧法規。」[28] 終南宋一代，江西詩派一直影響詩壇甚鉅，南宋詩人大都受過此派詩學思想的霑漑，高元之也不例外。南宋趙與虤《娛書堂詩話》稱高元之「博學能詩」。[29] 四庫館臣論趙氏此書云：

> 書中多稱陸游、楊萬里、樓鑰晚年之作……其論詩源出江西，而兼涉於江湖宗派。故所稱述，如羅隱、范仲淹〈釣臺詩〉，高端叔〈雨詩〉、又「桂子梅花」一聯……[30]

所謂「論詩源出江西，而兼涉於江湖宗派」，固然是就趙與虤而

---

[28] 陳良運：《中國詩學批評史》(南昌：江西人民出版社，1995 年初版)，頁352。

[29] [宋]趙與虤：《娛書堂詩話》(臺北：商務印書館影印文淵閣四庫全書，1983 年初版)，頁 5b。

[30] [清]永瑢主編：《四庫全書總目》(北京：中華書局，1965 年影印初版)，頁1788。按：高元之「桂子梅花聯」曰：「人間桂子月中種，水底梅花堤上枝。」(同註[29]，頁 5b。)

言，然亦關涉高元之的文學取向。呂本中《紫薇詩話》云：「從山谷學詩，要字字有來處。」❸ 如此思想未必不是高元之博學的因由。顧易生指出，陸游、楊萬里、尤袤、周必大諸人的詩文理論批評自江西詩派入。❸ 陸游與高元之友善，樓鑰爲高氏作墓誌銘，周必大爲《變離騷》命序，陸、樓、周蓋與高氏在文學思想上頗有契合之處。

　　高元之少時家貧，且屢遭人排斥。樓鑰〈高端叔墓誌銘〉記其「饑寒寥落，辛苦萬狀。人或厭且怒，至排擯不容，瀕死者屢矣」。❸ 可見其早年困頓之狀。非僅如此，高元之終生貧窶，久困場屋。故發爲詩文，一如樓氏所言：

> 含英咀華，以昌其文。困阨多，故其思苦；憤悱極，故其得深。真有劌目鉥心、穿天出月之工。❸

創作上刻意求工，也未必不是緣於江西詩派生新瘦硬詩風的影響。趙與虤《娛書堂詩話》云：

> 四明高端叔……嘗有〈雨詩〉一聯云：「洒窗蠶食葉，入竹

---

❸ [宋]呂本中：《紫薇詩話》(臺北：商務印書館影印文淵閣四庫全書，1983 年初版)，頁 2a。

❸ 顧易生、蔣凡、劉明今：《宋金元文學批評史》(上海：上海古籍出版社，1996 年初版)，頁 228。

❸ [宋]樓鑰：〈高端叔墓誌銘〉，同註❻，卷一百三，頁 2a 至 2b。

❸ 同註❻，卷一百三，頁 3a 至 3b。

蠏行沙。」人稱其工。㉟

〈雨詩〉一聯中，高氏以蠶齧桑葉比擬雨點漸次染濕窗紙之貌，又以蟹行沙上況喻雨滴敲打竹幹之聲，其造意可謂新穎，文句可謂奇警。樓鑰稱高氏作品「有劌目鉥心、穿天出月之工」，而時人則以〈雨詩〉爲工。二者正可相互印證，以見高元之早歲詩文之工，其狀伊何。

㈡ 晚歲文風：「日造平淡，以幾于古」

宋末戴表元謂高元之詩「醇醇委宛」，㊱ 此言與「劌目鉥心、穿天出月」之論自已相異。而樓鑰〈高端叔墓誌銘〉記載道：

> 既乃日造平淡，以幾于古。作詩數萬，存不能什一，自謂樂府不媿前作。㊲

可見高元之中年以後，文風有所改變。㊳ 現舉其〈小晦嶺〉詩爲證：

㉟ 同註㉙，頁 5b。

㊱ [宋]戴表元：〈題萬竹王君詩後〉，《剡源文集》(臺北：商務印書館影印文淵閣四庫全書，1983 年初版)卷十八，頁 25b 至 26a。

㊲ [宋]樓鑰：〈高端叔墓誌銘〉，同註⑯，卷一百三，頁 3a 至 3b。

㊳ 按：玩「作詩數萬」數語，高氏之詩所存不能什一，其生前應已如此。殆其中年以後有悔其少作之意，遂取舊稿嚴加刪汰耳。至於「樂府不媿前作」，則應即上文「幾于古」之義。

路自崎嶇心自平，雲烏無鎖但徐行。松風石溜今悲怨，中有
樵夫度嶺聲。❸❾

與〈雨詩〉相比，〈小晦嶺〉平暢自然，毫無匠氣。「路自崎嶇心
自平」句雖仍有說理之意，但不礙作品整體因景入情的格局。

除了創作，高元之在詩歌批評上也開始崇尚平淡自然。此可引
其論陶詩〈停雲〉語而證之：

以「停雲」名篇，乃周詩六義「二曰賦」、「四曰興」之遺
義也。❹⓿

陶淵明題下小引云：「停雲，思親友也。罇湛新醪，園列初榮。願
言不從，歎息彌襟。」陶氏筆下的停雲，既是隨手拈來、平鋪直敘
的客觀景象，又蘊含了深層意義。❹❶ 非唯如此，「興」的手法必
有待於「賦」的鋪墊。故高氏認為，以「停雲」名篇正體現了賦、

---

❸❾ 同註❶❹，冊 48，頁 30336。

❹⓿ [晉]陶潛：《陶淵明集》(臺北：商務印書館影印文淵閣四庫全書，1983 年初版)
　　卷一，頁 2a。

❹❶ 此詩之涵義，古今學者每有論析。如汪榕培道：「〈停雲〉詩的各章均采用了
　　《詩經》中常用的『興』的手法，以寫景的方式興起。第一、二章先描寫陰雨
　　的天氣，烘托懷念親友的惋惜心情；第三章先描寫園內花繁葉茂的景象，這是
　　跟親友交談的好時光；第四章先描寫鳥聲和鳴，轉而抒發自身懷念親友、不獲
　　晤談而深為遺憾的惆悵心情，與序中的『歎息彌襟』遙相呼應。」見〈承前啟
　　後，推陳出新：陶淵明的〈停雲〉詩賞析〉，載《外語與外語教學》(大連：大
　　連外國語學院)1998 年第 2 期，頁 41。

興兩種手法所帶出的意義。查黃庭堅詩云：「彭澤意在無絃。」❷
足見江西詩派除講求謹嚴的法度、精鍊的辭藻外，更重視達到自然
渾成，即自由地合於規律、平淡而意境深遠的境界。❸ 然其流亞
徒求字句工巧，實乃捨本逐末。高元之身處江西詩派衰落之世，重
新注意陶詩，蓋於當時詩風有以矯正。

　　高元之師從程迴，名列《宋元學案》，又深諳釋道之理。從個
人因素來看，其晚歲文風轉變，以平淡為宗，當與其出入儒釋有
關。而就文學的發展來看，正如顧易生所論，陸游、楊萬里、尤
袤、周必大等詩人雖自江西詩派入，卻又能跳出江西窠臼而各自名
家。諸家詩論對於江西詩法或批判、或補充，態度方法各有不同，
但卻是百慮一致，殊途同歸，目的都是在為宋詩的生存和發展開闢
一片新洞天。❹ 宋光宗紹熙年間（1190-1194），江湖派詩人「永
嘉四靈」出，意欲衝出江西詩派的藩籬，主張真率、纖巧、平俗之
美，在作品中少用典故，❺ 此時正值高元之晚年。高元之與「永
嘉四靈」是否有往來，於史無徵。但高氏亦大率不滿於江西詩派的
陳濫，欲如友人陸游般在詩歌創作上另闢蹊徑，因而趨向「酖醇委
宛」、「日造平淡」的風格，與江湖派遙相呼應了。故此，若將四
庫館臣對趙與虤「論詩源出江西，而兼涉於江湖宗派」的論述置於
高元之身上，庶無大謬。

---

❷ [宋]黃庭堅：〈贈高子勉〉其四，《山谷集》(臺北：商務印書館影印文淵閣四
　庫全書，1983 年初版)卷十二，頁 6b。

❸ 同註㉜，頁 202。

❹ 同註㉜，頁 228。

❺ 見張宏生：《江湖詩派研究》(北京：中華書局，1995 年初版)。

(三) 有關杜甫詩的評論

宋人蔡夢弼〈集千家註杜工部詩集序〉謂高元之嘗爲杜詩訓解。然蔡氏《草堂詩話》所錄高元之論老杜詩評語五則，皆出自《荼甘錄》，則高氏訓解應未單行成書。五則評語內容涉及考據、賞析、義理發揮等幾個不同範疇。如對於杜詩中「薈蕞」、「假日」二語，高元之有如此的訓釋：

> 杜子美〈哀貶台州鄭司戶虔〉詩云：「薈蕞何技癢。」薈，烏外切，草多貌。蕞，在最切，又祖外切，小也。潛自謂著書雖多，而皆碎小之事也。後人傳寫誤爲「會粹」，謂會集其純粹，失之遠矣。癢，以兩切。癢也，謂人有技藝不能自忍，如人之癢也。甫謂虔私著國史者，不能自忍也爾。唐史氏謂虔集當世事，著書八十篇，目其書爲《會粹》，亦承襲之誤矣。又〈示宗武〉詩云：「暇日從時飲。」暇讀爲假，古雅切。屈平〈離騷〉「聊暇日以媮樂」，又宋玉〈九章〉「聊暇日以須時」是也。 ⑯

「薈蕞」一詞，《九家集註杜詩》不解。《全唐詩》云：「虔采集異聞，成書四十餘卷。蘇源明請名『會粹』，取〈爾雅序〉會粹舊說也。一云薈蕞，草多而小，言著書多小碎事也。」 ⑰ 而《說

---

⑯ [宋]蔡夢弼：《草堂詩話》(臺北：商務印書館影印文淵閣四庫全書，1983 年初版)卷下，頁 11a。

⑰ [清]聖祖皇帝：《全唐詩》(北京：中華書局，1960 年初版)，頁 2353。

郊》、《杜詩詳註》、《杜詩鏡詮》等皆從高氏，可見其說甚爲在
理。然而「假日」一詞之解，則不能無議，蓋〈離騷〉原文，洪興
祖雖云：「假，一作暇。」然又論曰：「今之讀者改『假』爲
『暇』，失其意矣。」❹ 知〈離騷〉中「假」、「暇」只是異
文，並不相通。

此外，對於作品的創作年代，高元之亦有考證：

> 子美於天寶十三載獻〈西嶽賦〉，故集有〈贈獻納使田舍
> 人〉詩云：「舍人退食收封事，宮女開函近御筵。曉漏追趨
> 青瑣闥，晴窗點檢白雲篇。」末句云：「揚雄更有〈河東
> 賦〉，唯待吹噓送上天。」其云「更有〈河東賦〉」，當是
> 獻〈西嶽賦〉時也。❹

杜甫此時所上何賦，《九家集註杜詩》未有明言。而高元之通過杜
甫子美於天寶十三載獻〈西嶽賦〉的史實，參看〈贈獻納使田舍
人〉一詩中揚雄作〈河東賦〉的典故，以敲定此詩的創作年代。故
浦起龍《讀杜心解》等從之。

次者，高元之也論述到詩歌的寫作方法：

> 自古工詩者，未嘗無興也。睹物有感則有興。今之作詩，以

---

❹ [漢]王逸章句、[宋]洪興祖補註：《楚辭補註》(臺北：大安出版社，1995 年初
　版)，頁66。

❹ 同註❹，卷下，頁 16a。按：「田舍人」，或作「陳舍人」；「追趨」，或作
　「追隨」。考《九家集註杜詩》、《杜詩詳註》諸本，「田」、「趨」爲是。
　另「末句」，《韻語陽秋》作「末章」，是。

興近乎訕也，故不敢作，而詩之一義廢矣。杜〈萵苣詩〉皆
興，小人盛而掩抑君子也。高適〈題處士園〉云：「耕地桑
柘間，地肥菜常熟。為問葵藿資，何如廟堂肉？」則近乎訕
矣。作詩者知興之與訕異，殆可與言詩。❺⓪

訕者，譏諷之意。宋人之詩好為議論，故內容或語涉譏諷。而高元
之以為作詩溫柔敦厚，其義自見；故採用興法時，須辨興、訕之不
同。

　　復次，對於作品大旨，高元之頗能闡發義理，且有辯駁舊說之
處：

老杜〈螢火詩〉：「幸因腐草出，敢近太陽飛。未足臨書
卷，時能點客衣。」似譏當時閹人用事於人君之前，不能主

---

❺⓪ 同註❹⓺，卷下，頁 12b 至 13a。按：此條及後文所引高氏論陶淵明、杜甫命
　　子、示兒諸詩一條，蔡夢弼《草堂詩話》皆歸於高元之名下。然兩條亦載於[宋]
　　葛立方《韻語陽秋》(分見於《韻語陽秋》(臺北：商務印書館影印文淵閣四庫
　　全書，1983 年初版)卷二，頁 8b 至 9a 及卷十，頁 7a 至 8a)，條首並未署名。
　　又[宋]魏慶之《詩人玉屑》引用論興訕條，謂出自《古今詩話》(見《詩人玉
　　屑》(臺北：商務印書館影印文淵閣四庫全書，1983 年初版)卷九，頁 6b)；命
　　子、示兒諸詩條亦錄於[宋]阮閱《詩話總龜》(見《詩話總龜・後集》(臺北：商
　　務印書館影印文淵閣四庫全書，1983 年初版)卷三，頁 7a 至 7b)，二書於條前
　　皆未署名。考四庫館臣謂蔡夢弼《草堂詩話》「皆採自宋人詩話、語錄、文
　　集、說部，而所取惟《韻語陽秋》為多」(同註❸⓪，頁 1789)，由是觀之，《韻
　　語陽秋》於此二條前未有署名，蔡夢弼必然知曉。清高宗御選《唐宋詩醇》亦
　　以論興訕條歸高元之(見《唐宋詩醇》(臺北：商務印書館影印文淵閣四庫全
　　書，1983 年初版)卷十二，頁 3b 至 4a)。則蔡氏謂此二條出自高元之《茶甘
　　錄》，必有所據，今從其說。

張文儒，而乃如青蠅之點素也。說者謂喻小有才而侵侮大德，豈不誤哉！**❺**

高氏所謂「說者」，實言《九家集註杜詩》。與傳統的說法相比，高氏的解釋似乎更爲通達貼切。故仇兆鰲《杜詩詳註》進一步解說道：「〈螢火〉，刺閹宦也……以宦者近君而撓政也。今按腐草喻腐刑之人，太陽乃人君之象，比義顯然。」**❺❷**

抑尤有進者，高元之在闡發詩作主旨時善於博引證據，採取比較的方法，運用前人的成說來知人論世。如其論杜甫的詠兒諸詩道：

> 陶淵明〈命子〉篇則曰：「夙興夜寐，願爾之才。爾之不才，亦已焉哉！」其〈責子〉篇則曰：「雖有五男兒，總不好紙筆。天運苟如此，且進杯中物。」〈告儼等疏〉則曰：「鮑叔管仲，同財無猜；歸生伍舉，班荊道舊。而況同父之人哉！」則淵明之子未必賢也。故杜子美論之曰：「有子賢與愚，何必掛懷抱？」然子美與諸子，亦未爲忘情者。子美〈遣興〉詩云：「驥子好男兒，前年學語時。」「世亂憐渠小，家貧仰母慈。」又〈憶幼子〉詩云：「別離驚節換，聰慧與誰論？」「憶渠愁只睡，炙背俯晴軒。」〈得家書〉云：「熊兒幸無恙，驥子最憐渠。」〈元日示宗武〉云：

---

❺ 同註**❹❻**，卷上，頁24b。

❺❷ [清]仇兆鰲：《杜詩詳註》(臺北：商務印書館影印文淵閣四庫全書，1983 年初版)卷七，頁 66。

「汝啼吾手戰。」觀此數詩，於諸子鍾情尤甚於淵明矣。山谷黃魯直乃云：「杜子美困於三蜀，蓋為不知者詬病，以為拙於生事，又往往譏宗武失學，故寄之淵明爾。俗人不知，便為譏病，所謂癡人面前，不必說夢。」❸

黃庭堅認為，當時論詩者往往將杜甫的詠兒詩與陶淵明的作品一概而論，實際上，杜甫並未如陶淵明般譏弄諸子。高元之學詩淵源於江西，贊同黃庭堅之說，遂列舉陶淵明〈命子〉詩、〈責子〉詩及〈告儼等疏〉與杜甫的〈遣興〉五首、〈憶幼子〉、〈得家書〉、〈元日示宗武〉相比較，指出杜甫對諸子鍾情有加，並未如陶淵明般在意其賢愚。俗人不知，以為杜甫不滿宗武失學，其實大謬。四庫館臣論樓鑰道：「蓋宋自南渡而後，士大夫多求勝於空言，而不甚究心於實學。鑰獨綜貫今古，折衷考較，凡所論辨，悉能洞澈源流，可謂有本之文，不同浮議。」❹ 高元之與樓氏交往甚密，故論詩亦重實證。

由上文可見，高元之於杜詩既能考據篇章的文字和創作背景，復能發揮內容義理，探究寫作手法，以達知人論世之效，可謂頗具心得。據《草堂詩話》記載，這些材料皆係出自《荼甘錄》。以此推之，《荼甘錄》殆為高氏所撰詩話。此書討論了哪些作家作品，今日已莫得其詳。然而以高氏五條評語觀之，陸游、樓鑰、周必大等對於高元之的稱譽，實非虛言。

---

❸ 同註❻，卷下，頁19a至20a。
❹ 同註❹，頁1373。

三 · 高元之《變離騷》試探

呂本中曾云：「《楚辭》、杜、黃，固法度所在。」❺❺ 可知江西詩派推崇《楚辭》，將之視爲模仿取法的重要對象。然而，樓鑰言高元之「嘗謂《離騷》之學幾亡矣」，❺❻ 足見在南宋初年，詩人、學者對《楚辭》的注意不足。班固批評屈原「露才揚己」，顏之推指責其「顯暴君惡」。此種觀念也爲宋代理學家所繼承。如呂祖謙云：「屈原愛君之心固善，然自憤怨激切中來。」❺❼ 更重要者，宋代理學家視詞章之學爲末事，屈原身爲「詞章之祖」，自然頗受批評。早在北宋前期，何群即上書曰：「三氏取士，皆舉于鄉里而先行義。後世專以文辭就。文辭中害道者，莫甚于賦，請罷去。」其說且獲石介之贊美。❺❽ 楊時云：「雕鐫事辭章，學成欲何用？」❺❾ 魏了翁亦道：

> 《離騷》作而文辭興，蓋聖賢詩書，皆實有之事，雖比興亦無不實。自莊周寓言，而屈原始託卜者漁父等爲虛辭，相如

---

❺❺ [宋]呂本中：〈與曾吉甫論詩第一帖〉，載[宋]胡仔：《苕溪漁隱叢話》(臺北：商務印書館影印文淵閣四庫全書，1983 年初版)，前集卷四十九，頁 2a。

❺❻ [宋]樓鑰：〈高端叔墓誌銘〉，同註❶❻，卷一百三，頁 3b。

❺❼ 同註❶❷，頁 52。

❺❽ 同註❶❷，頁 110。

❺❾ [宋]楊時：〈此日不再得示同學〉，《龜山集》(臺北：商務印書館影印文淵閣四庫全書，1983 年初版)卷三十八，頁 1b。

又託之亡是公等為賦，自是以來多譄語。❻

文學創作，「事出於沉思，義歸於翰藻」，然於純儒看來則是一派空言，徒以辭藻鏨悅爲事，而無益於社稷民生。及至朱熹，雖仍謂屈原「馳騁於變〈風〉變〈雅〉之末流」，指責其行不合中庸。然看法卻有改變：

《楚詞》不甚怨君。今被諸家解得都成怨君，不成模樣。❻

此論頗爲接近西漢劉安、司馬遷之說。朱熹年歲視高元之爲長，其學說未知有否波及高氏；然其認爲屈騷仍以溫柔敦厚之詩教爲主，則與高氏相似。宋末戴表元云：

吾鄉萬竹詩種發芽於高公端叔……其詩醇醇委宛，出於《離騷》。❻

則高氏有取於《楚辭》，應是出於其「醇醇委宛」、「好色而不淫、怨誹而不亂」的特色。高元之爲龜山學派後進，但他對屈騷的感情遠甚於其他理學家，因此，其欲將之納入中正和平的儒家思想框架，可謂自然而然。

如前文所言，高元之《變離騷》今已不傳。然觀宋人別集，周

---

❻ 同註⓬，頁 78。

❻ [宋]黎靖德編：《朱子語類》(北京：中華書局，1986 年初版)卷一三九，頁 1。

❻ [宋]戴表元：〈題萬竹王君詩後〉，同註㊱，卷十八，頁 25b 至 26a。

必大《文忠集》有〈高端叔變離騷序〉，曾丰《緣督集》有〈高元之變騷後序〉，樓鑰〈高端叔墓誌銘〉言及高氏作爲此書的篇目及寫作背景。而明人葉盛《水東日記》於篇目之外，迻錄高元之自序，更是彌足珍貴。本節擬分析此等重要的相關資料，考述《變離騷》一書之內容，以探高元之楚辭學一隅。

㈠ 〈高元之先生變離騷序〉作者考略

探論《變離騷》一書的創作背景、內容旨要及刊行情況，先須確定〈高元之先生變離騷序〉之作實爲高元之，而非葉盛。如引言所云，葉盛《水東日記》收錄此序，記作「高元之先生變離騷序」，而此語可有兩解：一爲高氏自序，二爲葉氏替此書所作之序。故晚明馮紹祖、陸時雍等人取第二解，以此文乃葉盛所作。如何進一步證明此文確係高元之自序？筆者以爲，其證有二：

第一，《水東日記》所收〈高元之先生變離騷序〉，內文與樓鑰〈高端叔墓誌銘〉頗有相同之處，而樓氏稱其爲高氏所言。如〈高元之先生變離騷序〉云：「宋玉、賈誼以下，如東方朔、嚴忌、淮南小山、王襃、劉向之徒，皆悲原意，各有纂者，大抵紬繹緒言，相與嗟詠而已，若夫原之微言匿旨，不能有所建明……如此，則原之本意，又將復亡矣！」❻❸ 而〈高端叔墓誌銘〉云：「（高氏曰）宋玉、賈誼、東方朔、嚴忌、淮南小山、王襃、劉向之徒，皆悲原意，各有纂著，大抵紬續緒言，相與詹詠而已。原之

---

❻❸ 同註❹，頁 241。

微旨，不能有所建明。噫！君以爲騷人之本意將亡，君之意又將誰明之耶？」❻ 〈墓誌銘〉所言，顯然轉引發揮自〈高元之先生變離騷序〉。

第二，葉盛係著名臺閣文人，文風舂容紆徐。《明詩話全編》稱葉氏論詩本乎儒家詩教，但同時也強調藝術上蘊籍含蓄、有餘味可詠。❻ 而〈高元之先生變離騷序〉全文筆鋒激切，議論酣暢，殊不類葉氏風格。且參葉盛所作〈寫騷亭記〉（見《葉文莊公全集·水東稿》卷六），葉氏雖對《楚辭》抱有肯定態度，自異於當時的臺閣風尚，但仍不願過於揄揚屈原地位。且葉盛別集，《四庫總目·存目類》著錄《菉竹堂稿》八卷，見《四庫全書存目叢書》；北京國家圖書館藏有三十卷本《葉文莊公全集》。❻ 然筆者查核二書，皆不見載錄〈變離騷序〉。且今人魏中平點校《水東日記》，謂此書收錄了若干宋、元、明人的文章、詩詞、書札、奏議等，如〈陸放翁家訓〉乃陸游佚文，即賴《水東日記》所錄而得以流傳。❻ 則葉盛此書收錄他人作品，非唯〈變離騷序〉一例。由是而觀之，《水東日記》中〈高元之先生變離騷序〉乃高氏自序，應無疑義。

---

❻ [宋]樓鑰：〈高端叔墓誌銘〉，同註❶，卷一百三，頁3b至4a。

❻ 吳文治主編：《明詩話全編》(南京：江蘇古籍出版社，1997年初版)，頁1287。

❻ 見《北京圖書館古籍善本書目》(北京：書目文獻出版社，1990年初版)，頁2329。

❻ 魏中平：〈點校說明〉，同註❹，頁1至2。

(二) 《變離騷》創作背景及刊印情況

　　如前所言，宋末戴表元指出高元之的詩「出於《離騷》」。高氏創作既以騷爲宗，其於《楚辭》蓋有特殊的愛好。樓鑰〈墓誌銘〉言及高元之創作《變離騷》之動機道：

> （高氏）嘗謂《離騷》之學幾亡矣，爲之九篇，曰〈愍畸志〉，曰〈臣薄才〉，曰〈惜來日〉，曰〈感回波〉，曰〈力陬〉，曰〈危衷〉，曰〈悲嬋娟〉，曰〈古誦〉，曰〈繹思〉，深得三閭大夫旨意。❻❽

高元之活動於南宋前期，此時除晁補之（1053-1110）《變離騷》《補離騷》、黃伯思（1079-1118）《新校楚辭》《翼騷》、洪興祖（1090-1155）《楚辭補註》《楚辭考異》外，不少楚辭學著作尚未出現。❻❾值得注意的是《天問天對解》作者楊萬里（1127-1206），與高元之之生活年代大致相同。《天問天對解》作年尚待考證，楊萬里〈引言〉稱此書係「取《離騷・天問》及二家舊註釋文，而酌以予之意以解之」，❼⓿內容主於訓詁辯證，與高元之

---

❻❽ [宋]樓鑰：〈高端叔墓誌銘〉，同註❻，卷一百三，頁 3b。按：觀文淵閣四庫本及中華書局排印本《水東日記》，皆作〈力陳危衷〉。誤。另〈悲嬋娟〉，《水東日記》作〈悲嬋媛〉。

❻❾ 按：洪興祖《補註》何時成書不詳。考其於紹興二十五年(1155)去世，則《補註》成書必早於此年。此年朱熹二十六歲，尚未註《騷》；高元之止十四歲，蓋亦未有《變離騷》之作。

❼⓿ [宋]楊萬里：〈天問天對解引〉，《誠齋集》(臺北：商務印書館影印文淵閣四庫全書，1983 年初版)，頁 1a 至 1b。

《變離騷》之創作摹擬有所不同。不過《天問天對解》偏重考據，與高元之的學術取向亦有相近之處。

　　此外，高元之少朱熹（1130-1200）十二歲，早朱熹三年去世，二者乃同代之人。然陳振孫《直齋書錄解題》論朱熹之註《騷》云：「註在慶元退歸之時，放臣棄子，有感而託」。❼ 慶元黨禁開展於寧宗慶元元年（1195），故今人鄭振鐸〈楚辭集註跋〉以朱熹《集註》成書於慶元元年（1195）、二年（1196）年間，又云：「這個《集註》，先曾刊行。」❼ 然《集註》初刊於何時，鄭氏未有明言。高元之卒於慶元三年（1197），是否得閱《集註》？筆者以為，〈高元之先生變離騷序〉於朱熹之新觀點多未論及。舉例而言，王逸《章句》以〈大招〉一篇為屈原所作，朱熹《集註》以為景差所作，而〈高元之先生變離騷序〉云：「《離騷》源流於六義，具體而微，興遠而情逾親，意切而辭不迫。既申之以〈九章〉，又重之以〈九歌〉、〈遠遊〉、〈天問〉、〈大招〉，而猶不能自已也。」觀高氏所言，絲毫不及朱熹之說，蓋其作《變離騷》時未嘗得閱《楚辭集註》。正因如此，其謂「《離騷》之學幾亡」而欲振起之，良有以也；若朱註已出，恐不至有如此之言。

　　依前所言，儒家於屈原向有微詞。如朱熹即於〈楚辭集註目錄序〉中批評屈原志行過於中庸而不可以為法，不知學於北方，以求

---

❼ [宋]陳振孫：《直齋書錄解題》(臺北：廣文書局，1979 年影印再版)，頁904。
❼ [宋]朱熹：《楚辭集註》(臺北：文津出版社，1987 年版)，頁310。

周公仲尼之道。❼❸ 高元之既爲龜山學派後進，對於儒家與屈原之間的衝突不可能熟視無睹。因此其創作《變離騷》，乃是要調和其間的矛盾：

> （高元之）且曰《變離騷》者，沿流于千載之後，而探端于千載之前，非變而求異于騷，所以極其志之所歸，引而達于理義之衷，以障隄于隤波之不反者也。❼❹

朱熹〈目錄序〉對屈原雖有貶損，然亦肯定其有「忠君愛國之誠心」、「繾綣惻怛、不能自已之至意」。「忠君愛國」正係高氏所謂「志之所歸」。朱熹又指屈原「獨馳騁於變〈風〉變〈雅〉之末流」，此即高氏所謂「隤波之不反者」。因此，高氏之「變」，正是要引《楚辭》而「達于理義之衷」。周必大比較高、晁二氏《變離騷》之旨云：

> 觀晁氏所謂變者，言歷代每有所作，其則愈遠，如唐兵[文]三變之變也。君蓋泝流求其源，由終復於初，如齊魯一變之變也。二者文同而旨殊。❼❺

以爲晁補之《變離騷》不過匯集後世擬騷之作而已。而高元之《變離騷》則旨在由《楚辭》而上溯風雅元聲。故曾丰亦闡發道：

---

❼❸ 同註❼❷，頁 2。

❼❹ [宋]樓鑰：〈高端叔墓誌銘〉，同註❶❻，卷一百三，頁 3b。

❼❺ [宋]周必大：〈高端叔變離騷序〉，《文忠集》(臺北：商務印書館影印文淵閣四庫全書，1983 年初版)卷五十三，頁 12b。

齊變至魯，魯變至道，孔子志也。《騷》變至〈風〉，
〈風〉變至〈雅〉，元之志也。充所志而之[不]患不變，變
必至。❼⑥

觀高元之《變離騷》九篇之篇名，如〈惜來日〉、〈感回波〉、
〈悲嬋娟〉、〈繹思〉等，正與〈九章〉之〈惜往日〉、〈悲回
風〉、〈思美人〉、〈抽思〉等兩兩相應，模擬《楚辭》之意，可
謂顯然。

《變離騷》作於何時，已難確考。高元之自序曰：

陵夷至於戰國，文、武之澤既斬，三代禮樂壞，君臣上下之
義瀆亂舛逆，邪說姦言之禍糜爛天下。屈原當斯世，正道直
行，竭忠盡智，可謂特操之士，而懷、襄之君，昵比群小，
讒佞傾覆之言，慆湮心耳。原信而見疑，忠而被謗，《離
騷》之作，獨能崇同姓之恩，篤君臣之義。憤悱出於思治，
不以汙世而二其心也；愁痛發於愛上，不以汙君而蹈其賢
也。❼⑦

屈原既爲儒者，又爲後世誤解，故高氏大聲疾呼，若僅以詞人視屈
原，則「原之本意，又將復亡矣」。其自序筆觸犀利、詞鋒激切，
良有以也。然比對《史記·屈原列傳》：「〈國風〉好色而不淫，

---

❼⑥ [宋]曾丰：〈高元之變騷後序〉，《緣督集》(臺北：商務印書館影印文淵閣四
　庫全書，1983 年初版)卷十八，頁 8a 至 8b。
❼⑦ 同註❹，頁 239。

〈小雅〉怨誹而不亂，若〈離騷〉者，可謂兼之。」**❼⑧** 足見高氏推崇屈原，要在於其溫柔敦厚——「正道直行，竭忠盡智」、「崇同姓之恩，篤君臣之義」；其情雖憤悱愁痛，然皆合於法度，不至於汙世汙君。換言之，高元之始終視屈原爲中正和平之儒者。兼且戴表元以爲高元之詩「醇醲委宛，出於《離騷》」，則《變離騷》成書殆在高氏中年文風轉變以後。

樓鑰〈高端叔墓誌銘〉云：

> （高元之）一日遣女奴來，手札炳然，以所藏歐陽公爲進士時白襴及其史薰詩章見遺，且曰：「吾將亡，以此爲永好。」辭之。又至。未幾而亡矣。**❼⑨**

而樓氏〈高端叔元之輓詞〉亦詠及高元之臨終贈袍與書之事：「滿卷《變離騷》，歐公一素袍。豈惟將厚意，要使句殘膏？」則高氏所贈「詩章」，包括《變離騷》一書在內，而此贈書當爲抄本。考周必大〈高端叔變離騷序〉謂高元之「死已二年，席珍如此，埋光不耀，重可歎也」，**❽⓪** 可見《變離騷》於高氏去世後二年方才付梓。其後葉盛得《變離騷》殘書，謂須「竢知者足之」，自亦未將之刊印。**❽①** 根據現存書目及館藏記載，《變離騷》蓋僅有周大受

---

❼⑧ [漢] 司馬遷：《史記》(北京：中華書局，1997 年版)，頁 2482。

❼⑨ [宋] 樓鑰：〈高端叔墓誌銘〉，同註**⑯**，卷一百三，頁 1b。

❽⓪ [宋] 周必大：〈高端叔變離騷序〉，同註**❼⑤**，卷五十三，頁 13a。

❽① 按：葉盛何年得《變離騷》殘書，語焉未詳。考葉氏於正統十年(1445)成進士，歷仕景泰、天順、成化諸朝，而四庫館臣謂葉氏於書中「好自敘居官事蹟」(同註**❽⓪**，頁 1203。)，則其得書之年，當在英宗、憲宗之時。

初刻本，後世不復再版。

㈢ 從〈高元之先生變離騷序〉看其楚辭學的內容

　　前文談及《變離騷》創作背景時，嘗引樓鑰〈墓誌銘〉語加以論述。然樓氏之語，實出自〈高元之先生變離騷序〉。高氏當時應未得閱朱註，然其所謂「非變而求異於騷，將以極其志之所歸，引而達於理義之衷，以障隄頹波之不反也」，與朱熹〈楚辭集註目錄序〉之論仍有相近處。由此可推知，如何將屈原在儒家的框架內定位，在南宋前期已有討論。然而，高元之與朱熹解讀屈騷之方式仍有差距。朱熹對於屈原褒貶互見，僅有取於其與儒家相合者。而常人以爲屈原不合於儒家之處，高元之則力求「引而達於理義之衷」，於屈原幾乎有褒無貶。在此大前提下，〈高元之先生變離騷序〉可歸結爲三個要點，現分而論之。

1. 《離騷》源流於六義，具體而微

　　高元之指出，平王東遷，〈黍離〉降爲〈國風〉，而戰國之世，變風亦亡，「君臣上下之義瀆亂舛逆，邪說姦言之禍糜爛天下」。屈原處昏君亂臣之間，古道獨存，竭忠盡智，信而見疑，忠而被謗。故屈作二十五篇，皆源流於六義，出於不能自已、眷眷無窮的思治、愛上之心。高氏甚而寫道：

　　　　故《離騷》源流於六義，具體而微，興遠而情逾親，意切而

辭不迫。⑧

不僅提出屈騷該備周詩六義，更認為其意雖切而其辭不迫，合於溫柔敦厚的詩教；而香草美人等興象，寄喻雖遠，其情逾親。與朱熹之論相比，可見高元之以為屈騷實乃《詩三百》之真傳，而非變〈風〉變〈雅〉之末流而已。故曾丰就而闡發道：

> 繆公悔過近道，而孔子收〈秦誓〉入於《書》。屈原愛君，與悔過等。使孔子生於戰國之末，余知收《騷》入於《詩》，必矣。彼曰「刪後更無詩」，為徇騷之流者設可也。⑧

甚能代表高氏之意見。其後明代王世貞、申時行等人皆持此論。⑧

2. 班固以後，對屈原抑揚失實

劉向編纂《楚辭》後，治《騷》者在在多有。西漢末年以降，揚雄作〈反離騷〉，而班固、賈逵、王逸等皆有章句。然高元之認為，諸人所論揚之者或過其實，抑之者多損其真：

---

⑧ 同註❹，頁 239。

⑧ [宋]曾丰：〈高元之變騷後序〉，同註❼，卷十八，頁 8b。

⑧ 按：如王世貞〈楚辭序〉云：「藉令屈原及孔子時，所謂《離騷》者，縱不敢方響〈清廟〉，亦何出齊秦二風下哉！孔子不云乎：『詩可以興，可以怨，邇之事父，遠之事君，多識乎草木鳥獸之名。』以此而等屈氏，何忝也？是故孔子不遇屈氏則已，孔子而遇屈氏，則必采而列之楚風。」見《弇州四部稿》(臺北：商務印書館影印文淵閣四庫全書，1983 年初版)，頁 166。

（屈子）既申之以〈九章〉，又重之以〈九歌〉、〈遠
遊〉、〈天問〉、〈大招〉，而猶不能自已也，其忠厚之心
亦至矣。班固乃謂其露才揚己，茍欲求進，甚矣其不知原
也！是不察其「專為君而無他」、「迷不知寵之門」之義
也。顏之推至謂文人常陷輕薄，是惑於固之說，而不體其一
篇之中，三致其意之義也。〈遠遊〉極黃老之高致，而揚雄
乃謂棄由聃之所珍；〈大招〉所陳，深規楚俗之敗，而劉勰
反以娛酒不廢，謂原志於荒淫，豈《離騷》之果難知哉！王
逸於《騷》，好之篤矣，如謂「夕攬洲之宿莽」，則《易》
之「潛龍勿用」；登崑崙，涉流沙，則〈禹貢〉之敷土；
「就重華而陳詞」，則皋陶之謀謨，又皆非原之本意。㊟

高元之以為，屈原作〈騷〉以後，復為〈九章〉、〈九歌〉以下諸
篇，乃是忠厚之心不能自已，申述其意而作；班固謂其露才揚己，
顏之推謂其陷於輕薄，可謂大謬。屈原亦嘗欲清虛自守，而揚雄指
責其不能學許由、老聃，亦未通讀屈騷。〈大招〉所述之各種生活
享受，乃屈原欲規楚俗之敗，而非志於荒淫。而王逸以六經牽合屈
騷，以圖推崇屈原，然實為附會，並非屈原本意。總而觀之，高元
之對於班固、王逸的評語最為在理。然屈原本非清虛自守之人，終
懷沙以殉社稷。〈遠遊〉一篇，乃屈原偶作出世之想爾。僅憑此篇
證明屈原未有「棄由聃之所珍」，不足以服人。此外，姑勿論「娛
酒不廢」之語出自〈招魂〉而非〈大招〉，由今日觀之，楚國與中

㊟ 同註❹，頁 239 至 241。

原文化頗有不同。故其人注重生活享受，並以此爲招魂之內容，乃風俗使然。高元之以〈大招〉之描述爲「深規楚俗之敗」，亦屬牽強。然而，高元之客觀評價屈原的態度，於後世亦有繼承。如晚明許學夷曰：「屈原之忠，忠而過，乃千古定論。今但以其辭之工也，而謂其無偏無過，欲強躋之於大聖中和之域，後世其孰信之？此不足以揚原，適足以累己耳。」⑯ 殆受高氏影響者也。

3. 宋玉以下，不能建明屈原之微言匿旨

《楚辭》十七卷，於屈騷二十五篇之外，尙收錄多人之作品。不過，高元之對於這些作品皆不滿意：

> 自宋玉、賈誼以下，如東方朔、嚴忌、淮南小山、王褒、劉向之徒，皆悲原意，各有纂者，大抵紬繹緒言，相與嗟詠而已，若夫原之微言匿旨，不能有所建明。鳴呼！忠臣義士，殺身成仁，亦云至矣，然猶追琢其辭，申重其意，垂光來葉，待天下後世之心至不薄也，而劉勰猥謂「枚、賈追風以入麗，馬、揚沿波而得奇」，「顧盼可以驅辭力，咳唾可以窮文致」。徒欲酌奇玩華，艷溢錙毫，至於扶掖名教，激揚忠蹇之大端，顧鮮及之。如此，則原之本意，又將復亡矣！⑰

---

⑯ [明]許學夷：《詩源辯體》(北京：人民文學出版社，1998 年初版)，頁 34。
⑰ 同註❹，頁 241。

所謂「紬繹緒言,相與嗟詠」,以今日觀之,近乎「純文學」之創作。然而高氏系出儒門,信奉文質彬彬之道,自然會強調文學作品的思想性。因此與屈原相比,宋玉等人作品的思想性就有不足之嫌。雕章繪句、斟詞酌字不過爲第二義,在高元之看來,屈原的取向亦復如是:若以屈原「殺身成仁」爲立德,「追琢其辭」則爲立言。高氏所言「追琢」者,即於德行無虧的基礎上踵事增華之謂。故此,對於劉勰的言論,高元之不以爲然。實際上,劉勰處於唯美文學盛行之南朝,強調屈騷的藻繢,毋庸爲怪。且〈辨騷〉篇所謂「驚才風逸,壯志煙高」,足見劉勰文質並重。進而言之,劉勰認爲解讀屈騷可分幾個層面,而「顧盼可以驅辭力,咳唾可以窮文致」乃是最下者。因此,高元之的批評,未免有斷章取義之虞。不過,高氏對於屈原「扶掖名教,激揚忠蹇之大端」念茲在茲,實亦出於愛騷之心。這種援屈入儒的方式與王逸無差,然高元之所論較王逸更爲平實近人而已。

結　語

　　高元之乃楊龜山三傳弟子,一生躓踣坎坷,而安貧樂道,篤志力學,生徒甚衆。其人在宋、元之世名聞鄉里,至明末黃宗羲編《宋元學案》,尚錄其名。生前著作甚富,遍及四部;然清初之時已多有亡佚,至今竟無一倖存。高氏曾校正《昌黎文集》,其詩與江西派甚有淵源,早歲好劘鍼求工;晚歲詩出於《楚辭》,日造平淡,與江湖詩派相呼應,於當時鄉邦文風頗具影響。而論詩則宗詩之六義,於陶潛、老杜之作每有解會,善於博引證據,採取比較的

方法，運用前人的成說來知人論世，並兼及義理發揮及考據聲韻。

自東漢班固以降，儒者於屈騷多有詆諆。兩宋之世，道學家更以因屈原行徑不合乎中庸、《楚辭》徒以辭藻華采之炫奇爲能，無補於社稷民生。高氏好騷，而系出儒門，爲調和二者之矛盾，故作騷體九篇，合稱《變離騷》，強調屈原有得於詩教之溫柔敦厚。《變離騷》於高元之生前並未付梓。高氏歿後，友人周大受持書稿邀周必大、曾丰作前、後序，於慶元五年刊行。然流傳不廣，官私書目多未見錄。清修《浙江通志·經籍志》雖有著錄，然所據乃《延祐四明志》高氏小傳而已。觀永樂間黃潤玉〈先賢贊〉之語，蓋此書當時尚有全本；至明英宗時，葉盛所得《變離騷》已爲殘書。葉氏遂迻錄其篇目、自序於《水東日記》之中。明中葉後，學者誤以此自序爲葉盛所作，迭相轉載，然《變離騷》原書則漸次亡佚。

《楚辭》之重要註本有三：王逸《章句》、洪興祖《補註》及朱熹《集註》，而洪、朱二氏皆南宋時人。洪註長於名物訓詁，於屈騷推崇有加；而朱註重於義理闡釋，於屈騷褒貶互見。高元之《變離騷》著成之時，朱註蓋尚未刊行，故《變離騷》內容不受朱註影響，高氏自序的觀點可以體現洪《補》成書後、朱註付梓前這數十年間南宋楚辭學情況的一個側面。

易重廉云：「把道學思想帶入楚辭研究的是洪興祖，全面貫徹道學思想到楚辭研究的則是朱熹。洪、朱二氏的楚辭研究成就很大，但因爲思想的局限，他們對楚辭所作的誤解和曲解卻是不算少

的。」❽ 高元之身爲理學中人，又好屈騷，故注重如何將屈原納入儒家思想的框架。據周必大、曾丰之言，《變離騷》所謂變者，取《論語》「齊一變，至於魯；魯一變，至於道」之意。觀高元之自序，稱《離騷》源流於六義，具體而微，自班固以後，於屈騷抑揚失實，而宋玉等人又不能建明屈原之微言匱旨。故《變離騷》之作，欲極屈原志之所歸，引儒理以印證，而杜絕儒者「流遁忘返」之譏。《變離騷》雖非註本，然高氏既欲引屈騷而「達於理義之衷」，故觀其論述，可知洪興祖《補註》已成、朱熹《集註》未出之時，宋人如何理解《楚辭》。曾丰〈高端叔變騷後序〉云：「元之學未同乎大通，而果於立論如此。或者以〈典〉推〈雅〉，以〈誓〉推《騷》，逆知孔子意然歟。」❾ 其意已不以高氏之見爲然矣。而觀《變離騷》三序，可知朱熹《集註》梓行前夕，尚有高元之踵武洪興祖，推尊屈騷不遺餘力。宋人研究楚辭之狀況，也可由此而窺見一斑。

❽ 易重廉：《中國楚辭學史》(長沙：湖南出版社，1991 年初版)，頁 237。

❾ [宋]曾丰：〈高元之變騷後序〉，同註❼，卷十八，頁 8b。

張之象《楚範》題解

　　張之象（1507-1587），字月鹿，一字玄超，號王屋。華亭人。《重修華亭縣志》稱其少穎異，博縱群籍，詩文高絕，由國學謁選。嘉靖間，時宰欲其撰青詞以進，拒不應。就浙江按察司知事，以吏隱自命。因故劾歸，益務撰著。晚居細林山，卒年八十一。❶ 莫如忠〈故浙江按察司知事王屋張公墓誌銘〉謂張氏「以歲丁卯飄然投劾歸」，❷ 則其歸隱在穆宗隆慶元年（1567）。《明史》謂張之象與同里何良俊、徐獻忠、董宜陽友善，並有聲。❸ 茅坤云：「君少負雋材，好讀古先秦以來百家之書，頗自喜，間著詞賦詩歌，則又多仿漢、魏、晉、宋，下及唐開元、天寶、大曆、建中以來詞人之旨而揣摩之，而無不得其似。」❹ 可知張氏論文大抵承七子之緒，以師古為宗。

---

❶ [清]楊開第修、姚光發等纂：《重修華亭縣志》(臺北：成文出版社據光緒四年
　　(1878)刊本影印，1970 年初版)，頁 1084。

❷ [明]莫如忠：〈故浙江按察司知事王屋張公墓誌銘〉，載[明]黃宗羲：《明文
　　海》(臺北：臺灣商務印書館影印文淵閣四庫全書，1983 年初版)卷四三四，頁
　　2b。

❸ [清]張廷玉主編：《明史》(北京：中華書局，1997 年版)，頁 7365。

❹ [明]茅坤：〈楚範序〉，《茅鹿門先生文集·白華樓續稿》(上海：上海古籍出
　　版社據據中國科學院圖書館藏萬曆刻本影印，1995 年初版)卷十三，頁 1a。

　　張氏著述，有《四聲韻補》、《韻經》、《太史史例》、《上海縣志》、《鹽鐵論註》、《楚範》、《楚騷綺語》、《剪綃集》、《古詩類苑》、《唐詩類苑》、《唐雅》、《回文類聚》、《彤管新編》等傳世。莫如忠墓誌銘又言及《韻苑連珠》、《韻學統宗》、《賦林》、《七萃》、《詩紀類林》等書，❺ 今多不傳。又《重修華亭縣志·藝文志》著錄有《楚範》、《楚語》（按：當即《楚騷綺語》）、《楚林》、《楚翼》、《詩學指南》，❻ 至乾隆時修《四庫全書》，則僅存前二者。《楚林》、《楚翼》今雖不見，觀其名似爲紹騷文集。《楚辭著作提要》中，毛慶先生謂《楚騷綺語》將楚辭中大致同類的詞語匯集在一起，爲研究者提供了方便，❼ 所論甚是。《浙江採集遺書總錄》謂《楚範》論楚騷體裁及造句用韻遺宗諸義，蓋專論《楚辭》修辭書，以爲擬作法式者。《楚辭著作提要》臚列《浙江採集書目總錄》及《四庫全書總目》之相關論述，作爲附錄繫於《楚騷綺語》提要之下。❽

　　《楚範》六卷，饒宗頤《楚辭書錄》著爲明高濂刊本，前北京人文科學研究所藏。❾ 姜亮夫《楚辭書目五種》從之。❿ 周建

---

❺ 同註❷，頁 3a。

❻ 同註❶，頁 1492 至 1493。

❼ 見潘嘯龍、毛慶主編：《楚辭著作提要》(武漢：湖北教育出版社，2003 年初版)，頁 62 至 63。

❽ 同註❼，頁 62 至 63。

❾ 饒宗頤：《楚辭書錄》(香港：蘇記書莊，1956 年初版)，頁 16。

❿ 姜亮夫編：《楚辭書目五種》(上海：上海古籍出版社，1993 年版)，頁 352。

忠〈明代楚辭要籍題解〉亦著錄此書，而所言多從《四庫》及姜氏。⓫　《四庫全書》雖存其目，然《四庫全書存目叢書》未收。據《中國科學院圖書館藏中文古籍善本書目》及朱易安《中國詩學史·明代卷》所附明詩話書目，饒氏著錄之本現藏於北京中國科學院圖書館。此外又有湖南師範大學圖書館藏本。中科院本全書一函三冊，冊一為卷一（廿五頁）、二（卅四頁），冊二為卷三（十七頁）、四（廿七頁），冊三為卷五（十頁）、六（卅八頁）。烏絲欄，版心標「楚範」字面及卷、頁數。每半頁九行，行十八字，白口，四周單邊。無序跋，各卷首頁題為「雲間張之象玄超撰，虎林高濂士深校刻」。卷六末題為「天目山人陳曉訂正」。每冊首尾處除中科院圖書館印外，皆鈐有「東方文化事業總委員會所藏圖書印」，知此書乃日人主編《續修四庫全書總目提要》時搜購而來，後為中科院所接收。總覽全書，並未列出刊行年份。然據《茅坤集》所收〈楚範序〉，此書為張氏於隆慶元年歸隱後所作（後詳）。而《華亭縣志》將《楚範》、《楚語》、《楚林》、《楚翼》並稱，知此四書乃張氏之楚辭研究系列，刊行年代當甚接近。觀《楚騷綺語》原刊於萬曆五年（1577），由凌迪知收編入《文林綺繡》，時張之象年七十，正值晚歲隱居之時。如是將《楚範》原刊年代定於隆慶至萬曆初葉，庶無大誤。全書共分十二編，詳細目次如下：

⓫ 周建忠：〈明代楚辭要籍題解〉，《書目季刊》37 卷第 2 期(臺北：《書目季刊》出版社，2003 年)，頁 62。

　　中科院藏本雖無序跋，然《茅坤集》收有〈楚範序〉一篇，頗便學者理解此書的寫作過程。茅序指出，張之象少時與何良俊、徐獻忠等人相倡和，「當其宴歌遊覽，情興所適，輒分曹而賦，相與比音節、刻字句，抉腸劌腎，以極騷人之變」。**⓬** 張氏為文好擬古，這種「比音節、刻字句」式的創作方法，是日後撰寫《楚範》的遠因。其後，何良俊等人並舉進士，而張之象依然困頓山林。晚歲雖以貲補浙江按察司知事，不久即因故劾歸。仕途的失意，令張之象對《楚辭》體會愈深：

> 《楚範》者，君亦自悲才廢，當其數手〈天問〉、〈卜居〉、〈漁父〉、〈九歌〉諸什而讀，讀而歔歟嗚咽不自已，遂以累箋簡端，為之論次者。若此，亦賈誼出長沙所為投書以弔湘水，而因以見其微者也。**⓭**

可見《楚範》乃其晚年歸隱時作，論析《楚辭》有抒發哀憤之意。

⓬ 同註**❹**，頁 1b。

⓭ 同註**❹**，頁 2a 至 2b。

儘管張之象與他人窮愁註《騷》不同，他的楚辭研究是從修辭學入手，專論體裁、造句、用韻諸端，而不及於義理，但茅坤強調：「後之讀是編者，抑可以弔君，而併知君之所屹然自重者，蓋在此而不在彼也已！」❶

唐代以降，如皎然《詩式》等討論詩歌體裁、造句、用韻的著作不絕如縷，但大都著眼於近體詩、古風及樂府，騷體因非主流體裁而無所留意。四庫館臣稱《楚範》一書「割裂《楚詞》之文，分標格目，以爲擬作之法」，❶ 雖語帶貶損，但《楚範》作爲一部系統性析論楚辭修辭學之著作的事實，卻難以否認。張之象正是通過這種「分標格目」的方法，較詳細而完備地分析了楚辭的語言特點。

《楚範》「割裂」了哪些《楚辭》篇章，書中並未專門說明；然據〈解題第二〉所錄，知有〈離騷〉、〈九歌〉、〈天問〉、〈九章〉、〈遠遊〉、〈卜居〉、〈漁父〉、〈九辯〉、二〈招〉、〈惜誓〉、〈弔屈原〉、〈哀時命〉、〈招隱士〉、〈七諫〉、〈九懷〉、〈九歎〉、〈九思〉諸篇，綜合了王逸《章句》與朱熹《集註》選收的作品。❶ 解題大抵遵循王逸，然於〈大招〉、〈惜誓〉的作者問題，則折衷於朱熹之說。❶

作爲楚辭學史上較早的修辭學著作，《楚範》一書甚具特

---

❶ 同註❹，頁2b。

❶ [清]永瑢主編：《四庫全書總目》(北京：中華書局，1965年初版)，頁1802。

❶ 見[明]張之象：《楚範》(中國科學院圖書館藏明高濂刊本)卷一，頁 6a至11b。

❶ 同註❶，頁8b及頁9a。

色，現分而論之。〈辨體第一〉涵蓋了寫作方法與句式正變兩個問題。朱熹以賦、比、興分析〈離騷〉，張之象更將其法細分爲「賦體」、「賦而比體」、「比體」、「比而又比體」、「比而賦體」、「興體」及「興而比體」七種，並分別舉例爲證。句式方面，將楚辭分長、中、短、散四種句式。長句以〈離騷〉、〈惜誦〉等爲正體，〈離騷〉之亂、〈涉江〉等爲變；中句以〈涉江〉之亂、〈橘頌〉等爲正體，以〈天問〉、二〈招〉等爲變；短句以〈九歌〉爲正體，以〈九懷〉之亂等爲變；散句以〈卜居〉、〈漁父〉爲變體。對於騷體的文句，〈造句第四〉以字數爲單位，以「兮」字爲眼目，分爲兩個大類。第一大類的文句，「兮」字居句中間，張氏以之爲終點，一共歸結出三十六種句式。從「上一下一」式（块兮軋）、「上一下二」式（眴兮杳杳）、「上二下二」（吉日兮辰良）一直到「上九下六」式（苟余情其信姱以練要兮長頗頷亦何傷），應有盡有。第二大類文句，或「兮」、「些」、「只」、「乎」字居句末，或全無此等感嘆詞。張氏歸結出「三字句」（分流汩兮）、「四字句」（浩浩沅湘兮）、「五字句」（知死不可讓兮）、「上四下三」（長瀨湍流、泝江潭兮）、「上四中五下五」（雕題黑齒、得人肉以祀、以其骨爲醢些）、上八下四（何環穿自閭社丘、爰出子文）等三十二種句式。每一式下皆儘量蒐羅例句，除可令讀者一目了然，更能進而統計這些句式在楚辭中出現的頻率。而楚辭中「短句中間以長句」（如〈湘君〉「期不信兮告余以不間」）、「長句中間以短句」（如〈涉江〉「步余馬兮山皋，邸余車兮方林」）、「句意相襲」（如二〈湘〉「采芳洲兮杜若」及「搴汀洲兮杜若」）、以及「一篇中一句兩見」（如〈離

騷〉「紛總總其離合兮」、〈招隱士〉「攀援桂枝兮聊淹留」）等
情況，《楚範》也作出了較準確的統計。復次，楚辭作爲辭賦之
祖，對於後世駢體文的影響也很深遠。〈麗辭第五〉窮蒐了楚辭作
品中的對偶句達一百三十五組，令學者對楚騷文字中的駢儷情況有
了準確的瞭解。

張氏在《楚騷綺語》中將大量詞語分門別類，而《楚範》則
有三編專論連文（即連綿詞）、疊字及助語的用法。〈連文第九〉
歸納了「一句中兩用連文」、「四句中纍用連文」、「七句中纍用
連文」三種情況。〈疊字第十〉歸納了「一句中兩用疊字」、「二
句中三用疊字」、「二句中四用疊字」、「十八句中疊用疊字」、
「顛倒用疊字」、「連文與疊字並用」、「連文與疊字錯用」七種
情況。〈助語第十一〉則羅致了「之」、「于」、「於」、
「而」、「以」、「其」、「夫」、「乎」等七十一個不同的助
語。這些都頗能體現楚辭的語言特點。

許多楚辭作品中都出現過樂章轉變的情形，如亂詞、少歌等
皆是。張之象繼承王逸之論，將之通稱爲「餘音」：

> 餘音之體，有亂、有少歌、有倡、有重、有誶、有歎。亂者
> 理也，所以發理詞指，總撮其行要也。少歌者，小吟謳謠以
> 樂志也。倡者，起唱發聲，造新曲也。重者，憒懣未盡，復
> 陳詞也。誶者，告也，即亂辭也。歎者，傷也，息也，傷念

其君，嘆息無已也。⑱

在〈餘音第十二〉中，張氏將這些「餘音」的內容匯聚在一起，以便讀者分析之用。

楚辭聲韻學方面，〈用韻第七〉歸納出「二句每句用韻」、「三句每句用韻」、「四句每句用韻」、「五句每句用韻」、「六句每句用韻」、「七句每句用韻」「四句三用韻」、「五句四用韻」、「六句三用韻」、「六句四用韻」、「六句五用韻」、「七句五用韻」、「七句六用韻」、「八句四用韻」、「兮字用韻」、「之字用韻」、「些字用韻」、「哉字用韻」、「焉字用韻」、「乎字用韻」、「也字用韻」、「散句用韻」、「隔句用韻」、「交錯用韻」、「疊字用韻」、「一字連用爲韻」、「一字疊見爲韻」等二十七種情況，使人得以了解楚辭韻式的變化多端。〈更韻第八〉則云：「一篇之內，韻之更否不齊；一韻之中，句之多寡不一。錯綜變化，本無定體，在知者意悟爾。」⑲ 由於騷體創作並無近體詩般嚴密的格式，用韻相當自由。不過，張之象也較仔細地分析了楚辭諸篇更韻情況，如謂〈九歌〉：

> 短句如〈九歌〉諸篇，或二三句為一韻，或四五句為一韻，或六七八句為一韻，惟〈國殤〉更韻最多，〈東皇太乙〉自

---

⑱ 同註⑯，卷六，頁 34a 至 34b。

⑲ 同註⑯，卷五，頁 2b。

首至尾不更他韻，全篇十五句為一韻，皆陽韻也。**⑳**

所論非常細緻。〈國殤〉頻更韻，〈東皇太乙〉不更韻，殆非偶然：大概前者為了表達戰爭的激烈慘酷，後者為了體現至上神的莊嚴肅穆。張之象雖道出了事實，卻並未進一步嘗試解釋所以然，甚為遺憾。

然而，《楚範》的不足之處也是顯而易見的。現分而論之：

一、編次不當——〈解題第二〉羅列的諸篇作品之序，主要談及了創作背景與動機，與楚辭修辭學的關聯卻非直接，實在無須專設一編。又如「辨體第一」包含了寫作方法（賦、比、興體）與句式正變（長、中、短、散句）兩部分，一為創作手段，一為創作形式，二者雖各有其「體」，卻不宜混為一談。〈造句第四〉應專論各句字數多寡，「句意相襲」、「一篇中一句兩見」等情況可分編論之。

二、自亂體例——〈辨體第一〉以〈九歌〉為短句正體，〈九懷〉之亂為短句變體。蓋以〈九歌〉貫見的「上三下二」式為正，「上三下三」為變。然〈國殤〉全篇皆為「上三下三」式，句式與〈九懷〉之亂並無大的不同。又，「魂兮歸來、東方不可以託些」一句，《楚範》歸為「上四下六」式。**㉑** 然前文所舉「眴兮杳杳」與「魂兮歸來」無甚差異，卻歸為「上一下二」式。此外，〈助語第十二〉將「邅」、「汩」、「迷」等字歸為助語，**㉒** 也

---

⑳ 同註**⑯**，頁 2a。

㉑ 同註**⑯**，卷二，頁 13b。

㉒ 同註**⑯**，卷六，頁 31a 至 32b。

是不相宜的。

三、仍主協韻——張之象認為：「楚辭皆用古韻，不知古韻者率難誦讀，須從古韻以轉聲求之。」自宋代之明中期，學者主張臨時更改讀音以求文從字協、唇吻流便，誠然昧於「時有古今，地有南北，字有更革、音有轉移」的現實。因此，《楚範》侈談協韻，於楚辭音韻學之新見卻少。（不過，此編雖云只是「姑錄此數十則」例句，實際卻達一百四十四則之多，尚可使讀者全面瞭解古今字音不協的韻例。）

四、訛誤時見——如「沈」作「沉」、❷「刉」作「利」、❷「代」作「伐」、❷「齎」作「齊」等。又如「去君之恆幹」一句「去君」二字顛倒，❷這些訛誤甚或影響論述，如〈造句第四〉以「塊鞠兮當道宿」為「上二下三」句式，然此句實當作「塊兮鞠、當道宿」。❷

《楚範》付梓後，陳深《批點本楚辭》、馮紹祖刊《觀妙齋楚辭章句》的集評皆有參用其說之處。四庫館臣將之收入存目，譏云：

> 屈、宋所作，上接風人之遺，而下開百代之詞、賦，性情所造，音律自生，所謂文成而法立者也。之象乃摘其某章某

---

❷ 同註❻，卷二，頁 2a。

❷ 同註❻，頁 5b。

❷ 同註❻，頁 14b。

❷ 同註❻，頁 14a。

❷ 同註❻，卷二，頁 1b。

句，多立門類，限為定法，如詞曲家之有工尺，以是擬
《騷》，寧止相去九牛毛乎？❷❸

館臣認為文生於情，文成而法立，所言頗是。觀明中葉直至清初，
師古文風盛行，七子流亞所模擬者除《楚辭》之外，幾乎遍及各代
作品之典範。以漢魏古詩為例，其作者亦未嘗究心音韻，然後人作
古詩則刻意避免律句，此亦注重聲韻修辭之一端。張之象身處此
世，汲汲以擬古為事，且撰寫《楚範》、《楚騷綺語》等書以資參
考，良有以也。然忽略此書的創作背景，僅就內容而責其作者重法
輕情，則似欠公允。《楚範》一書，利弊兩見，然不失為楚辭修辭
學著作之嚆矢。故毛慶先生在《楚辭著作提要》中認為「就供今天
研究者之參考而言，該書亦有一定價值」，是很中肯的意見。

---

❷❸ 同註❶❻，頁 1802。

陳深楚辭學著作考敘

前言：陳深的生平及著述考略

　　陳深（1513?-1598），字子淵，號九華、潛齋，長興人。嘉靖二十八年（1549）舉人。《長興縣志·選舉志》錄嘉靖二十八年之中舉士子有名「陳昌言」而字「霖孫」者，小註云：「更名深。」又云：「按《胡[湖]府志》：是科既載陳深，下注榜名昌言，雷州推官。又載陳昌言，下注知[歸]州。考〈陳深傳〉，初授歸州守，後赴補，以違例降雷州理。本屬一人。《府志》作兩人，誤。」可知其本名昌言，字霖孫。❶ 隆慶五年（1571）知歸州，剸煩理劇，遊刃有餘。定條鞭而逋逃樂生，清民屯而豪強斂跡。譙樓館宇，整治一新，而民間秋毫無擾。薦調荊門州。❷ 末期丁艱歸，出補，以違例降雷州推官。屬海康令沈汝良貪墨激變，守貳皇遽，深往慰數語而寢。性嗜古，喜讀書，致仕後纂輯忘倦。《長興

---

❶ [清]趙定邦、丁汝書纂：《長興縣志》(臺北：成文出版社據清同治十三年(1874)修，光緒十八年(1892)增補刊本，1982年初版)，頁1642至1643。

❷ [清]宗源瀚等修、周學濬等纂：《湖州府志》(臺北：成文出版社據同治十三年(1874)刊本影印，1970年初版)，頁1365。

縣志》謂其「尤邃於經學，折衷條貫，粹然大儒」。❸ 丁元薦嘗
爲陳深《十三經解詁》作序，其言云：

> （陳氏）老而喜讀書。年八十餘，篝燈至丙夜不輟。先有
> 《子、史品節》，行于世。先生語予曰：「老夫所苦心者，
> 經也。」將易簀，以此執手見托曰：「幸辱一言，比于掛劍
> 之義。」余心許之。又三年而敘成。❹

丁氏之序落款日期爲「萬曆辛丑冬日」，辛丑即萬曆二十九年
（1601）；既謂「三年而敘成」，則陳氏去世當在萬曆二十六年
（1598）。設去世時八十五歲，則生年當在正德八年（1513）左
右。另《浙江通志》謂陳氏爲嘉靖四年乙酉科（1525）舉人，❺
與《湖州府志》所記嘉靖二十八年有異。姜亮夫《楚辭書目五種》
則謂其乃嘉靖乙酉進士。❻ 考嘉靖四年時，陳深年方十余歲，故
中舉之年宜從《湖州府志》及《長興縣志》。

陳深生前著述甚富，其可考者如下：

㈠《周易然疑》——朱彝尊《經義考》著錄，標曰「佚」。

---

❸ 同註❶，頁 1931。

❹ [明]丁元薦：〈十三經解詁序〉，[明]陳深：《十三經解詁》(臺南：莊嚴文化
　事業有限公司據浙江圖書館所藏萬曆刻本影印，1995 年初版)，頁 144。

❺ [清]沈翼機等纂、稽曾筠等修：《敕修浙江通志》(臺北：臺灣商務印書館影印
　文淵閣四庫全書，1983 年初版)卷一三七，頁 46b。

❻ 姜亮夫：《楚辭書目五種》(上海：中華書局上海編輯所，1961 年初版)，頁
　17。

❼ 《湖州府志·藝文略》據「長興張志」著錄，無卷數。❽ 丁元薦〈十三經解詁序〉謂陳氏有「《周易、周禮、春秋然疑》若干卷，惜不盡傳」。❾ 則此書早已亡佚。

　　㈡《周禮訓雋》——《千頃堂書目》著錄爲十卷，❿ 《明史·藝文志》同。⓫ 朱彝尊《經義考》亦著錄爲十卷，標曰「存」。⓬ 《湖州府志·藝文略》著錄爲二十卷。⓭ 《四庫全書總目》云：「是書略無考證，而割裂五官歸於多官，則沿俞廷楷輩之謬論，論無足錄也。」⓮ 浙江圖書館所藏萬曆刻本亦爲二十卷，天、地、春、夏、秋、多六官各三卷，〈考工記〉二卷，卷端題有「周禮訓雋」字樣。《四庫全書存目叢書》據以影印。臺灣國家圖書館藏有明吳興凌杜若校刊朱墨套印二十卷本，書首有陳深〈周禮序〉及凌杜若序，正文卷端僅題「周禮卷幾」，無「訓雋」字樣。

　　㈢《周禮訓註》——《千頃堂書目》著錄爲十八卷，⓯ 《經

---

❼ [清]朱彝尊：《經義考》(臺北：臺灣商務印書館影印文淵閣四庫全書，1983 年初版)卷五十四，頁 8b 至 9a。

❽ 同註❷，頁 1112。

❾ 同註❹，頁 144。

❿ [清]黃虞稷：《千頃堂書目》(臺北：臺灣商務印書館影印文淵閣四庫全書，1983 年初版)卷二，頁 5a。

⓫ [清]張廷玉主編：《明史》(北京：中華書局，1997 年版)，頁 2358。

⓬ 同註❼，卷一二七，頁 5b。

⓭ 同註❷，頁 1112。

⓮ [清]永瑢主編：《四庫全書總目》(北京：中華書局，1965 年初版)，頁 183。

⓯ 同註❿，卷二，頁 5a。

義考》同，標曰「存」。⑯ 《明史·藝文志》亦著錄爲十八卷。
⑰ 此書於《四庫全書總目》不見著錄，觀其卷數爲十八，蓋係
《周禮訓雋》而去〈考工記〉二卷之本耳。

　　㈣《考工記句詁》——《經義考》著錄爲一卷，標曰
「存」。⑱ 《明史·藝文志》、⑲ 《湖州府志·藝文略》亦作一
卷。⑳ 《周禮·多官》久亡，自西漢河間獻王以來皆以〈考工
記〉補之。蓋陳深既「割裂五官歸於多官」而成《周禮訓註》十八
卷，又另爲〈考工記〉作註，此即《考工記句詁》一卷。其後，更
合《周禮訓註》與《考工記句詁》爲一書，而將《考工記句詁》析
爲二卷，遂成《周禮訓雋》二十卷之數。

　　㈤《春秋然疑》——《千頃堂書目》著錄，無卷數。㉑ 《經
義考》標曰「未見」。㉒ 《湖州府志·藝文略》據「長興張志」
著錄，無卷數。由前引丁元薦之言推之，此書亦已亡佚。

　　㈥《孝經解誤》——《千頃堂書目》著錄爲一卷。㉓ 今當不
存。

　　㈦《十三經解詁》——《千頃堂書目》著錄爲六十卷，㉔

---

⑯ 同註❼，卷一二七，頁 5b。
⑰ 同註⓫，頁 2358。
⑱ 同註❼，卷一二九，頁 22b。
⑲ 同註⓫，頁 2358。
⑳ 同註❷，頁 1112。
㉑ 同註❿，卷二，頁 56b。
㉒ 同註❼，卷二百一，頁 12b。
㉓ 同註❿，卷三，頁 2b。
㉔ 同註❿，卷三，頁 18a。

《明史·藝文志》從之。❷ 《經義考》標曰「未見」。❷ 《四庫全書總目》、《湖州府志·藝文略》皆著錄爲五十六卷。❷ 四庫館臣云：「是編凡《易》三卷，《書》三卷，《詩》四卷，《周禮》六卷，《儀禮》四卷，《禮記》十卷，《左傳》十四卷，《公羊傳》三卷，《穀梁傳》二卷，《論語》一卷，《孝經》一卷，《爾雅》三卷，《孟子》二卷。其《易》惟取程《傳》及《本義》，各標其名。《書》惟取孔《傳》、蔡《傳》，不復分別。《詩》取《小序》及朱子《集傳》，亦兼採子貢《詩傳》。《周禮》分序官於各職之前，使長屬相統，用王應電本，稱曰古本。《禮記》增入《夏小正》一篇，置《曾子問》前。《左傳》主夏正之說，謂用周正爲誣。《論語》、《孝經》、《孟子》俱無註，惟《孟子》加以評點，用世所稱蘇洵本。餘亦皆鈔錄舊註，無所發明。」❷ 四庫館臣之言略有訛誤。查浙江圖書館所藏萬曆刻本，《穀梁傳》分爲三卷；《論語》、《孟子》雖分上下部，其下部之頁碼未有另起，故皆算作一卷。至若《春秋》三傳之分卷，如《穀梁傳》之「宣公」雖另起頁碼，卻仍算作「穀梁傳二」，情況恰好與《論》、《孟》相反。故浙圖藏本號稱六十四卷，《千頃堂書目》作六十卷，皆著錄者對卷次之認定有所不同而造成。就其原因，應歸咎於原編者分卷之紊亂耳。《四庫全書存目叢書》據浙圖藏本影印，書首有丁元薦〈十三經解詁序〉及陳深〈解詁引〉。

---

❷ 同註⓫，頁 2368。

❷ 同註❼，卷二四八，頁 6a。

❷ 同註❷，頁 1112 至 1113。

❷ 同註⓮，頁 282。

　　㈧《諸史品節》──《千頃堂書目》著錄爲四十卷。❷　《四
庫全書總目》、《續通志》、❸　《湖州府志‧藝文略》著錄爲三
十九卷。❸　四庫館臣云：「是書所採，自《國語》以及《後漢
書》，皆隨意雜鈔，漫無體例。」❸　湖北省圖書館藏有萬曆二十
一年（1593）刻本四十一卷，《四庫全書存目叢書》據以影印，書
首有〈諸史品節凡例〉，其言云：「昔人有言，觀諸史百家，如游
群玉之府，琮璜圭璧、瓊瑤寶璐，光明焜晃，莫敢注視。如行衡霍
嵩岱之境，山輝川媚，雲蒸霞蔚，龍拏鳳跂，蒼翠詭異，使人應接
不暇。然則非登九層，其隻眼者鮮不爲其所眩矣。今所抄掇，大略
小具，可抱可持，可囊可匣，可挈可依，輕齎遠適，一夫攜之，時
參與飧，時沐與休。愁讀之而舒，倦讀之而爽，亦足以廣聞見、助
發揮，雖不睹全書可矣。」❸　〈凡例〉末題曰「吳人陳深子淵
甫、陸翀之飛卿甫仝識」。❸　可見此書雖爲史部著作，卻以文學
賞析爲主。正文將先秦至後漢的史學作品分爲晚周文、後秦文、初
漢文、盛漢文、中漢文與後漢文，以供觀摩玩味。

　　㈨《秭歸外志》──《千頃堂書目》著錄。❸　《湖州府志‧

---

❷　同註❿，卷五，頁 39a。

❸　[清]高宗皇帝：《續通志》(臺北：臺灣商務印書館影印文淵閣四庫全書，1983
　　年初版)卷一五八，頁 6b。

❸　同註❷，頁 1112。

❸　同註❿，頁 580。

❸　同註❿。

❸　[明]陳深：《諸史品節》(臺南：莊嚴文化事業有限公司據湖北省圖書館藏萬曆
　　二十一年(1593)刻本影印，1995 年初版) 〈凡例〉，頁 4。

❸　同註❿，卷七，頁 56b。

藝文略》著錄，無卷數。❸❻ 《湖州府志·藝文略》引《湖錄》稱其乃「深爲歸州時作」，❸❼ 則應成書於隆慶末、萬曆初。此書今蓋亡佚，然於《諸子品節》及《湖州府志·藝文略》猶可見隻鱗片爪。

（十）《諸子品節》——《千頃堂書目》著錄爲五十卷。❸❽ 《四庫全書總目》、《湖州府志·藝文略》等同之。❸❾ 四庫館臣著錄此書云：「是書雜鈔諸子，分內品、外品、小品。內品爲《老子》、《莊子》、《荀子》、《商子》、《鬼谷子》。《管子》、《韓子》、《墨子》。外品爲《晏子》、《子華子》、《孔叢子》、《尹文子》、《文子》、《桓子》、《關尹子》、《列子》、屈原、司馬相如、《揚子》、《呂覽》、《孫子》、《尉繚子》、陸賈《新語》、賈誼《新書》、《淮南子》。小品爲《說苑》、《論衡》、《中論》。又以桓譚〈陳時政疏〉、崔寔〈政論〉、班彪〈王命論〉、竇融〈奉光武〉及〈責隗囂〉二書、賈誼〈弔屈原賦〉、司馬相如、揚雄諸賦又〈喻巴蜀檄〉、〈難蜀父老〉、〈劇秦美新〉諸文，錯列其中，尤爲龐雜，蓋書肆陋本也。」❹❶ 遼寧大學圖書館藏有萬曆刻本，《四庫全書存目叢書》

---

❸❻ 同註❷，頁 1113。

❸❼ 按：康熙、雍正間，鄭元慶編纂《湖錄》百卷，其後此書久未付梓，漸次散佚。至民國九年，劉承幹僅得《湖錄·經籍考》六卷，全爲集部著作，乃收入吳興叢書中。然《稊歸外志》係史部著作，《湖州府志·經籍考》於此書下徵引之語，當爲已亡佚之《湖錄·經籍考·史部》的內容。

❸❽ 同註❿，卷十二，頁 9a。

❸❾ 同註❷，頁 1113。

❹❶ 同註⓮，頁 1119。

據以影印。書首陳深〈諸子品節序〉，落款題於「萬曆辛卯孟春日」，辛卯爲萬曆十九年（1591），當即刊印之年。

　　（土）《韓子迂評》——《四庫全書總目》、《續文獻通考》著錄爲二十卷。❹　《湖州府志・藝文略》據「長興張志」著錄爲十卷。❷　四庫館臣曰：「舊本題明門無子評。前列元何犿校上。原序署至元三年秋七月庚午，結銜題奎章閣侍書學士。考元世祖、順帝俱以至元紀年，而三年七月以紀志干支排比之，皆無庚午日，疑子字之誤。奎章閣學士院設於文宗天曆二年，止有大學士，尋陞爲學士院，始有侍書學士。則犿進是書在後至元時矣。觀其序中稱：『今天下所急者法度之廢，所少者韓子之臣。』正順帝時事勢也。門無子自序稱：『坊本至不可句讀，最後得何犿本，字字而讎之，皆不失其舊。乃句爲之讀，字爲之品。間取何氏註而折衷之，以授之梓人』云云。蓋趙用賢翻刻宋本在萬曆十年，此本刻於萬曆六年，故未見完帙，仍用何氏之本。然犿序稱『李瓚註鄙陋無取，盡爲削去』，而此本仍間存瓚註，已非何本之舊。且門無子序又稱『取何註折衷之』，則併犿所加旁註亦有增損，非盡其原文。蓋明人好竄改古書，以就己意，動輒失其本來。萬曆以後，刻版皆然，是書亦其一也。門無子不知爲誰，陳深序稱『門無子俞姓，吳郡人，篤行君子』，然宜新舊志乘皆不載其姓名。所綴評語，大抵皆學究八比之門徑，又出犿註之下。所見如是，宜其敢亂舊文矣！」

---

❹　[清]高宗皇帝：《續文獻通考》(臺北：臺灣商務印書館影印文淵閣四庫全書，1983年初版)卷一七五，頁8a。

❷　同註❷，頁1113。

⏜ 查臺灣國家圖書館所藏《韓子迂評》，陳深序云：「門無子吳
郡人，姓俞氏，巖居嗜古，篤行君子也。年七十，修身剡文，不窺
市，不醜窮，不愿貴人。」⏜ 所言與丁元薦〈十三經解詁序〉對
陳深的描述甚爲相似。「俞」蓋即「余」也，且陳深《諸子品節》
僅節錄《韓非子》，〈凡例〉曰「《韓非子》已有全書」。⏜ 若
《韓子迂評》非陳深自撰，《諸子品節‧凡例》當不會有此語。復
次，《湖州府志‧藝文略》據「長興張志」，將《韓子迂評》繫於
陳深名下，⏜ 益可知所謂門無子爲子虛烏有之人。臺灣國家圖書
館藏有明吳興凌氏刊朱墨套印本，亦爲二十卷本。正文卷端僅題
「韓子卷一」，無「迂評」字樣。有門無子〈韓子迂評序〉、元人
何犿〈韓非子舊序〉及陳深自序，自序落款題於萬曆六年，當即刊
印之年。

　　㈤《金丹刊誤》──《千頃堂書目》著錄，無卷數。⏜ 《湖
州府志‧藝文略》誤作《丹經刊誤》。⏜ 今蓋亡佚。

　　㈥《陳氏楚辭》──馮紹祖刊《楚辭章句》之〈議例‧覈評
第四〉提及此書，卷數、刊行年份不詳，當在隆慶五年陳深知歸州
之後、馮紹祖於萬曆十四年刊《楚辭章句》以前。此書今亡，內容

⏜ 同註⏜，頁849。

⏜ [明]陳深：《韓子迂評》(臺灣國家圖書館藏萬曆刊本) 〈序〉，頁5a。

⏜ [明]陳深：《諸子品節》(臺南：莊嚴文化事業有限公司據遼寧大學圖書館藏萬
　　曆十九年(1591)影印，1995年初版)，頁250。

⏜ 同註⏜，頁1113。

⏜ 同註⏜，卷十六，頁31b。

⏜ 同註⏜，頁1113。

散見於馮紹祖刊《楚辭章句》、陳深《批點本楚辭集評》及蔣之翹《七十二家評楚辭》中。

㈤《批點本楚辭集評》——《續修四庫全書總目提要》、❹《楚辭書目五種》、❺ 《國立臺灣大學圖書館善本書目》等著錄。❺ 全書依王逸舊次，分爲十七卷。有萬曆二十八（1601）年庚子凌毓柟校陳深批點二色套印本。

由此可知，陳深之著述遍及四部，而以經部爲夥。其彌留時謂丁元薦：「老夫所苦心者，經也。」誠然不虛。然其書涉及屈騷者亦達四種之多。年久日深，故籍凋零，陳深著述漸次不爲世人所知。有見及此，本文擬逐一考敘陳氏四種楚辭學著作，雖未能發潛德之幽光，而心嚮往之。

一·《秭歸外志》

如前所言，此書乃陳深於隆慶五年前後知歸州（秭歸）時所作，《千頃堂書目》、《湖錄》、《湖州府志·藝文略》皆有著錄。此書雖佚，然觀其書名，蓋爲方志性質。《湖州府志·藝文略》引《湖錄》記《秭歸外志》云：

---

❹ 中國科學院圖書館整理：《續修四庫全書總目提要(稿本)》(濟南：齊魯書社，1996 年初版)冊 19，頁 688 至 689。

❺ 同註❻，頁 16 至 17、頁 316。

❺ 國立臺灣大學編印：《國立臺灣大學圖書館善本書目》(臺北：臺灣大學，1968 年初版)，頁 36。

深為歸州時作。屈原被放暫歸，其姊亦來，因名其地為秭歸。秭亦作姊也，即歸州是。㊿

因秭歸乃屈原故里，故《秭歸外志》頗有記述其軼事之處，其中最為引人矚目者，應係屈原並未沉江之說。《諸子品節·屈子》之〈懷沙〉眉批：

> 抗志欲沉者，其文也。而卒未沉者，沉以後之事也。聞之秭歸，驗之詞外，則然。㊼

既謂「聞之秭歸」，可見陳深知秭歸時嘗試於史料分析、文本研究以外，配合田野考察，向秭歸鄉人詢問屈原之歸宿，蒐集到屈原並非沉江的傳說，且極有可能錄入《秭歸外志》。考類似之說法，宋代已有。如陳振孫《直齋書錄解題》著錄南宋林應辰《龍岡楚辭說》五卷，解題曰：

> 其推屈子不死沉汨羅，比諸浮海居夷之意，其說甚新而有理。㊽

明嘉靖之時，汪瑗《楚辭集解·蒙引》部份收入〈屈原投水辨〉一

㊿ 同註❷，頁 1113。

㊼ 同註❷，頁 668。

㊽ [宋]陳振孫：《直齋書錄解題》(臺北：臺灣商務印書館影印文淵閣四庫全書，1983 年初版)楚辭類，頁 4b 至 5a。

則，亦嘗試從現存史料及《楚辭》文本兩方面闡論此說。❺ 林應辰之見，陳深亦持肯定的態度。《陳氏楚辭》云：

> 永嘉林應辰推議以為屈子不死於汨羅，比諸浮海居夷之意。今考諸秭歸，傳記、稗官、里人皆云。❺

而觀《諸子品節・屈子》，陳深更於〈懷沙〉以外各篇的眉批中時時道及此說。如〈離騷經〉「願依彭咸之遺則」句，眉批：

> □□彭咸，微示沉水之意，皆托詞也。❺

〈惜往日〉：「臨沅湘之玄淵兮，遂自忍而沉流。」眉批云：

> 此皆設詞，勿認以為真死也。卒與女嬃同歸，而國人共悅之，故名其鄉曰秭歸。❺

同篇「吳信讒而弗味兮」一章，眉批：

---

❺ [明]汪瑗撰、董洪利點校：《楚辭集解》(北京：北京古籍出版社，1994 年初版)，頁 332 至 335。

❺ [明]蔣之翹編：《七十二家評楚辭》(上海圖書館藏忠雅堂天啟六年(1626)刊本)卷一，頁 25b。

❺ 同註❺，頁 649。

❺ 同註❺，頁 668 至 669。

其詞之危迫如此,蓋欲死而女嬃勸之歸也。太史公遂以為實然。❺❾

〈悲回風〉眉批:

此篇矻矻,似沉實未沉也。既沉矣,焉作沉辭?❻⓿

《批點本楚辭集評》成於萬曆十八年,《諸子品節·屈子》成於萬曆十九年,以上所引之內容當皆來自於《秭歸外志》,蓋二書距《秭歸外志》之成書已十餘年之久。至於《陳氏楚辭》之成書年代雖然未詳,然其言云「考諸秭歸,傳記、稗官、里人皆云」,可見此書之成必在陳深知歸州之後,而晚於《秭歸外志》面世。

陳深注重田野調查,與足不出戶、專以鑽研故紙堆為務者相比,固然難能可貴。然而,田野調查所蒐集的材料有時卻未必有足夠的說服力。尤其是屈原距離明代中葉已近二千年,姑勿論秭歸居民在這段漫長的歲月中是否有遷徙之舉,即便相關故事口耳相傳不輟,卻也難免在流傳的過程中沒有添枝加葉之處。《廣韻》曰:

秭歸縣在歸州。袁崧云:「屈原此縣人,被放,姊來,因名

---

❺❾ 同註❹❺,頁 669。
❻⓿ 同註❹❺,頁 671。

其地。」姊與秭同。❻

袁崧爲六朝時人，其言蓋亦源自當時的秭歸傳說。但當時的傳說只言屈原被放之前回鄉小住，而屈姊曾來相會，始終沒有確言屈原不曾沉淵。而陳深所聞明代中葉秭歸鄉民之說，蓋是由袁崧所言發展而來。屈原的沉江對於楚國、甚至全中國來說，都是一場悲劇；其鄉民刻意編造出屈原並未沉江的故事，以求心理上得補償與慰藉，非無可能。但若遽將此傳說視爲史實，一口咬定屈原乃壽考善終，則毋乃過於輕率。其次，屈原名下諸篇之中言及沉水的文字，陳深全部視爲屈原的托詞、設詞，又指出〈悲回風〉的內容講到了沉江以後的事，是絕不可能的。驟而觀之，似頗有道理。但〈惜往日〉、〈悲回風〉等篇是否屈原親筆，當代學者已有爭論。若對這幾篇的著作權毫不質疑，繼而在此基礎上認定屈原並未沉江，如此結論並不堅牢。

二・《陳氏楚辭》

萬曆十四年（1586），馮紹祖刊印《楚辭章句》。此書之〈議例・叢評第四〉云：

　　《楚辭》評，先輩鮮成集，即抽緒論亦散漫。茲悉發家乘，
　　若張氏《楚範》、陳氏《楚辭》、洪氏《隨筆》、楊氏《丹

---

❻ [宋]陳彭年等重修：《廣韻》(臺北：藝文印書館，1994 年正版八刷)，頁 248。

鉛》、王氏《卮言》等，一一蒐載。而先王父小海公間有手
澤，隨列之，要以佐《章句》。❷

馮紹祖所舉五書之作者，除洪邁爲宋人外，《楚範》作者張之象、
《丹鉛餘錄》作者楊慎、《藝苑卮言》作者王世貞皆爲明人。「陳
氏《楚辭》」究爲何書，馮氏卻語焉不詳。查馮紹祖《楚辭章句》
所羅列諸家評語，陳深之名往往有之。考自兩宋至明代隆慶、萬曆
間，陳姓而有楚辭學著作者唯有陳深、陳第、陳仁錫三家。陳第
《屈宋古音義》初刊於萬曆四十二年（1614），陳仁錫《古文奇
賞・屈子》初刊於萬曆四十六年（1618），且二人之說皆未見於馮
紹祖之徵引，故所謂「陳氏《楚辭》」，極有可能爲陳深所作。

那麼，「陳氏《楚辭》」即《批點本楚辭集評》乎？筆者是
持否定意見的，其原因有三：

一、馮刊《楚辭章句》集評與《批點本楚辭集評》中陳深評
語的差異──不錯，馮書中的陳深評語間亦見於其自編的《批點本
楚辭集評》。如〈離騷〉「啓九辯與九歌兮」，馮氏引陳深語云：
「以下告重華之詞也。」❸ 《批點本楚辭集評》亦有。❹ 「欲少
留此靈瑣兮」，馮氏引陳深語云：「經涉山川，役使百神。望舒、
飛廉、鸞皇、雷師、飄風、雲霓，皆言神靈爲之擁護服役，以見儀

---

❷ 見[漢]王逸：《楚辭章句》（臺北：藝文印書館影印明馮紹祖萬曆十四年丙戌
(1586)刊本，1974年再版）〈議例〉，頁2a。

❸ 同註❷，卷一，頁12a。

❹ [明]陳深批點：《批點本楚辭集評》（臺灣國家圖書館藏萬曆二十八年(1600)朱
墨刊本）卷一，頁6a。

衛之盛。」 ❻ 《批點本楚辭集評》亦有。❻ 此外，〈離騷〉、
〈天問〉二篇的總評亦兩書皆有。然據筆者統計，同見於二書的陳
深評語僅此四條而已。馮書甚至有兩條陳氏評語於《批點本楚辭集
評》並未收錄，其一爲〈九歌〉總評，其二爲〈九章〉總評。

　　二、面世年代不合——《批點本楚辭集評》刊於萬曆二十八
年，晚於馮書十四年。馮紹祖謂「先王父小海公間有手澤，隨列
之」，小海公即馮覲，乃馮紹祖之祖父。《批點本楚辭集評》中的
馮覲評語，必自馮刊《楚辭章句》逐錄。而另一方面，《陳氏楚
辭》必然早於馮刊《楚辭章句》面世，馮氏才會在〈議例〉中提及
此書。

　　三、蔣之翹《七十二家評楚辭》與《批點本楚辭集評》中陳
深評語的差異——蔣之翹於天啓五年刊印《七十二家評楚辭》，書
中引用陳深評語達 22 條，據筆者統計，其中不見於《批點本楚辭
集評》者竟有 20 條之多。至於《批點本楚辭集評》有而《七十二
家評楚辭》無的陳深評語亦達 12 條。可見《七十二家評楚辭》所
據之本與《批點本楚辭集評》並非一書。

　　因此，馮紹祖所言「陳氏《楚辭》」當非《批點本楚辭集
評》，而是另有其書。爲方便論述，本文姑仍馮紹祖之言，稱之爲
《陳氏楚辭》。《陳氏楚辭》應已亡佚，然部份內容仍保存於陳深
《批點本楚辭集評》及馮刊《楚辭章句》、蔣之翹《七十二家評楚
辭》的集評部份；換言之，該三書所收錄的陳深評語，當皆取自於

---

❻ 同註❻，卷一，頁 15a。
❻ 同註❻，卷一，頁 7a。

《陳氏楚辭》。

　　如前節所論，《陳氏楚辭》應晚於《秭歸外志》面世，而馮紹祖刊印《楚辭章句》時業已引用《陳氏楚辭》的內容，故《陳氏楚辭》的付梓年代當在隆慶五年至萬曆十四年之間。合諸書所錄而觀之，《陳氏楚辭》的特色蓋有三點。其一為知人論世，如〈九歌〉總評曰：

> 沅湘之間，其俗上鬼。祭祀則令巫覡作樂諧舞，歌吹為容。其事陋矣。自原為之，緣之以幽眇，涵之以清深。琅然笙匏，遂可登于俎豆。若曰淫于沔嫚而少純白為屈子病，則是崇崗責其平土、激水使之安流是也，固矣。⑰

陳深此論，乃針對朱熹《楚辭集註》而發。朱氏曰：「昔楚南郢之邑，沅湘之間，其俗信鬼而好祀。其祀，必使巫覡作樂歌舞以娛神。蠻荊陋俗，詞既鄙俚，而其陰陽人鬼之間，又或不能無褻慢淫荒之雜。原既放逐，見而感之，故頗為更定其詞，去其泰甚。而因彼事神之心，以寄吾忠君愛國，眷戀不忘之意。是以其言雖若不能無嫌於燕昵，而君子反有取焉。」⑱ 陳深所謂「緣之以幽眇，涵之以清深。琅然笙匏，遂可登于俎豆」，實源自朱熹：「因彼事神之心，以寄吾忠君愛國，眷戀不忘之意。」然而，朱熹批評〈九歌〉的內容「不能無嫌於燕昵」，陳深卻不以為然。蓋陳深瞭解到

---

⑰　同註⑭，卷二，頁18a至18b。
⑱　[宋]朱熹：《楚辭集註》(臺北：文津出版社，1987年版)，頁29。

楚國與諸夏文化有所不同，不能狹隘地站在諸夏文化、儒家思想的角度來觀照屈騷。他認為，屈騷就像崇崗、激水，以平土的角度指責崇崗、以安流的角度指責激水，無疑是固陋之極。

《陳氏楚辭》的第二點特色為藝術手法分析。陳深以為，〈離騷〉並非複雜無倫，而是有文理脈絡可尋的。他說：

> 〈離騷〉，變〈風〉之遺也。興比賦錯出成章，驟讀似未易瞭，細玩井然有理。[69]

又如「忽馳騖以追逐兮」一章，陳深論云：

> 即「汩余」一段意，而語益深矣。[70]

提出這一章是在申發前文「汩余若將不及兮」一段的文意，而涵義更加深刻。再如「悔相道之不察兮」一章，論云：

> 顛倒神思，想及退修初服，旨尤悽惋。下文女嬃、重華、靈氛、巫咸，俱就此轉出，真是無中生有。[71]

此章有句云：「進不入以離尤兮，退將復修吾初服。」陳深認為這

---

[69] 同註56，卷一，頁 12a。

[70] 同註64，卷一，頁 3b。

[71] 同註64，卷一，頁 8b至 9a。

章實乃轉向後文的關鑰，後文見女嬃、訴重華、問靈氛、要巫咸等大率為無中生有的托詞，只是就「退修初服」之舉的比喻和誇張而已。除了談章法外，陳深也討論到寫作的手法，如其言〈離騷〉：

> 〈離騷經〉凡二千四百九十二字，可謂肆矣。然氣如纖流，迅而不滯，詞如繁露，貫而不糅。故曰：騷人之清深，君子樂之，不厭其長。**⓻**

認為整篇作品的詞藻如湛露相連，晶瑩透剔，卻並無黏著雜糅之弊。相反，他以為〈九章〉的優勝處則不在於詞藻：

> 〈九章〉悲悽引泣，因拙為工，篇雖不倫，各著其志。**⓼**

作者在創作〈九章〉時並沒有刻意雕繪，但卻能「因拙為工」。

此書第三點特色為考證訓解。如前節謂《陳氏楚辭》引林應辰之說即是。再如論〈九辯〉篇名曰：

> 〈九辯〉古樂章，〈天問〉云啟夢賓天，〈九辯〉〈九歌〉。**⓽**

⓻ 同註**⓺**，卷一，頁23b。
⓼ 同註**⓺**，卷四，頁30b。
⓽ 同註**⓺**，卷六，頁11a。

〈天問〉云：「啓棘賓商，〈九辯〉〈九歌〉。」王逸註：「〈九辯〉〈九歌〉，啓所作樂也。」❼ 故陳深以〈九辯〉爲古樂，以示宋玉之作實有所本。又〈招魂〉「實羽觴些」一句，論云：

　　有以羽觴爲項羽所製而得名，此可以證其誤。❼

如此不一而足。

三 · 《批點本楚辭集評》

　　《批點本楚辭集評》乃陳深所批點《楚辭》十七卷的集評部份。此書雖題作「王逸楚辭十七卷」，而全爲白文，並無章句，然王逸本中所有大小敘附錄皆具。今日較易見者皆爲萬曆二十八年（1600）朱墨套印本，正文前有王穉登行書《史記·屈原賈生列傳》，末題「萬曆庚子九月既望王穉登書」，次爲劉勰〈辨騷〉篇，次爲晁公武《郡齋讀書志》「王逸楚辭十七卷」提要，次爲目錄，依王逸十七卷之舊次。正文卷一之端題「楚辭卷之一」，下朱印「王逸敘次」、「陳深批點」一行而分書之。每卷後附「楚辭疑字因義」，實則有音無義。書末有王世貞序，姜亮夫云：「按王序實即夫容本王序而節去『我友豫章宗人用晦』至篇末一段以充數。

---

❼ 同註❻，卷三，頁 5b。
❼ 同註❺，卷七，頁 7b。

此明季書坊射利陋習。」 ❼ 文末有「吳興凌毓枬殿卿父校」一行。正文半葉八行，行十八字。單欄。白口。摺縫刻「楚辭」二字及卷數、葉數，無行線。一本於〈離騷〉前有「三閭大夫」像，題曰「大德九年八月念五日吳興趙孟頫畫」，〈九歌〉後亦有屈原行吟圖。嚴靈峰《無求備齋文庫諸子書目》著錄有萬曆十八年（1590）吳興凌氏刊朱墨套印本，❼ 現藏臺灣國家圖書館。筆者查核此本，發現其內文與各萬曆二十八年刊本幾乎完全相同。其書首亦附有王穉登書〈屈原賈生列傳〉，末題「萬曆庚子」，萬曆庚子即二十八年，可知此本絕非刊於萬曆十八年。

姜亮夫云：

> 按陳深批點本王逸《章句》，輯歷世評《楚辭》者四十五家，即王逸、蕭統、沈約、劉勰、鍾嶸、劉知幾、賈島、宋祁、洪興祖、蘇軾、蘇轍、朱熹、祝堯、嚴羽、李塗、王應麟、沈括、呂向、姚寬、張銳、洪邁、樓昉、何孟春、劉次莊、馮覲、李夢陽、何景明、陳沂、王鏊、茅坤、楊慎、柯維騏、唐順之、王世貞、黃省曾、劉鳳、汪道昆、王慎中、余有丁、郭正域、吳國倫、張之象、楊起元、王維禎，並深為四十五家。❼

---

❼ 同註❻，頁 316。

❼ 嚴靈峰：《無求備齋文庫諸子書目》(臺北：中央圖書館，1987 年初版)，頁362。

❼ 同註❼。

諸家眉批皆朱刊之，姜氏將此部份名爲《批點本楚辭集評》，本文從之。《續修四庫全書總目提要》云：

> 核其所論，全以選詞遣調鍊字諸法，評衡楚騷，更以批點時文之法，就各篇文句加以圈點。按《楚辭》本詩賦之流，是編以衡文之法，詳爲之解，固足爲學者欣賞之助，然屈子之作，寄託遙深，辭義隱晦，但詳其行文之法，寔未能得其意旨。且其所援據，殊嫌冗碎，尤不足以達騷人言外之義。❽⓪

所言甚中肯綮。陳深在《批點本楚辭集評》編成前已有《陳氏楚辭》，而如前文所論，《批點本楚辭集評》所錄陳深評語當係轉錄自《陳氏楚辭》。然《批點本楚辭集評》乃集合眾人之說，與以闡發個人見解爲主的《陳氏楚辭》不同，故《批點本楚辭集評》中的陳深評語相對較少。而這些評語的內容，除「選詞遣調鍊字諸法」外，以討論各篇的整體特色爲多。如評〈天問〉：「特剏爲百餘問，皆容成、葛天之語，入神出天。此爲開物之聖後有。作者皆臣妾也。」❽① 評〈九章〉：「有文字以來，此爲剏格。鏗訇汗漫，怪怪奇奇，邈焉寡儔，卓然高品。」❽② 評〈卜居〉：「極長不見有餘，極短不見不足，以十六乎字爲之，固抱或佗或弆，或牟或抒，惟意所適，無不中繩，必也聖乎！後此猶病。」❽③ 評〈九

---

❽⓪ 同註❹⑨，冊 19，頁 688 至 689。

❽① 同註❻④，卷三，頁 1b。

❽② 同註❻④，卷四，頁 1b。

❽③ 同註❻④，卷六，頁 1b。

歎〉：「辭語短長於邑，鬱結不倫，有不任其聲而促舉其詞者焉。」❽ 評〈九思〉：「溫文粹語，絕似〈騷經〉口氣。」❽ 儘管陳深沒有就相關論點作出進一步的闡釋，但其評語頗能把握《楚辭》各篇的特色。

　　至於此書所錄陳深以外的四十四家，王逸、洪興祖、朱熹各有楚辭學專著，蕭統、沈約、劉勰、鍾嶸等人之語，於舊籍中亦不難檢得。故集評部份於楚辭學之最大貢獻，厥爲保存明人之說。明人王鏊、李夢陽、何景明、陳沂、柯維驥、唐順之、王慎中、茅坤、王世貞、吳國倫、汪道昆、余有丁、郭正域、楊起元、王維楨等皆無楚辭學著作，其闡論屈騷的隻言片語實有賴陳深集評之彙整保存。如〈離騷〉「余既滋蘭之九畹兮」，集評錄郭正域語：「人知先生之忠，顧其縱恣奇絕，搏弄千古，要自一氣流出，雖奇偉而寔真情，千古一人。」❽ 「紉蕙纕以結言兮」，集評錄唐順之語：「蕙纕攬茝，與前言江離辟芷等一意，總之自表其清白之節也。」❽ 「朝發軔於蒼梧兮」，集評錄王慎中語：「前云『就重華而陳詞』，故此云『發軔於蒼梧』，一字非漫用。」❽ 〈九歌〉篇首錄楊慎語：「《楚辭・九歌》巫以事神，其女妓之始乎！」❽ 〈漁父〉「遂去，不復與言」，集評錄王維楨語：「漁

---

❽ 同註❻，卷十六，頁 1a。
❽ 同註❻，卷十七，頁 1b。
❽ 同註❻，卷一，頁 3b。
❽ 同註❻，頁 4b。
❽ 同註❻，頁 7b。
❽ 同註❻，卷二，頁 1a。

父去不與言，前淈泥揚波意，原蓋自傷世無知己者。」❾ 如此類者甚多。

四·《諸子品節·屈子》及〈宋子〉

　　《批點本楚辭集評》刊行後，陳深又編印了《諸子品節》五十卷，初刊於萬曆十九年（1591）。《千頃堂書目》、《四庫全書總目》皆有著錄。此書卷二十六、二十七的收錄了屈原名下的全部作品及宋玉的部份作品。《無求備齋文庫諸子書目》著錄爲《屈子離騷經品節》。❿ 《諸子品節》全書正文前有陳深〈諸子品節序〉，末題「萬曆辛卯孟春日吳興陳深子淵甫譔」。次錄河上公語，次爲〈凡例〉，次爲〈目錄〉。正文卷二十六之端題「諸子品節卷之二十六　外品　屈子一」，正文半葉九行，行二十字。高頭時有小字評語，行四字。單欄。細黑口。摺縫刻「屈子一」三字及卷數、葉數。此書〈凡例〉曰：

　　不佞所採掇者，乃晚周以後，西京以前，為其世代近古，文辭奧雅。故取其諸子眾家，及《史》《漢》記載，無問真贋[贋]，雜陳於前，而摘其尤傑異者而輯錄之，為之品騭，為

---

❾　同註❻❹，卷七，頁 2a。
❿　同註❼❽，頁 364。

之節文，以便作者臨池器使，故總命之曰《諸子品節》。❾❸

故此，《諸子品節》將屈原、賈誼、司馬相如、揚雄的辭賦，以及〈喻巴蜀檄〉、〈難蜀父老〉、〈劇秦美新〉等文都置於子部，實際上並不合於傳統的四部分類法。該書的「雜鈔」「錯列」顯示出坊賈對讀者好全喜博心理的迎合，而滿眼的圈點、眉批又突顯了八股作法的功利性質，故四庫館臣斥之為「書肆陋本」。❾❹

《諸子品節》將各書分為內品、外品、雜品，「內品之蘊藉之精深，外品之雄名之獨禪[擅]，雜品之珠聯玉屑之足矜也」。❾❺〈凡例〉又曰：「不佞於《老子》、《莊子》、屈宋騷辭及《孫子兵法》，一句為一義者，皆全錄之，不遺一字，所以見畸人瑋士構思落筆，學問之所自來。不如是，不足探其底也。」❾❻ 其卷二十六、二十七的「外品」所收錄的屈、宋作品，詳細分卷情況如下：

---

❾❸ 同註❹❺，頁 250。

❾❹ 同註❶❹，頁 1119。

❾❺ 同註❹❺，頁 251。

❾❻ 同註❹❺，頁 250。

卷次	細目	篇名
卷二十六	屈子一	〈離騷經〉、〈九歌〉
卷二十七	屈子二	〈天問〉、〈九章〉
	屈子三	〈遠遊〉、〈卜居〉、〈漁父〉
	宋子一	〈九辯〉、〈招魂〉、〈大招〉

朱熹論〈大招〉一篇的作者云：「〈大招〉不知何人所作，或曰屈原，或曰景差，自王逸時已不能明矣。」❾ 陳深亦於〈大招〉篇題下註云：「此篇閑靚簡古，其爲原作無疑。」❾ 既然如此，竟將此篇納入〈宋子〉之中，實屬不倫。究其原因，蓋僅爲卷次及細目分配均勻之考慮而已。

　　《諸子品節》卷二十六、二十七的註文大抵刪節朱熹《楚辭集註》而成，篇題下偶註已見，而眉間時有評語，且與《批點本楚辭集評》及《陳氏楚辭》互見者並不多。其論評方式亦大抵與《批點本楚辭集評》類近，以「選詞遣調鍊字諸法」爲主，然值得注意之處有兩點。第一，評語中保留了不少《秭歸外志》的內容，即認爲屈原並未沉江，相關評語已見引於前節。第二，對於《楚辭》諸篇的作者問題，陳深也有獨見。如〈九辯〉眉批：

　　〈九辯〉妙辭也，悽悕寂寥。世傳宋玉作。然玉他辭甚多，

---

❾ 同註❻❽，頁 145。
❾ 同註❹❺，頁 681。

率荒淫靡嫚，與此不類。知為原作無疑。❾❾

從文風的差異來論證〈九辯〉實乃屈原所作。其後，焦竑也提出了類似的說法：

> 〈九辯〉謂宋玉哀其師而作，熟讀之，皆原自為悲憤之言，絕不類哀悼他人之意。蓋自作與為他人作，旨趣故當霄壤，乃千百年讀者，無一人覺其誤，何邪？⓵⓵

清末民初以來，又有吳汝綸、梁啓超、劉永濟、譚介甫等承襲此說，而溯其源，陳深實為肇端者。其次，〈招魂〉一篇，陳深亦認為是屈原所作。該篇題下註云：

> 此篇深至讓〈騷〉，悽婉讓〈章〉，閑寂讓〈辯〉，而宏麗則大過之。原蓋設以招隱，亦寓言也。⓵⓵⓵

直接斷定〈招魂〉乃屈原「設以招隱」而作，卻無近一步的論證。但無論如何，當今學界一直認為司馬遷以後，黃文煥是第一個將〈招魂〉著作權歸諸屈原的學者，不知陳深早於黃氏五十餘年提出了類似見解。黃文煥之論自陳深而來，亦未可知。總而觀之，陳

---

❾❾ 同註❹❺，頁 674。

⓵⓵ [明]焦竑：〈九辯九歌皆屈原自作〉條，《焦氏筆乘》(上海：商務印書館，1935 年初版)，頁 76 至 77。

⓵⓵⓵ 同註❹❺，頁 678。

氏之論雖能不苟同於古人，然未能提出具說服力的推論方法，故影
響不大。且《諸子品節》搜羅刪選諸子書，詳加評點，好大好全，
論文多於論學，自難免坊賈射利之譏。

結 語

　　《明儒學案》云：「金華之學自白雲一輩而下，多流而爲文
人。」⑩ 元代中葉以降，文道合一論頗爲流行，至明代初年，又
爲宋濂、方孝孺師徒大力推崇，故在這段時期，不少浙東學派的道
學家同時也兼有文學家的身份。至明代正德以還，朝政敗壞，心學
興起，前後七子倡言文學復古，而社會經濟開始繁榮。在多種因素
的相互影響下，不少學者對於典籍的閱讀角度，逐漸從經學走向文
學。劉毓慶《從經學到文學：明代詩經學史論》以《詩經》研究爲
例，生動地描述了這一變化的過程。這種變化不僅體現於《詩
經》，也體現在各種典籍上。陳深的著作就是佳例。陳深早年仕宦
不得志，晚年退而著書。其《諸史品節》雖號爲史部著作，卻將先
秦至後漢的史學作品分爲晚周文、後秦文、初漢文、盛漢文、中漢
文與後漢文，所論全然以文學賞析爲主。而《諸子品節》以至《周
禮訓雋》等書，也都有類似情況。陳深的四種楚辭學著作中，除
《秭歸外志》外，《陳氏楚辭》、《批點本楚辭集評》、《諸子品
節·屈子》及〈宋子〉三種的內容形式大率爲評註或圈點形式。觀
馮紹祖云「《楚辭》評，先輩鮮成集」，則此三書皆爲明代較早之

---

⑩ [明]黃宗羲：《明儒學案》(上海：上海古籍出版社，1986 年初版)，頁 78。

《楚辭》單評及集評本。《陳氏楚辭》已亡，部份內容仍保存於馮
紹祖刊《楚辭章句》、陳深《批點本楚辭集評》及蔣之翹《七十二
家評楚辭》。而《批點本楚辭集評》、《諸子品節·屈子》及〈宋
子〉之內容也是以分析章法、賞鑑詞章爲主。劉毓慶認爲，講主
意，講章旨、節旨，分析詞章，揣摩詞氣，都是源出於八股文寫
作，這種方法從宋人就開始了，到明代中晚期發展到了高峰，而且
越來越精辟、準確，越來越靠近藝術分析；雖然有時不免雷同，但
對於讀者把握作品的意義、領會作品的藝術結構，無疑是大有裨益
的。⑩ 洵如《續修四庫全書總目提要》所論，《批點本楚辭集
評》全以選詞遣調鍊字諸法及批點時文之法評衡楚騷，如此能於屈
作的寄託辭義探得多少，甚可懷疑。然此法可爲初學者欣賞之助，
也不可否認。至於《諸子品節·宋子》對〈九辯〉、〈招魂〉的著
作權表示質疑，《秭歸外志》採取田野調查的方式試圖論證屈原並
未沉江而死。今天看來，這些論點雖然說服力未必足夠，但從楚辭
學史的角度觀之，新觀點的提出、新方法的運用，對於明代初年以
來沈寂的學風仍然有摧陷廓清之功。

---

⑩ 劉毓慶：《從經學到文學：明代詩經學史論》(北京：商務印書館，2001 年初
版)，頁 361 至 363。

附錄：陳深楚辭評彙

批：陳深《批點本楚辭集評》　　觀：馮紹祖《觀妙齋楚辭集評》

七：蔣之翹《七十二家評楚辭》

	篇名	章/句	陳評	批	觀	七
1.	總評		離騷變風之遺也。興比賦錯出成章，驟讀似未易瞭，細玩井然有理。		--	12a
2.	離騷	汩余若將不及兮	汩余十二句，總是汲汲慕君、持日待旦之意。寫得濃至。	--	--	1:3b
3.	離騷	忽馳騖以追逐兮	即「汩余」一段意，而語益深矣。	--	--	1:6b
4.	離騷	悔相道之不察兮	顛倒神思，想及退修初服，旨尤悽惋。下文女嬃重華靈氛巫咸，俱就此轉出，真是無中生有。	--	--	1:8b -9a
5.	離騷	依前聖以折中兮	進退維谷，就先聖以取衷，其志亦古。	--	--	1:10b

6.	離騷	啓九辯與九歌兮	以下告重華之詞也。	1:6a	1:12a	--
7.	離騷	阽余身以危死兮	進則危吾身，退則危吾君，雖舜其何以告之哉！	--	--	1:12b
8.	離騷	吾令羲和弭節兮	重華亦無所折衷，故將上下求索。	--	--	13a
9.	離騷	欲少留此靈瑣兮	經涉山川，役使百神。望舒、飛廉、鸞皇、雷師、飄風、雲霓，皆言神靈爲之擁護服役，以見儀衛之盛。	1:7a	1:15a	--
10.	離騷	吾令羲和弭節兮	重華亦無所折衷，故將上下求索。	--	--	1:13a
11.	離騷	心猶豫而狐疑兮	猶豫狐疑，爲下二占起。	--	--	1:15b
12.	離騷	已矣哉	托爲遠行，而卒反故都。曰又何懷，卒懷之，至矣。	--	--	1:22a

13.	離騷		〈離騷經〉凡二千四百九十二字，可謂肆矣。然氣如纖流，迅而不滯，詞如繁露，貫而不糅。故曰：騷人之情深，君子樂之，不毘其長。漢氏猶步趨也。魏晉而下，厄焉彌焉，浩矣博矣，忘其祖矣。	1:12a	1:30b	1:23b
14.	九歌·國殤	凌余陣兮躐余行	摹寫志士輕生，介胄不可犯。	--	--	2:14a
15.	九歌		沅湘之間，其俗上鬼。祭祀則令巫覡作樂諧舞，歌吹為容。其事陋矣。自原為之，緣之以幽眇，涵之以清深。琅然笙匏，遂可登于俎豆。若曰淫于沔嫚而少純白為屈子病，則是崇崗責其平土、激水使之安流是也，固矣。	--	2:18b	--

16.	天問		特刱爲百餘問，皆容成葛天之語，入神出天。此爲開物之聖。後有作者，皆臣妾也。	3:1b	--	--
17.	天問		〈天問〉發難，至於千五百言，書契以來，未有此體，原創爲之。先儒謂其文義不次，乃原雜書其壁，而楚人輯之。今讀其文，章句之短長、聲勢之詰崛，皆有法度，似作也，非輯也。屈子以文自聖，且在無聊何之，焉而不爲作也？深嘗愛〈曾子問〉五十餘難，亦至奇之文。說者乃曰非曾不能問，非孔不能答，非也。禮家託于曾孔以盡禮之變耳。抑獨出於曾氏之門乎？何文之辯而理也？	3:7a-7b	3:17a	3:19b（按：「輯之」而止。）
18.	九章		有文字以來，此爲刱	4:1b	--	--

			格。鏗訇汗漫，怪怪奇奇，邈焉寡儔，卓然高品。			
19.	九章·惜誦	言 與 行其 可 跡兮	忠邪易辨味。	--	--	4:2a
20.	九章·涉江	步 余 馬兮山皋	情景淒然。	4:4b	--	--
21.	九章·涉江	朝 發 枉諸兮	此敘南遊經歷荒遠慘愴之景。	--	--	4:6b
22.	九章·抽思	悲 秋 風之 動 容兮	此章陳詞，以望君之見察。而君若不聞，是以憂心不遂，作頌自解。	4:7a	--	--
23.	九章·悲回風	萬 變 其情 豈 可蓋兮	忠州有屈原廟。蘇軾詩云：「聲名實無窮，富貴亦暫熱。大夫知此理，所以持死節。」第忠州〈竹枝歌序〉云：「傷二妃而哀屈原，思懷王而憐項羽。」此亦楚人之意，何其不倫哉！	4:15a	--	--
24.	九章·	紛 容 容	永嘉林應辰推議以為屈	--	--	4:25b

	悲回風	之 無 經 兮	子不死於汨羅，比諸浮海居夷之意。今考諸秭歸，傳記、稗官、里人皆云。			
25.	九章·悲回風	借 光 景 以 往 來 兮	此篇矻矻，似沉寔未沉也。既沉矣，焉用沉詞？	4:16b	--	--
26.	九章		〈九章〉悲悽引泣，因拙爲工，篇雖不倫，各著其志。〈惜誦〉稱作忠造怨，君可思而不可恃也。〈涉江〉則徬徨鉅野，死林薄矣。〈哀郢〉篇曾不知夏之爲丘乎，孰兩東門之可蕪，三復其言而悲之。〈抽思〉憂心不遂，斯言誰告？〈懷沙〉自沉野，知死不可讓，明告君子，太史公有取焉。〈思美人〉非爲邪也，攬涕焉而竚眙焉，而又莫達焉，舍彭咸何之	--	4:30b	4:17a

			矣。〈惜往日〉有功見逐，而弗察其罪，讒諛得志，國執瀕危，恨壅君之不昭，故願畢詞而死也。〈橘頌〉獨產南國，皭然精色。〈悲回風〉負重石，聽波聲之相擊，惴惴其慄，滅矣沒矣，不可復見矣。此以材苦其生者也。嗟乎！神人不材，原獨不聞乎？其義不得存焉爾。			
27.	遠遊		厭世之迫隘而欲昇舉，亦無聊之詞。	--	--	5:8b
28.	卜居		句極長不見有餘，極短不爲不足，以十六乎字爲之，固抱或佟或弇，或牟或杍，惟意所適，無不中繩，必也聖乎！後此猶病。	6:1b	--	--
29.	九辯		〈九辯〉古樂章，〈天問〉云啓夢賓天，〈九	--	--	6:11a

		辯〉〈九歌〉。			
30.	九辯		屈氏而後，宋玉其善鳴者也。〈九辯〉深悽渺恍，〈招魂〉爛然列肆，談歡則神貽心動，心懼則縮頸咋舌，數味則讒口津津。情見乎辭，盡態極妍。雖然，猶有未盡也。纖濃則純白不載，涵嫚則遠於世教，屈氏之風微矣。然其竭情奉愛，與〈大招〉皆振振有儒者之詞焉。	8:1b	--	--
31.	九辯	獨悲愁其傷人兮	末又應前悲秋	8:4b	--	--
32.	九辯	竊美申包胥之氣晟兮	孤介硬特之詞，真不忘溝壑之心也。	8:5a	--	--
33.	招魂	朕幼清以廉潔兮	自朕幼清至愁苦六句乃宋玉代爲屈原之詞。	9:1b	--	--

34.	招魂	多有突 厦	巧筆如畫，纖手如絲， 意動成文，吁氣成采。 燁燁有神。後之名家， 能優孟者幾人？	9:3a	--	--
35.	招魂	實羽觴 些	有以羽觴爲項羽所製而 得名，此可以證其誤。	--	--	7:7b
36.	大招		夫以原不惜，豈可以鬼 怪懼之、可以荒淫動之 耶？若曰及時歸郢，察 幽隱、存孤寡，治田 邑、阜人民、禁苛暴、 流德澤、舉賢能、退罷 庸、尙三王，及君之無 恙，尙可爲也，以是招 之可矣。此則〈小招〉 所不及也。 又曰：此篇閑靚簡古。	--	--	7:17b -18a
37.	七諫	平生於 國兮	幽淒孤恨，令人氣勃。	13:2a	--	--
38.	哀時命		才高氣鬱，讀之淒其。	14:1a	--	--
39.	哀時命	冠崔嵬 而切雲 兮	此段議論懇至，文氣纖 密。	14:2a	--	--

40.	哀時命	駟跛鱉而上山兮	此篇識力宜在長沙之後，然朱子以爲較〈七諫〉諸篇差不推萎耳，姑輯之。	--	--	8:13b
41.	九歎		辭語短長於邑，鬱結不倫，有不任其聲而促舉其詞者焉。	16:1a	--	--
42.	九思		溫文粹語，絕似騷經口氣。	17:1b	--	--

葉向高及其楚辭論探賾

前　言

　　明代永樂至弘治一百年間（1403-1505）是臺閣文學興盛的時期。臺閣文學的興起與皇權膨脹、道學獨尊有直接的關係。臺閣文臣詩尊盛唐，文主歐曾，皆淳雅雍熙、中正和平的盛世之音。明英宗土木之變以後，局勢江河日下，臺閣文臣歌功頌德的文字，已經顯得虛假。弘治末年，王陽明提倡心性之學，挑戰了程朱官學的地位。正德以降，師古的秦漢、唐宋派，師心的公安派、竟陵派等迭興。直至明末，臺閣都未能收回下移的文權。儘管學者對明代後期的文學往往著眼於此消彼長的師古、師心之說，而忽略了不復如明代前期般獨大的臺閣文學，然而，只要翰林院庶吉士與內閣制度如舊，臺閣文學就依然存在。研究這個時期臺閣文學的特色，探析其與各種文學流派的互動與影響，是非常有趣的事。四庫館臣論盛明諸閣臣之文章，楊士奇「平正紆徐」，楊榮「逶迤有度，醇實無疵」，黃淮「春榮安雅」、「和平溫厚」，❶ 不一而足。而晚明

---

❶ [清]永瑢主編：《四庫全書總目》(北京：中華書局，1965年初版)，頁1484。

何喬遠談及正德至萬曆間臺閣作家的文風，歷舉李東陽、張璁、徐階、趙貞吉、王錫爵等人而論道：

> 李長沙開肆和平，雖紛挐叢委之中，搁毫抽管，不廢時刻，與士大夫更唱迭酬，如居山林閒靜之域。張永嘉奏疏明健，特達或若，以意奪理，而實能發其理之所以然。徐華亭疏通紆徐，不詭作者，趙內江屑然而玄論。今上文道化成，端揆諸公若王太倉鋒穎銳屬，變化而高華，下筆數對，倏忽以數千百語，而卒歸於剴切而委蛇，斯實一代之傑然者也夫……其餘諸公，名為雄長一世，則皆刻意而思，鏤詞而出，其才力氣勢若有餘於館閣諸公，而不能有其和厚蘊藉。❷

李東陽「和平」「閒靜」，張璁「能發其理之所以然」，徐階「疏通紆徐」，王錫爵「剴切而委蛇」，這些特色與三楊等人的風格可謂一脈相承，跟「刻意而思，鏤詞而出」的前後七子（其餘諸公）大為不同。而萬曆後期首輔葉向高，其詩文同樣系出臺閣一脈。顧起元論葉氏云：

> 先生弱冠登朝，其地皆在日月之際，以石渠天祿之清華，銓索車門之休暇，而又用其全盛方剛之氣，注射于辭章，以是

---

❷ [明]何喬遠：〈蒼霞續草序〉，載[明]葉向高：《蒼霞續草》(北京：北京出版社《四庫禁燬書叢刊》據北京大學圖書館藏明萬曆刻本影印，2001年初版)，序頁2a至3a。

其文最工而其成又最蚤。❸

郭正域則論道：

> 比年以來，館閣英賢，跨軼前輩，一時文章，醞釀歷代聲響
> 色澤神髓氣骨，大變其初。海內操觚之士，揚扢風雅，又靡
> 然左辟詞林矣！吾友葉進卿起自海天，所為舉子業，神奇變
> 幻，膾炙人口，以為神運鬼工……又十餘年會於京邸，進卿
> 名日益高，文章流布宇內。❹

顧氏乃葉向高門人，郭氏則其同年友，二人之言雖或過譽，然葉氏
文風乃翰林院所培養，且作品流播甚廣，則無庸置疑。葉氏於萬曆
後期獨相七年之久，天啓時二度入閣為首輔，又被推為東林黨魁，
其文風於當時文壇之影響，可想而知。葉氏逝世於天啓七年，次年
思宗即位，十七年間更換閣臣達五十人之多。王其榘指出：「閣臣
的更迭這樣頻繁，難於久任，表示皇帝的急功近利和舉棋不定，反
映出政局已極不穩定。」❺ 由於獻替頻仍，兼以國事鞅掌，崇禎
朝的閣臣自然無暇於翰墨。換言之，葉向高可謂明代最後一位對文
壇有所影響的臺閣文臣。

自班固以後，屈原其人其文往往受到儒家的非議。朱熹〈楚

---

❸ [明]顧起元：〈蒼霞草序〉，載[明]葉向高：《蒼霞草》(北京：北京出版社
《四庫禁燬書叢刊》據北京大學圖書館藏明天啓刻本影印，2001 年初版)，序
頁 2a 至 3b。

❹ [明]郭正域：〈蒼霞草序〉，同註❸，序頁 3b 至 4a。

❺ 王其榘：《明代內閣制度史》(北京：中華書局，1989 年初版)，頁 336。

辭目錄序〉批評屈原道：「其不知學於北方，以求周公仲尼之道，而獨馳騁於變〈風〉變〈雅〉之末流，以故醇儒莊士，或羞稱之。」❻ 由於儒家認爲屈原行徑有失中庸，《楚辭》文章華而少實，明代前期的臺閣諸臣皆罕言屈騷，楚辭學因而衰洛，百年之間幾乎沒有新的楚辭學專著付梓，唯一流行於世的《楚辭》版本只剩《楚辭集註》。成化間，何喬新重刊朱註作序，認爲《楚辭》作爲辭賦之祖，導致後世文人捨質逐華、爲文害道。只有經朱熹刪註，《楚辭》方才大義昭然，讀者可以放心閱讀了。❼ 閣臣吳寬亦云：「朱子之註《離騷》，可謂無遺憾矣。」❽ 再如弘、正間李東陽云：「荊楚之音，聖人不錄，實以要荒之故。」❾ 以爲孔子刪詩而不錄楚風，就是因爲楚國地處蠻夷，荒遠鄙陋。明代中葉以前的臺閣文臣楚辭論的內容，大抵不出朱熹之見。然而因爲屈騷的獨特性，學術風氣在儒學主導的傳統社會中一旦有變，新的學術特

---

❻ [宋]朱熹：《楚辭集註》(臺北：文津出版社，1987 年版)，頁 2。

❼ [明]何喬新〈楚辭序〉：「孔子之刪《詩》，朱子之定《騷》，其意一也。《詩》之爲言，可以感發善心，懲創逸志，其有禆於風化也大矣。《騷》之爲辭，皆出於忠愛之誠心，而所謂『善不由外來、名不可以虛作』者，又皆聖賢之格言。使放臣屛子，呻吟詠嘆於寂寞之濱，則所以自處者，必有其道矣。而所天者幸而聽之，寧不淒然興感，而迪其倫紀之常哉！此聖賢刪定之大意也。讀此書者因其辭以求其義，得其義而反諸身焉，庶幾乎朱子之意也，而不流於雕蟲篆刻之末也。」(見《椒邱文集》(臺北：商務印書館影印文淵閣四庫全書，1983 年初版)卷九，頁 6a。)

❽ [明]吳寬：〈題九歌圖後〉，《家藏集》(臺北：商務印書館影印文淵閣四庫全書，1983 年初版)，頁 462 至 463。

❾ [明]李東陽：《懷麓堂詩話》，《李東陽全集》(長沙：岳麓書社，1985 年初版)，頁 537 至 538。

色很快就體現於楚辭論，這在臺閣文臣間也不例外。嘉靖間，周用作《楚詞註略》，為明代較早的幾種楚辭註本之一。此書不錄屈作原文，僅有筆記四十一則，缺乏完備的體例，不足之處時而可見。然正德、嘉靖兩朝，朝綱不振，七子師古說和陽明心學興起未久，仕宦於此時的周用身為臺閣文學殿軍，改變了歷來閣臣對《楚辭》不聞不問、淺論輒止的態度，著手註解。到了明代後期，臺閣文臣對於屈原的評價更顯寬鬆。萬曆間，閣臣申時行曾為《楚辭章句》作序，其言云：

> 今夫《離騷》，抱節脩婞，屬志芳潔，引物連類，以寓其忠愛約結侘傺怵抑之思，發乎情而止乎義，即未必盡當乎優柔敦厚之指，顧其在〈邶〉〈鄘〉〈曹〉〈檜〉之後哉！蓋屈平處臣子之厄，而《離騷》極〈風〉〈雅〉之變，上緒《詩》統，而下開百代之辭賦者也。藉令屈平生於春秋，《離騷》傳於洙泗，仲尼且亟收之，《詩》之〈楚騷〉，庸詎知不為《書》之〈秦誓〉乎？❿

不難察覺，申時行此論多少受到王世貞的影響。他進而以為，如果孔子得見《楚辭》，則〈離騷〉之於《詩》就一如〈秦誓〉之於書。此與明代前期的閣臣避而不談屈騷的行徑大為相異。

　　葉向高擔任首輔時，亦曾為《楚辭集註》作序。此文見收於其文集《蒼霞草》中，是研究葉氏楚辭論以至晚明楚辭學、文學的

---

❿ [明]申時行：〈重刻楚辭序〉，《賜閒堂集》(臺南：莊嚴文化事業有限公司據北京大學圖書館藏萬曆刻本影印，1997 年初版)，頁 183 至 184。

重要資料。然而，由於葉向高著作在清代長期遭禁，而現當代治文學史者又鮮有齒及，故葉氏的楚辭論一直沒有得到應有的重視。有見及此，本文擬以葉向高的文學思想及楚辭論為探討中心，望藉此管窺晚明楚辭學及文學發展的情況。

一· 葉向高的生平、思想與著述

葉向高，字進卿，號臺山，福建福清人。嘉靖三十八年（1559）生。父朝榮，以恩貢授九江府通判，轉知養利州。十一年（1583），赴京會試，中南榜進士七十八名，殿試得二甲十二名，選庶吉士。十三年，館選授翰林院編修。次年，父於任所逝世，返鄉丁憂。二十二年（1594），北上補官，任南京國子監司業，歷任國子監祭酒、詹事府右春坊右中允、左春坊左庶子兼侍讀、南京禮部右侍郎。三十五年（1607），奉旨任禮部尚書兼東閣大學士，與朱賡、于慎行、李廷機等同值內閣。于慎行先卒，次年，閣中朱賡病逝，李廷機告病，一切政務盡委於向高。時神宗倦勤，國事日壞。向高隻身任事，調和鼎鼐，獨主內閣七年之久，於荒政多有裨補。四十二年（1614）致仕，加少師兼太子太師。天啟元年（1621），熹宗即位，二度入閣為首輔。熹宗童昏，黨爭熾烈，而後金崛起，屢擾邊境。葉向高於清流多有庇護，為東林中人推為黨魁。然一木難支，終於天啟四年（1624）再次請辭歸里。天啟七年（1627）卒，享年六十九。思宗即位，贈太師，追諡文忠。**⓫**

⓫ 參見葉氏自訂年譜《蘧編》及《明史》本傳。

　　明代以程朱道學爲官學，士子不得不熟讀朱熹的《四書集註》以求取功名。弘治、正德間，王陽明目睹官學的僵腐，於是標揚心學，提倡知行合一、致良知之說。如朱熹主張即物窮理，而王陽明則質疑到：「先儒解格物爲格天下之物。天下之物如何可格得？且謂一草一木亦皆有理，今如何去格？縱格得草木來，如何反來誠得自家意？」（《傳習錄》下）他認爲，格物所得只是具體事物的道理，不能成爲「誠意」的根據，由物理變爲天理，還需有一個識度。因此他提出：「以誠意爲主去格物致知功夫，功夫才有著落。」將傳統格致誠正的順序，變革爲心意知物。然心學發展至萬曆末年，流弊漸生。如王陽明「心外無理」、李贄「順性自適」諸論，給予淺學者束書不觀、游談無根的藉口。兼以晚明經濟發達，市民階層逐漸形成，對物質生活的要求空前膨脹，心學於是成爲了人們放縱物慾的理論基礎。葉向高對於心學是有肯定之處的，但他同時也覺察到心學的問題。他批評心學道：「後世粃儒，妄以知止爲聖學之秘傳，務深求其說，而於聖人之所自訓自解反棄而不顧，又日紛紛然爲致知格物之辨。夫人倫物理之不知，即是物之不格，何以能誠正？何以能修齊治平？如是而欲言致知知止，豈不悖哉！」[12] 誠如羅宗強所論，葉向高之崇程、朱，反應了萬曆後期反思政局與世風衰敗，從而回歸程、朱，或重視實學思想的一種動向。葉氏此一思想基礎，支配著他七年餘首輔生涯之言行。[13]

[12] [明]葉向高：〈題困思抄集〉，同註[2]，卷八，頁 32a 至 32b。

[13] 羅宗強：《明代後期士人心態研究》(天津：南開大學出版社，2006 年初版)，頁 451。

　　葉向高生平著述甚豐，有《蒼霞草全集》，內含《蒼霞草》
二十卷、《蒼霞詩草》八卷、《蒼霞續草》二十二卷、《蒼霞餘
草》十四卷、《綸扉奏草》三十卷、《續綸扉奏草》十四卷、《後
綸扉尺牘》十卷。又有《葉臺全集》，內容與《蒼霞草全集》大抵
相同。此外尚有《小草篇》、❹　《葉相公時藝》，❺　以及《正音
捃言》四卷、《新鍥葉先生家傳舉業要訣史記文髓》二卷、《明光
宗實錄》八卷、《玉堂綱鑒》七十二卷、《萬曆玉融志》四卷、
《福廬山志》三卷、《四夷考》八卷、《讀史隨筆》、《蓬編》二
十卷、《說類》六十二卷、《葉相國選訂百子類函》四十卷、《新
刻翰林評選注釋程策會要》五卷、《葉太史參補古今大方詩經大
全》十五卷（附小序一卷、綱領一卷、圖一卷）、《宮詞》四卷、
《福唐風雅集》等。❻　《蒼霞》諸草乃葉氏詩文集，其中《蒼霞
草》亦含有《四夷考》在內。《綸扉奏草》乃萬曆間擔任閣臣時之
奏章集，《續綸扉奏草》、《後綸扉尺牘》、《光宗實錄》乃天啓
間擔任閣臣時之所為。楊豔秋指出：當今史界論及《明光宗實
錄》，往往含混地認為它是按黨派意願纂寫。然從此書的記述看，
其中反映的撰史態度還是比較慎重、切實的。這主要是因為葉向高

---

❹ 見[明]葉向高：〈小草篇自敘〉，《蒼霞餘草》(北京：北京出版社《四庫禁燬
　書叢刊》據北京大學圖書館藏明天啓刻本影印，2001 年初版)卷七，頁 21a 至
　22a。

❺ 見[明]趙南星：〈葉相公時藝序〉，《味檗齋文集》(上海：商務印書館，民國
　二十五年(1936)初版)，頁 194。

❻ 參見冷東《葉向高與晚明政壇》(汕頭：汕頭大學出版社，1996 年初版)書中
　〈葉向高著述〉一節及方寶川〈葉向高及其著述〉(載《蒼霞草全集》(揚州：
　江蘇廣陵古籍刻印社據天啓刊本影印，1994 年初版)冊一)。

力求持正的態度。**⑰** 《蘧編》前十八卷乃葉氏自訂年譜，末二卷則係其孫益蕃續成。《說類》爲葉氏蒐集歷代小說作品，按題材分類而成，時有眉批。《新鍥葉先生家傳舉業要訣史記文髓》、《玉堂綱鑑》、《葉相國選訂百子類函》、《新刻翰林評選注釋程策會要》、《葉太史參補古今大方詩經大全》五者似科試參考書，殆射利坊賈剽竊糾合他作，僞託葉氏之名而成。

二・葉向高文學思想概述

清末陳田《明詩紀事》云：「文忠詩和雅有節。」**⑱** 清初朱彝尊《靜志居詩話》論葉向高詩云：

> 歸田之日，銜左相之窪尊，賭東山之棋墅，詩品在山林臺閣之間，諸體皆具。**⑲**

「臺閣」乃就「左相之窪尊」而言，「山林」實因「東山之棋墅」。其言蓋謂葉氏雖辭官歸里，優遊山水，然吟詠山林的詩作仍具臺閣雍容之氣。葉向高曾爲庶吉士，後又長期擔任閣臣，故其詩文風格源於臺閣體，理所當然。對於臺閣體的衰頹，葉向高毫不諱

---

⑰ 見楊豔秋：《明代史學探研》(北京：人民出版社，2005 年初版)，頁 143 至145。

⑱ 見[清]陳田：《明詩紀事》(北京：中華書局，1993 年初版)庚籤卷十四上，頁2495 至 2496。

⑲ [清]朱彝尊：《靜志居詩話》(北京：人民文學出版社，1990 年初版)，頁458。

言。他歸結臺閣體的興衰道：

> 蓋明興以來，文章幾變。其始也，以館閣為宗，而詞林重。
> 乃詞林之文實萎薾不振，不足以追秦漢唐宋之盛，于是海內
> 修辭之士，雄飛直上，至以館閣為詬病，而詞林輕。❷⓪

然而，葉氏依然認爲臺閣體乃文章之正宗，可用以矯師古、師心二
說之弊。由於明代中葉以後的臺閣體研究一直乏人問津，兼以葉氏
著作在清代被禁，以致流傳稀少，故治明代文學者，甚少論及葉向
高。本節擬根據《蒼霞草》所載葉氏論文之語，初步歸納、分析其
文學思想。

㈠ 文學的功能

對於身後之名，儒者是非常看重的。孔子曰：「君子疾沒世而
名不稱焉。」❷① 如何建立名聲？《左傳》謂有「三不朽」：「大
上有立德，其次有立功，其次有立言。」❷② 而古人又以通過仕進
建功立名的主要途徑。對於這種理念，葉向高也信奉不疑。其〈蒼
霞餘草自敘〉有如此的論述：

---

❷⓪ [明]葉向高：〈孫宗伯集序〉，同註❷，卷五，頁 25a。

❷① [魏]何晏註、[宋]邢昺疏：《論語註疏》(臺北：藝文印書館 1985 年影印嘉慶二
十年南昌學府刊阮元《十三經注疏》本)，頁 140。

❷② [晉]杜預註、[唐]孔穎達疏：《左傳正義》(臺北：藝文印書館 1985 年影印嘉慶
二十年南昌學府刊阮元《十三經注疏》本)，頁 608。

念昔人論文章為小技，為枝葉，為敝帚；今余草而續，續而
毋乃贅乎！客有語余曰：「昔王荊公絕不喜蘇子瞻，而亟稱
其文章，以為似司馬遷。今世人惡子多矣。然吾見一二士大
夫尚有以子為能文者，子功業既無聞，若併此去之，則終于
泯泯矣。且子瞻罹謗觸忌，至以文字為罪囮，一切毀棄。今
子遇寬大之朝，筆札流傳，猶然無恙，存之亦足見一時之遭
逢之幸，庸何傷？」余曰：「君言辨矣。顧余非子瞻其人，
何敢言文？」㉓

文中虛設主客對話，其實皆葉氏一人的心理活動。葉氏自言「功業
無聞」，於是要以著作自見於後世。在葉向高看來，儘管立言是一
種「退而求其次」的選擇，但文學創作仍是一項高深的技巧，故云
「顧余非子瞻其人，何敢言文」。

　　就文學創作來說，葉向高將「辭尚體要」、「修辭立誠」視
為作者奉持的宗旨：

文章千變萬化，不出于六經。經之言文，不過曰辭尚體要，
曰修辭立誠。夫非體要，不足以為辭面；辭非體要，不足以
立誠。此文之正軌也。近世為文，荒陋者既不知修辭，而好
異者又逃之于艱深奇僻、汙漫冗雜，不知體要為何物。㉔

《文心雕龍·奏啓》：「是以立範運衡，以明體要。」所謂體要，

㉓ [明]葉向高：〈蒼霞餘草自敍〉，同註⓮，頁 1a 至 2b。
㉔ [明]葉向高：〈李文節公文集序〉，同註⓮，卷五，頁 4a。

是指體制與綱要。只有掌握文體本身的特徵，才能運用適當的辭章，運用了適當的辭章，才能準確地表達思想。換言之，「立誠」才足文學創作的終極目標。葉向高此處點出的「荒陋者」、「好異者」，分別指主師心說的公安派與主師古說的七子派。公安派信口直書，不重修辭，七子派雕章琢句，文勝於質，兩者都會影響文意的表達與傳播。在「立誠」的大前提下，葉向高認爲師心、師古二說的內容皆須有所矯正。

㈡ 率易的文風

承上節所論，葉向高矯正師心、師古二說的方法，主要是提倡率易的文風。晚明姚希孟《松瘳集》論葉向高詩文云：

> 福清詩文亦庶幾步武長沙，但長沙能推敲以就模範，而福清多出之率易，則後先人之不相及也。㉕

實際上，「率易」之論亦出自葉氏本人。其〈蒼霞草自序〉曰：

> 居恆自評其文，多率易，無深沈之思。見近代作者有雕鏤苦刻、迴複奧晦，三四讀不可解者，亦心慕以爲奇，欲摹效之，而賦性佻坦，與人言惟恐不盡，惟恐人不曉，文藝復爾，終不能強也。此道工拙如貌之好醜，命之窮通，稟受已

㉕ [明]姚希孟：〈李文正麓堂詩話書後〉，《松瘳集》(北京出版社《四庫禁燬書叢刊》據北京圖書館藏崇禎張叔籟等刻清閟全集本影印，2001 年初版)卷一，頁 226 至 227。

定，無可奈何，姑汗漫為之，以適吾趣而已。㉖

這段文字究竟是姚希孟語所自來，抑或是葉氏回應姚希孟之論，現在已難考察。然而，無論葉向高自己或旁人，對其作品都以「率易」目之，則是不爭的事實。葉序雖有自謙之意，但也揭示了這種「率易」文風形成的原因：除了自己「稟受已定，無可奈何」外，更多的是對師古說者的不以爲然。換言之，提倡「率易」乃是要矯正那種「雕鏤苦刻、迴複奧晦，三四讀不可解」的文風。進而言之，姚希孟拿葉向高與李東陽相比，而得出「後先人之不相及」的結論，可謂知其然而不知其所以然。正德、嘉靖間的黃姬水曾云：

> 竊曾恨我明立國，於時輔臣如宋學士諸公，皆沿襲宋儒程朱之學，盡廢辭賦，專以經義取士。由是濫觴，百年間文體委靡卑弱甚矣。㉗

因此，李東陽主格調說，「推敲以就模範」，正是要一洗數十年來臺閣頹風。如其論古詩道：「古詩與律不同體，必各用其體乃爲合格。然律猶可間出古意，古不可涉律。古涉律調……固已移於流俗而不自覺。」㉘ 李東陽注重格調，直接影響了前七子的文學思想，故王世貞論李東陽相對李夢陽來說是「陳涉之啓漢高」，比擬雖或不倫，卻道出了二者的承襲關係。前七子的興起距離葉向高入

㉖ [明]葉向高：〈蒼霞草自序〉，同註❸，序頁 29a 至 30a。

㉗ [明]黃姬水：〈答沈開之〉，《黃淳父先生全集》(臺南：莊嚴文化事業有限公司據中山圖書館藏萬曆十三年(1585)顧九思刻本影印，1997 年初版)，頁 447。

㉘ [明]李東陽：《懷麓堂詩話》，同註❾，頁 529。

閣已有六、七十年，師古說句摹字效、剽竊影響的流弊在萬曆後期
業已暴露得非常清楚。當時力糾七子之失者，莫過於「信口信
腕」、「直抒胸臆」的公安派最引人注目，而其弊則流於惡俗鄙
陋。故葉向高提倡「率易」的風格，正是要在師古、師心二說之間
尋找一個平衡點，兼用雍容華麗的臺閣氣息作爲調整，以改變當時
文風。

㈢ 對擬古的看法

在文學創作的過程中，師法前人是不可避免的一種嘗試。七
子對萎弱的臺閣體有摧陷廓清之功，葉向高並不諱言：

> 我明文章自弘正稍起，至于嘉隆，不啻家靈蛇而戶和璧，蓋
> 國家郅隆之理，至是而極，治化文運，若有適相符者。㉙

然而，若像七子派一般字摹句擬，則未免貽人「贗古」之譏：

> 明興，文章沿前代之流病于率易，其後矯之以慕古，轉相剽
> 裂。㉚

當這種模擬剽竊之法日益興盛，自然會導致不健康的文學創作風
氣。葉向高在〈清美堂集敘〉中論及一些上乘的文學作品，但對於
七子派唯古是尚的主張，他卻未有苟同。舉例而言，在傳統儒者看

㉙ [明]葉向高：〈林文恪公集敘〉，同註❸，卷九，頁 5a。
㉚ [明]葉向高：〈曹大理集敘〉，同註❸，卷八，頁 31a。

來，《周官》一書可謂布帛菽粟之文，平實而無華。然而，葉向高在稱許的同時，卻坦白地指出其「繁瑣冗雜」的弊病，且以這種制度即使遵行也不會久遠：

> 世稱文章為經國大業。經國之文，其大者莫過于《周官》，蓋姬公身為宰相，手自擘畫，見諸行事，筆之于書，以為一代不刊之典。然其間亦多繁瑣冗雜，用之或苦，按而行之，必不能久遠而不廢。故說者以為出于漢儒之偽筆。此雖未必，然乃後世之摹倣《周官》，無一不敗，故其人非哉，要亦時勢難沿。即姬公之于三王，已有不合而待仰思者矣。況其下乎！三代以後，以經國之業為文者尤不多得。㉛

葉向高認為，時代與形勢是會改變的。如果膠柱鼓瑟，硬要將《周官》的制度套用在後世，則「無一不敗」。同樣道理，文章也是與時而改變的。如果執意要模仿某一時代的詩文，也可謂不知變通。針對七子「文必秦漢，詩必盛唐」之說，葉向高指出：

> 夫後世之欲越唐文而宗秦漢也，與其欲躋唐詩而宗《三百篇》也，皆持論之過也。㉜

換言之，葉氏以為一代有一代之文章，勉強替歷代文章分高下、定去取，實屬不智。就學文而言，只有從唐宋而入秦漢，才是不二法

㉛ [明]葉向高：〈丘文莊公集序〉，同註⑭，卷五，頁16a。
㉜ [明]葉向高：〈唐文苑英華序〉，同註❸，卷五，頁4a至4b。

門。

以李攀龍爲例，葉向高形容李攀龍的文字「棘」、「滯」，認爲李氏爲文欠缺妙悟之方。他將時人郭造卿與李攀龍之文作出了如此比較：

> 先生之文宏深奧渺，指遠而詞修，其大致在使讀者深思以求
> 其趣，故才可以無不遂而光常韜，意可以無不暢而氣常鬱，
> 曲折紆迴，窮工極態，求之近代作者，稍類李于鱗。而于鱗
> 棘，先生典；于鱗滯，先生達；于鱗以古語傳今事，先生能
> 使古語今事混合無跡，此其所以異耳。❸

葉向高批評李攀龍的作品雖然「曲折紆迴，窮工極態」，嘗試「以古語傳今事」，卻始終不能「使古語今事混合無跡」。這正是七子派師古而不知變化的結果。葉氏歸結文學的源流正變道：

> 夫天下之事，創始多工，沿流易拙。故為四言者，必不能及
> 三代；變而為五言者，必不能及漢魏六朝；變而為七言、為
> 五七言者，必不能及古選；變而為近體者，此皆不得于詞而
> 求新于格，勢使然也。❹

中國古代的正統文學發展到明代，幾乎窮極了變化。由於前代文學的輝煌成績爲後世提供了一個又一個的典範，明人一方面在總結、

---

❸ [明]葉向高：〈海嶽山房存稿敘〉，同註❸，卷八，頁35a。
❹ [明]葉向高：〈鹿散集序〉，同註❷，卷五，頁57a。

整理這些遺產時發展、豐厚了文學批評，另一方面又苦於不能開創新的變化。因此，明代文壇瀰漫著一片師古氣氛。由明初浙西諸家，至臺閣文臣、至前後七子，雖然各自崇尚的典範不同，而師古之意則一。前後七子對於「正變」——文學的發展，抱持的態度大抵是以為「一代不如一代」。這種「文學衰退論」為擬古提供了有力的理據，因此也導致了剽竊割裂的文風。而葉向高認為，唯古是尚的宗旨，無疑會淤塞文章的天機。

(四) 文貴真、詩尚性情

公安三袁主張信筆直書，蓋源於李贄的「童心說」。由於七子派文勝於質，公安派遂專主性靈以矯之。葉向高論詩文，提出「真」的概念，著重寫意傳神，大約是受到公安派的影響。〈董見龍先生集序〉中，他對「真」作出了闡發：

> 文章之途多端，而大要以真者為至。六經之文，無一字不真，故萬世不磨。周末號稱文勝，其最濃麗可喜者無如《左》《國》，然而合六國之諸侯卿大夫刻畫其言，如出一口，則神情失矣。其流至縱橫捭闔，譚天雕龍，誕罔謬悠，無所不至。吾夫子逆知其弊，而揭其旨曰辭達。辭達非徒已有是意而能言謂之達，宇宙間有是事，國家有是典，當官有是職，守忠臣孝子、達人高士、名流哲匠，下至田夫里婦有是懿嫩，吾能一一寫之筆端，使讀之者如見其人，如睹其事，徵諸今而信諸後，如是者始謂之達。何則？真故也。真則理勝機流，氣昌神王，不待湊泊而自中窾綮，不事模擬而

自合軌轍，不必雕繢組織而自成文采。逸詩稱巧笑美目而繼
之以素以為絢，蓋言天質自然，色澤不施，反極絢麗。唐人
所謂「卻嫌脂粉污顏色」蓋本諸此。此詩人之善言文也。或
曰：「若是則凡真者皆可為文乎？」曰：「否，巧笑美目，
雖出于天然，而非巧笑美目不足以為絢。夫子固云『修辭立
其誠』，使辭不修，則里巷村野之譚耳，何以為文？」㉟

葉向高認為，只有做到「真」，才會達至「辭達」的境界。他認為
《左傳》、《國語》把六國諸侯卿大夫的言行神韻描繪得姿態萬
千，就是最好的例證。然而，他又指出「辭達」並非只是把自己的
想法明確地表現出來，而是要忠實地將生活呈現。如此渾然天成的
文字，不待雕琢，本身卻已具備文采。此外，他再度拈出「修辭以
立誠」的觀點，強調文字的美感。在他看來，里巷村野之譚，內容
固然真切，但言辭鄙俚，依然不可稱之為文。

　　葉向高在文強調「真」，在詩則強調「性情」。他為何喬遠
的詩集作序，嘗論及為詩之道云：

　　詩之道多端，而大要不出于道性情之一語。性情苞塞于中，
　　有暢而出之者，有鬱而出之者。暢而出之，其時亨，其境
　　適，其意歡欣而鼓舞，如明良喜起之歌，〈鹿鳴〉、〈卷
　　阿〉之響，二〈南〉、三〈頌〉，自朝廷以至田野之篇什，
　　何雍容也！鬱而出之者，其遇暌，其道厄，其衷憫畏而悲

㉟ ［明］葉向高：〈董見龍先生集序〉，同註❷，卷五，頁 40a 至 40b。

思，如夏后〈五子之歌〉、〈北門〉、〈巷伯〉、〈小
旻〉、〈菀柳〉諸念亂憂危之作，讀之使人惆悵而不歡，愀
然若惟恐其身值之者。㊱

葉向高認為，詩歌的功能就在於抒發性情。在太平之世，作者歡欣
鼓舞，性情暢而出之，就有明良喜起之歌及正〈風〉〈雅〉
〈頌〉，昏亂之世，作者念亂憂危，遂有〈五子之歌〉及變〈風〉
〈雅〉。對於詩歌的審美特徵，葉向高提出了「旨遠」與「致沉」
兩項：

> 詩之所自來非偶爾。蓋詩之旨遠而以穠艷當之，必流于淺
> 近；詩之致沉而以叫跳為之，必傷于麤豪。此近世詞人之所
> 以失也。惟淡泊乃能遠，惟寧靜乃能沉，陶韋孟柳，論者以
> 為有《三百篇》遺風，正以此勝耳。㊲

所謂旨，即作品的主旨；所謂致，即作品的意態。如果作者在文字
上徒事藻繪，氣格上不避叫囂，作品自然會流於淺近麤豪。詩貴含
蓄，其佳者可令讀者感受到悠遠的弦外之音，而這弦外之音只有在
作者心胸淡泊、環境寧靜之時才能構造出來。

㊱ [明]葉向高：〈何匪莪先生詩選序〉，同註❷，卷五，頁59a。
㊲ [明]葉向高：〈澹寧居草序〉，同註❷，卷五，頁19b。

三 · 葉向高的楚辭論

　　自黃省曾於正德十三年重刊《楚辭章句》後，明人開始大量
重刊楚辭學舊著，同時也不斷推出新的楚辭學專著，這與明代前期
的冷落情況形成絕大的反差。不少臺閣文臣都曾爲楚辭學著作寫
序，如王鏊、焦竑、申時行、葉向高等皆然，其看待屈騷的態度也
遠較臺閣前輩爲正面。葉向高的楚辭論，既可視爲其個人文學思想
的一部分，也可進一步看作晚明臺閣文風的一種特色。本節將以葉
向高〈重刻楚辭全集序〉及其他就論屈騷的零散材料爲主，輔以各
種相關文獻，探析其楚辭論的內容。

㈠ 論屈原之忠

　　朱熹《楚辭集註》批評屈原道：「其不知學於北方，以求周
公仲尼之道，而獨馳騁於變〈風〉變〈雅〉之末流，以故醇儒莊
士，或羞稱之。」❸❽ 明代前期的臺閣文臣，對於屈騷的態度大都
不離此宗。他們偶爾言及屈原，主要是就忠心一端而發。如洪武間
宋濂云：「夫《詩》一變而爲《楚騷》，雖其爲體有不同，至於緣
情託物，以憂戀懇惻之意而寓尊君親上之情，猶夫《詩》也。」❸❾
永樂間胡儼作〈述古〉詩云：「屈子變風雅，〈騷經〉寓孤忠。光

---

❸❽ [宋]朱熹：《楚辭集註》(臺北：文津出版社，1987 年版)，頁 2。
❸❾ [明]宋濂：〈檜散雜言序〉，《文憲集》(臺北：臺灣商務印書館影印文淵閣四
　　庫全書，1983 年初版)，頁 515。

華並日月，耿耿垂無窮。」❹ 與胡儼同時的陳敬宗作〈種蘭記〉
云：「紉其花而佩之，則悲屈原之孤忠。」❹ 認爲屈原不知孔孟
之道，與強調屈原的忠心，在臺閣文臣看來並不矛盾。萬曆前期，
袁宗道就站在臺閣的立場討論「忠」與儒家的最高境界——「仁」
的不同：

> 仁體無所不包。忠與清，仁中一事耳。今夫有木而華實枝葉
> 附焉，指一葉而曰木在是也，可乎？有山而丹砂卉石生焉，
> 指一石而曰山在是也，可乎？故仁首萬善，總百行，其廣也
> 天覆，其發也川流，無不忠而無忠名，無不清而無清名。區
> 區忠清以擬仁，正如木之一葉，山之一石耳，胡能盡乎？❹

在臺閣文臣看來，忠只是仁的一端，仁爲榦，忠爲枝。以此推之，
不能因爲屈原有孤忠就斷言他是仁者、儒者。

　　葉向高同樣是臺閣文臣，但他的屈原之「忠」的詮釋卻與臺
閣先輩有所不同。在〈重刻楚辭全集序〉中，葉向高著力辨析了屈
原之「忠」的內涵。首先，他認爲朱熹「忠而過」之論乃激於情感
而發：

---

❹ [明]胡儼：〈述古〉，《頤菴文選》(臺北：臺灣商務印書館影印文淵閣四庫全
　書，1983 年初版)，頁 619。
❹ [明]陳敬宗：〈種蘭記〉，《澹然先生文集》，(臺南：莊嚴文化事業有限公司
　據浙江圖書館藏清鈔本影印，1997 年初版)，頁 338。
❹ [明]袁宗道：〈忠清仁辯〉，《白蘇齋類集》(上海：上海古籍出版社，1989 年
　初版)，頁 86 至 87。

> 朱子曰：「屈原之忠，忠而過者也。」此傷原之甚，而為是言耳。臣子之分無窮，其為忠亦無窮，安有所謂過者？ **❹❸**

易重廉解釋這段話道：「『過於忠』是『過於中庸』的具體內容之一。儒家以『不偏』、『不易』為中庸。『過於忠』而膽敢怨君，『過於忠』而不忍去國。這就是『過於中庸』。」**❹❹** 葉向高少習程朱之學，不可能不理解朱熹此言之意。然而，他卻繞開「中庸」的概念，將「過」字簡單解釋為程度上的指標，進而得出「臣子之分無窮，其為忠亦無窮，安有所謂過者」的推論，當非無意的誤解。

為甚麼葉向高有這樣的解讀？這與他對屈原生平的認知有很大的關係。他論道：

> 悲夫！屈子之遇懷、襄也，身既遭讒，主復見詐，奸諛竊柄，宗國將淪。徘徊睠顧，幾幸於萬一，不得已而作〈騷〉辭。上叩帝閽，下窮四極，遠求宓妃，近問漁父，甚至巫咸占卜，蹇修為媒，湘君陟降，司命周旋，舉世人所謂芒忽駭怪之談，皆託焉以寫其無聊之情，無可奈何之苦。**❹❺**

所謂「不得已而作〈騷〉辭」，大抵是針對朱熹所謂「馳騁於變風變雅之末流」而發。葉氏認為懷、襄之世，內憂外患交相迫尋，屈

---

❹❸ [明]葉向高：〈重刻楚辭全集序〉，同註❷，卷九，頁3a。

❹❹ 易重廉：《中國楚辭學史》(長沙：湖南出版社，1990年初版)，頁310。

❹❺ [明]葉向高：〈重刻楚辭全集序〉，同註❷，卷九，頁3a。

原身被讒言，不克戮力國事，流放山澤，精神恍惚。既然立功無望，屈原只有立言以自見於後世。〈離騷〉等作品，正是在如此不得已的逆境之下完成的。因為處境艱困，無人可訴，屈原只能託意於鬼神，臚舉芒忽駭怪之談以紓洩自己百無聊賴的情懷。

　　對於屈原沉江的舉動，一向也受到儒者的詬病。如班固謂其「愁神苦思，強非其人，忿懟不容，沈江而死，亦貶絜狂狷景行之士」。 ❻ 但葉向高承接前文的論述，以為屈原之死乃是忠心的表露，除此之外，別無他法：

> 當此際也，雖欲不死，其將能乎？屈子死而楚亡，湘江之濱，精魄未散，猶將感憤悲號，恨為忠之未盡，而豈以一死為足以滿志也？夫屈子之死，蓋處於不得不死之地。固忘其死之為忠，又何論其忠之過與否哉？ ❼

葉向高指出，屈原既然遭逢侉大的逆境，在無力回天的絕望中，死亡是唯一的選擇。更何況，屈原既死，千百載以下之人都受到其忠心的感動，足見其沉江的意義深遠。而班固忘記了屈原是因忠而死，根本無權評論其忠之過與否。

　　然後，葉向高又以人情事理為基礎，從父子、夫婦二倫與君臣一倫相參照，分析了屈原與楚王之間的關係，進一步肯定了屈原之忠：

---

❻ [漢]王逸章句、[宋]洪興祖補註：《楚辭補註》(北京：中華書局，2002 年版)，頁 49。

❼ [明]葉向高：〈重刻楚辭全集序〉，同註❷，卷九，頁 3a 至 3b。

世之輕死者，子以孝，女以烈。此雖出於天經地義之不容
已；乃罔極之恩，仇儷之好，維繫綢結，若或迫之，情之至
也。君臣則堂陛勢疏，晉接日少，若有餘於分，而不足於
情。乘有餘以成睽，乘不足以成薄，而臣節替矣。屈子之言
曰：「豈余身之憚殃兮，恐皇輿之敗績。」「長太息以掩涕
兮，哀民生之多艱。」其情之婉轉恫切，千載而下，令人酸
鼻，凡為臣子，當書一通，置之坐右矣。❹⑧

葉向高點出，世間子殉父、妻殉夫的行為往往有之。子嗣、妻子之
所以輕死，是因為與自己的父親、丈夫有深厚的感情基礎，一旦對
方去世，自己也唯願隨之同去，如此舉動是發自至情的。與父子、
夫妻相比，君臣的關係是分多於情：君臣的名分雖在，但二者間的
感情卻未必如父子、夫妻來得深刻、真摯。古來君臣之間往往多有
齟齬，就是因為情之過薄。而觀〈離騷〉中「豈余身之憚殃兮，恐
皇輿之敗績」等語，足見屈原對楚王、以至對吾國吾民用情之深，
是許多為人臣者難以企及的。因此，屈原的投水與其說是自示清
白，毋寧說是向君王表露出最大的忠誠。這對於後代為臣者無疑是
最佳的示範與鼓勵。

　　與前人一樣，葉向高相信朱熹註《騷》的動機，是在慶元黨
禁時遭受排擠；朱熹不敢把屈原的作品僅以詞人之賦視之，是因為
有感於屈原的忠君愛國之心：

---

❹⑧ [明]葉向高：〈重刻楚辭全集序〉，同註❷，卷九，頁3b至4a。

朱子為之註釋，而謂有味其言，不敢以詞人之賦視之。夫朱子躬遭宋季，為王淮、陳賈所排，宜其有感於屈子。其講業建溪，自托於遯晦，視汨羅之憤，為得其中正。要亦所處之不同，未可以一律論也。屈子死矣，毋論忠憤之氣，日月爭光；即其詞賦，亦與《六經》並傳。彼上官、子蘭之徒，骨朽舌爛，千古為僇，亦何利而為此哉！❹

葉向高此說，蓋是回應成化間何喬新的一番言論：

朱子以豪傑之才、聖賢之學，當宋中葉，阨於權奸，迄不得施，不啻屈子之在楚也。而當時士大夫希世媚進者，從而沮之排之，目為偽學，視子蘭上官之徒，殆有甚焉。然朱子方且與二三門弟子講道武夷，容與乎溪雲山月之間，所以自處者，蓋非屈子所能及。❺

屈原、朱熹，一為文學家，一為道學家。何喬新把他們的經歷強加牽合、比較，甚至喧賓奪主，得出「朱子非屈子所能及」的結論，自然不會令人信服。故葉向高聲言二人「所處之不同，未可以一律論」。不過，他也一樣以為朱熹比起屈原「為得其中正」，可見其論依然基於儒家思想的價值觀。

---

❹ [明]葉向高：〈重刻楚辭全集序〉，同註❷，卷九，頁4a。
❺ [明]何喬新：〈楚辭序〉，同註❼。

㈡ 論楚辭作品

葉向高之時，已經出現了不少新的楚辭學著作，就屈原及楚
辭作品提出了一些新的觀點。如周用《楚詞註略》認爲二〈湘〉．
二〈司命〉皆各可合爲一篇，汪瑗《楚辭集解》以〈九歌‧禮魂〉
爲前十篇的亂辭，陳深《屈子品節》提出二〈招〉乃屈原所作等
等。葉向高雖無系統性的楚辭學專著，但從他一些片段性的論述
中，仍可窺知他對屈騷的看法大率本於劉勰《文心雕龍》及王逸、
朱熹的楚辭註本。如前引〈重刻楚辭全集序〉論屈原諸作云：

> ……上叩帝閽，下窮四極，遠求宓妃，近問漁父，甚至巫咸
> 占卜，蹇修爲媒，湘君陟降，司命周旋，舉世人所謂芒忽駭
> 怪之談，皆託焉以寫其無聊之情，無可奈何之苦。

葉向高將屈原作品的某些內容目爲「芒忽駭怪之談」，蓋源自劉勰
〈辨騷〉所舉的「四異」：

> 至於託雲龍，說迂怪，豐隆求宓妃，鳩鳥媒娥女，詭異之辭
> 也。康回傾地，夷羿彈日，木夫九首，土伯三目，譎怪之談
> 也。依彭咸之遺則，從子胥以自適，狷狹之志也。士女雜
> 坐，亂而不分，指以爲樂，娛酒不廢，沈湎日夜，舉以爲
> 歡，荒淫之意也。摘此四事，異乎經典者也。❺

---

❺ [梁]劉勰著、范文瀾註：《文心雕龍》(香港：商務印書館，1960 初版)，頁
46。

而朱熹對〈九歌〉創作背景的論述，葉向高也有所接受：

> 昔楚南郢之邑，沅湘之間，其俗信鬼而好祀。其祀，必使巫
> 覡作樂歌舞以娛神。蠻荊陋俗，詞既鄙俚，而其陰陽人鬼之
> 間，又或不能無褻慢淫荒之雜。原既放逐，見而感之，故頗
> 為更定其詞，去其泰甚。而因彼事神之心，以寄吾忠君愛
> 國，眷戀不忘之意。是以其言雖若不能無嫌於燕昵，而君子
> 反有取焉。❺❷

比對之下，不難發現葉氏所言的基礎何在。此外，葉向高在〈祭郭
明龍文〉中又提到「宋玉弔屈」，❺❸ 可知王逸、朱熹以〈招魂〉
一篇為宋玉所作，葉氏也是贊同的。整體而言，葉向高對於《楚
辭》諸篇章的解釋，似乎偏於保守，這與其身分有很大的關係。他
身居臺閣，既是皇權的襄贊者，又是道學的代言人。因此，對於
《楚辭》的解讀，他不可能如汪瑗般「以臆測之見務為新說」，也
不可能像黃文煥那樣「詞氣傲睨恣肆」。

　　進而言之，對於楚辭的地位，葉向高也有所論評。如前節所
言，葉氏認為詩歌「大要不出于道性情」。他從詩歌史的角度對
《楚辭》下了如此斷語：

> 《詩》亡而後《春秋》作，非《詩》亡也，《詩》猶治亂
> 兼，而《春秋》純乎亂者也。純乎亂則所謂暢而出之者業已

---

❺❷ 同註❻，頁29。
❺❸ [明]葉向高：〈祭郭明龍文〉，同註❷，卷八，頁28b。

> 無存，而其鬱而出之者變為〈離騷〉、〈九歌〉、〈九
> 辨〉、〈大、小招〉諸篇，蓋憤悶無聊之意多，而優遊敦厚
> 之旨失矣。自漢而後，詩之最著者為杜陵，說者亦謂其以窮
> 而工，其于流離放逐之感，蓋十居其六七，雖其意小原本于
> 《三百》，而要之所得于《騷》者居多，律之以性情之正，
> 殆猶未免于哀而傷者。㉔

葉向高指出，文章與時高下，《楚辭》是純粹的亂世之音，是忠臣
滿腔憤悶無聊之意在長期鬱塞後抒發而成。因此相形之下，《楚
辭》的情調已不能如《詩經》那般優遊敦厚、哀而不傷了。影響所
及，唐人杜甫的詩歌雖然本原於《詩經》，以忠君愛國的內容著
稱，但在情調上卻更多地受到了《楚辭》的影響，因此同樣「未免
于哀而傷」。葉向高還指出，《楚辭》對其所處萬曆後期的文風影
響同樣很巨大：

> 今天子聖神在御，治化雍熙……而一時骨鯁諸臣，偶有違
> 忤，投荒遠徙，接跡于春明，甚且淹頓至老，尚不得收。主
> 非楚懷，世非天寶，而流離放逐，跡若同之，于是被厄者或
> 不能無憤悶無聊之情，其形之聲詩亦或有鬱而不暢，使論者
> 不能無遺憾。㉟

當時黨爭之勢業已形成。如趙南星在大計中秉公澄汰，觸犯時忌，

㉔ [明]葉向高：〈何匪莪先生詩選序〉，同註❷，卷五，頁59a至59b。
㉟ [明]葉向高：〈何匪莪先生詩選序〉，同註❷，卷五，頁59b至60a。

遭貶爲民,在萬曆後期家居幾三十年。❺❻ 其《離騷經訂註》就是在這段時間著成。天啓六年(1626),閹黨勢熾,大興詔獄。東林中人繆昌期、周宗建等皆死獄中。高攀龍自知不免,遂赴水而死,其〈遺表〉云:

> 臣雖削奪,舊係大臣,大臣一辱則辱國,故北向叩頭,從屈平之遺則;君恩未報,願結來生。❺❼

這些例證都說明了在晚明熾烈的黨爭中,屈騷對於清流的影響與感召力。葉向高也觀察到這種狀況。他認爲如此情形「使論者不能無遺憾」,與其說是對屈騷的貶斥,不如說是對屈騷所象徵之亂世的憂心。誠如羅宗強所言:「在萬曆後期,葉向高應該說是一位正直、有意爲國出力之輔臣。但是他面對的是一個正在無可挽回走向敗亡的政局。在上爲一位既牢牢掌握著權力,又不想有所爲亦不讓臣下有所爲的荒唐皇帝;在下爲黨爭激烈之朝臣。他雖勤謹小心,想辦一點實事,而事實是甚麼事也辦不成。最後只好帶著無可奈何的心情離開。」❺❽

---

❺❻ [清]張廷玉主編:《明史》(北京:中華書局,1997 年版),頁 6298。
❺❼ [明]高攀龍:〈遺表〉,見[明]黃煜:《碧血錄》,收入中國歷史研究社編:《東林始末》(上海:上海書店據神州國光社 1951 年排印本影印,1982 年版),頁 128。
❺❽ 同註❶❸,頁 468。

結　語

　　葉向高作爲晚明臺閣文臣的代表人物，對於當時的文風起了
一定的影響。然而，由於晚明文壇變化紛紜，兼以葉氏著作在清代
被禁，因此歷來學者有關葉向高文學思想的研究頗爲不足。本文以
知人論世的方法，初步分析歸納了葉向高文學思想的特色，進而考
察了他楚辭論的內涵。就文學創作來說，葉向高強調作者必須「辭
尙體要」、「修辭立誠」。他總結師古、師心二說之失，提倡率易
的文風。對於模倣前代作品，葉向高並不反對，但主張要「使古語
今事混合無跡」，不然就會貽人「贗古」之譏。就文體來說，他認
爲文之至者貴真、詩之治者以道性情爲主，這也是總結七子派與公
安派得失後的得出的結論。

　　在楚辭論方面，葉向高將屈原之忠、死與文學創作的關係闡發
得非常細緻。他比較君臣、父子、夫婦三倫，指出了三者的不同，
且認爲屈原之死，對後世爲臣者有勸忠之效。葉氏將朱熹「忠而
過」之論視作反語，雖然有曲解之嫌，但是卻說明在明代後期，即
使官方對於《楚辭》的意見亦與前期大有不同。朝政日壞，思想上
的監控漸漸沒有以前那麼嚴密，士人們重新從《楚辭》中找到了共
鳴，於是《楚辭》的舊刊新著也就紛至沓來。對於《楚辭》篇章的
解釋，葉向高則大多本於王逸、劉勰、朱熹之說，幾乎未有參考當
代人的新見。葉氏還從詩歌史的角度觀照《楚辭》，認爲作爲亂世
之音的《楚辭》視《詩經》已無優遊敦厚、哀而不傷的情調。在他
看來，即使如詩聖杜甫，詩宗《詩經》，但在情調上卻受《楚辭》
影響爲多。至於在晚明黨爭之中，不少政治上失意的清流也引屈原

為知己，在詩歌創作上流露出類似《楚辭》的「憤悶無聊之情」。從太祖到世宗，從周敘、何喬新到申時行、葉向高，明代官方的論斷，直接影響到士人對屈騷的觀感與研究興趣。楚辭學在明代的發展，可以說是因著官方前抑後揚的態度，經歷了一條逐漸上升的軌跡。當然必須指出的是，萬曆末年雖然朝政敗壞，朱學僵化，但皇權與朱熹的影響力依然強大。故此，葉向高只能有意曲解朱熹「忠而過」之說，並將矛頭轉向班固，婉轉表達對朱熹的異議。其次，他雖然也拈出屈原「哀民生之多艱」的詩句，但著眼更多的卻始終在於對國君的效忠。這些大抵都源於葉向高的時代局限。

本文為國科會研究計畫「葉向高詩文觀研究─以《蒼霞草全集》為論述中心」（編號：NSC96-2411-H-431-005）之階段成果。

東林三家《離騷》註綜論

前　言

　　明代萬曆、天啓年間，朝政敗壞、閹宦肆虐，引起清流群起抵制，史稱東林黨爭。萬曆三十二年（1604），顧憲成、高攀龍等清流領袖鑒於心學汜濫，在無錫重開宋代的東林書院，以程朱爲宗，講學授徒。東林講學者不過數人，但因他們以學問名節相砥礪，不斷對於時局作出尖銳而深刻的批評，因此在當時的政壇達到了一呼百應之效。❶ 晚明清初，朝野的東林中人對學風和時政的影響深遠。有學者認爲，東林黨首先是一個政治宗派，其次是一個理學門派。他們最關心的是朝政得失，其次是性命之學，對文學興趣不大，一般不能以詩文著稱。❷ 東林學派和東林黨這兩個概念並不相等。前者指理學門派，是狹義；後者指政治宗派，是廣義。東林學派的顧憲成、高攀龍等是東林黨的核心，而東林黨未必都參

---

❶ [明]黃宗羲：《明儒學案》(上海：上海古籍出版社，1986 年初版)，頁 1375。
❷ 廖可斌：《明代文學復古運動研究》(上海：上海古籍出版社，1994 年初版)，
　　頁 351。

與了東林學派的理學活動。爲方便論述,本文採用「東林中人」一詞。此詞涵蓋了「東林學派」、「東林黨」兩個範疇,兼具理學、政治色彩,並可用於文學之論述。東林中人詞章造詣頗深,但文名爲政治、理學名聲所掩,後世學者甚少把他們視爲一個文學群體來研究。直至近年,李聖華《晚明詩歌研究》方才有專節討論。❸從明代文學史的發展軌跡來看,他們的主張可謂博採衆長,既承襲了宋濂的文道合一論又主張「質文相當」,既注重師古說者的「法」又反對剽竊,既反對師心說者的膚濫卻又提倡妙悟。

值得注意的是,由於萬曆後期政局的原因,《楚辭》直接影響到東林中人的創作風格。如葉向高認爲,《楚辭》這種「亂世之音」在萬曆後期也屬多見:

> 一時骨鯁諸臣,偶有違忤,投荒遠徙,接跡于春明,甚且淹頓至老,尚不得收。主非楚懷,世非天寶,而流離放逐,跡若同之,于是被厄者或不能無憤悶無聊之情,其形之聲詩亦或有鬱而不暢。❹

以此推論,骨鯁的東林諸臣在詩歌風格上是近宗杜甫,遠紹屈原的。東林學派以程朱爲宗,自然要爲朱熹註《騷》找一條具說服力的理由,進而論證屈原的思想行爲合乎儒學。非僅如此,屈原的精

---

❸ 李聖華:《晚明詩歌研究》(北京:人民文學出版社,2003 年初版),頁 291。
❹ [明]葉向高:〈何匪莪先生詩選序〉,《蒼霞草全集·蒼霞續草》(揚州:江蘇廣陵古籍刻印社據天啓刊本影印,1994 年初版),頁 435。

神其實對高攀龍有著深遠的影響。天啓六年（1626），閹黨勢熾，高攀龍赴水而死，其〈遺表〉云：「北向叩頭，從屈平之遺則；君恩未報，願結來生。」❺ 高攀龍爲東林首領之一，他的〈遺表〉反映了東林中人爲人、爲文的整體趨向。我們對萬曆、天啓間東林文學的研究尚待深入，對明代楚辭學研究，亦通常著眼於嘉靖間的《楚辭集解》以及明末的《楚辭疏》、《楚辭聽直》、《楚辭箋註》等書。萬曆、天啓這一段，實在仍有探析的空間。東林中人對於《楚辭》每有著述，如葉向高〈楚辭序〉、丁元薦〈刻離騷經序〉、趙南星《離騷經訂註》、劉永澄《離騷經纂註》、何喬遠《釋騷》等。萬曆、天啓間的楚辭學者多爲東林中人，這絕對不是一個偶然的現象。一如丁元薦所言：「世有屈子忠也者，不必其遇；有屈子遇也者，不必其忠。」❻ 在當時，東林中人往往註〈離騷〉明志。如趙南星《離騷經訂註》係遭貶爲民後抑鬱不平而作，劉永澄《離騷經纂註》也是爲了表示對高踞要津、尸位素餐者的鄙視。趙、劉之書，潘嘯龍、毛慶主編《楚辭著作提要》、易重廉《中國楚辭學史》、李中華、朱炳祥《楚辭學史》等書皆有論析，然猶有未足；而何喬遠《釋騷》世所罕覯，學者幾無言及。有見及此，本文擬以東林這個文學群體爲背景，綜論三家《離騷》

---

❺ [明]高攀龍：〈遺表〉，見[明]黃煜：《碧血錄》，收入中國歷史研究社編：《東林始末》(上海：上海書店據神州國光社 1951 年排印本影印，1982 年版)，頁 128。

❻ [明]丁元薦：〈刻離騷經序〉，《尊拙堂文集》(臺南：莊嚴文化事業有限公司據北京圖書館藏順治十七年(1660)丁世溶刻本影印，1997 年初版)，頁 703 至 704。

註，以見明代萬曆後期至天啓間的楚辭學特色。

一 · 趙南星《離騷經訂註》

趙南星（1550-1627），字夢白，號儕鶴，高邑人。萬曆二年（1574）進士。歷任汝寧推官、戶部主事、吏部考功、文選員外郎、考功郎中。二十一年（1593）大計京官，因故遭斥爲民。里居名益高，與鄒元標、顧憲成，海內擬之「三君」。光宗立，任右通政，進太常卿，歷工部右侍郎、左都御史。天啓時，忤魏忠賢，戍代州，卒於戍所。贈太子太保，諡忠毅。編著有《學庸正說》、《毛詩類鈔》、《增定二十一史韻》、《兩漢書選》、《羅近溪先生語錄鈔》、《笑贊》、《上醫本草》、《離騷經訂註》、《嘉祐集選》、《味檗齋文集》、《趙忠毅公詩文全集》、《正心會選文》、《正心會房稿》、《開心集》、《時尚集》、《芳茹園樂府》等。

萬曆中葉，七子後學在創作時不惜字模句擬、剿竊割裂，導致贗古之譏，師古說逐漸趨於衰落。此時，公安三袁的獨抒胸臆、不拘一格的師心說則影響日甚。然正統士人如趙南星等未必全盤接受公安派風格，於是便出現了重新評價師古、師心兩派的傾向。趙氏博采眾長的文學思想，包括了四個方面：才情兼妙、奇正合一、注重時文、代有文章。趙南星於神宗朝後期家居幾三十年，《離騷經訂註》即著成於此時。趙南星〈自序〉云：

　　余林居無事，諸生就學，頗集文繹，而值文章極衰之會，操

觚者人人好奇，強非其質，每至絕不似物；而平正者又為有司所斥。余乃合〈離騷〉與〈屈子傳〉刻之，而於王逸所註，稍加刪改，名曰《訂註》，使學者能讀萬過，令不思而誦於口，寤寐而悅於心，為文不模擬而得其似，則亦可以動有司，取青紫矣。❼

由此可知，《離騷經訂註》是趙南星林居時講學的教材。所謂「文章極衰之會」，固然是指針對萬曆晚年後七子影響告退、而公安派日益壯大的文壇狀況而言。趙南星注重文學，是基於他對文學教化功能的認知。故在當時以道學為核心的講學風氣下，趙南星的講授內容更能兼及文學。

　　《離騷經訂註》卷首題「宜城王逸叔師註」、「高邑趙南星夢白訂」，可見「註」是指王逸舊註，訂則是指趙氏的刪節補意。黃虞稷《千頃堂書目》著錄此書為《離騷經訂詁》，有誤。全書內容共四部分，首〈自序〉，次《史記・屈原列傳》，三為〈離騷〉正文，四為〈後跋〉。如〈自序〉所云，《離騷經訂註》是趙南星「合〈離騷〉與〈屈原列傳〉刻之，而於王逸所註，稍加刪改」而成。〈屈原列傳〉部分，《正義》、《索隱》、《集解》之註擇善而從，列於文本之下。〈離騷〉正文以王逸《楚辭章句》為底本而加刪節，有時補以己意。〈自序〉作於萬曆癸丑（四十一年[1613]），全書隨而付梓，成書年代應不晚於此年。原刊本於浙江

---

❼ [明]趙南星：〈離騷經訂註自序〉，[漢]王逸註、[明]趙南星訂：《離騷經訂註》(香港大學馮平山圖書館藏趙悅學刊本)，序頁 2a 至 2b。

圖書館、北京大學圖書館、中國科學院圖書館等處有藏。除原刊本外，又有明末清初趙悅學刊本，清華大學及天津圖書館皆有藏。香港大學馮平山圖書館亦藏有此書，著錄爲萬曆癸丑本。此本與清華大學藏本相同，可知港大藏本實爲趙悅學重刊本。然各本皆無明文記載重刊年份。此外，崔富章《楚辭書目五種續編》謂天津圖書館所藏重刊本卷首有「趙儕鶴註　古郡廉善堂藏板」字樣。筆者檢核港大本及清華本，皆作「宜城王逸叔師註、後學李濚校正、高邑趙南星夢白訂」。則港大本、清華本爲一版本，而津圖本乃另一版本。

由於《離騷經訂註》是刪節補訂《楚辭章句》而成，體例上有一定局限，因此要了解趙南星的楚辭學，還須著眼於〈自序〉與〈後跋〉。從這兩篇文字可知，趙南星對於屈騷的一些看法與自身的經歷、政見關係甚大。如他對於楚國君臣的分析，即源於他對官場的觀察；而將屈原沉江與魯仲連蹈海相比擬，無疑對普天下之士大夫都有激勵的作用。毛慶先生認爲：〈自序〉中值得注意的有兩點，一是重視屈原及傳屈原者之心理分析，二是認爲學屈騷仍可作仕進之途。〈後跋〉也有兩個特點值得注意，一是對當時楚國形勢的分析，強調在此基礎上認識理解屈原，二是對〈離騷〉中「求女」意義的探索。除屈騷與仕進的關係外，其餘三點都牽涉到趙南星知人論世的治學方法。

趙南星認爲研究〈離騷〉者必須了解屈原的生平背景，知人論世。因此閱讀時，必須與〈屈原列傳〉對看，「反覆抽繹」。由於歷史久遠，文獻散亡，有關屈原生平的可靠材料，首推〈屈原列傳〉。就現存楚辭學專著來看，將〈屈原列傳〉與楚辭作品

合編爲一書，以萬曆二十八年（1600）刊印的陳深《批點本楚辭》爲最早。《離騷經訂註》遵循如此編排，除了方便學子查閱外，趙南星還認爲屈原的才情之高、遭遇之苦，非一般迂曲之人可以想像，而古今能體察屈原心態並爲之作傳的，唯有司馬遷一人。如果不研讀〈屈原列傳〉，不可能對屈原有全面理解。❽ 此外，趙南星對於屈原的處境與當時的國際形勢也有頗爲透闢的分析。在〈後跋〉中，趙南星從秦的策略、楚的內政兩方面探論了楚國必然衰亡的原因：認爲楚懷王本身愚貪，加上群臣爲求自身的富貴，不惜出賣楚國的利益以媚秦。屈原身處這樣的環境，要扭轉局面，無疑是螳臂當車。趙南星明白屈原思想行爲非儒家可以規範，認爲屈原投江、魯仲連蹈海，其意一也。❾ 關於〈離騷〉「三次求女」的情節，趙南星的解讀也別出一轍。他認爲屈原的動機是「患鄭袖之蠱，亦托爲遠遊，求古聖帝之妃，以配懷王」，❿ 其說甚新。

　　《離騷經訂註》的正文是在《楚辭章句》的基礎上刪節補訂而成。《續修四庫全書總目提要》論曰：「核其所釋，雖曰『訂註』，寔於王氏之說鮮所更易。」⓫ 作爲講授之作，趙南星不標新立異是可以理解的。持《楚辭章句》與《離騷經訂註》二書對讀，可以將趙南星刪節補訂的特色歸納爲三點：刪節撮寫、注音釋

❽ [明]趙南星：〈離騷經訂註自序〉，同註❼，序頁 1a 至 2a。
❾ [明]趙南星：〈離騷經訂註後跋〉，同註❼，頁 48a 至 48b。
❿ 同註❼，頁 48b 至頁 49a。
⓫ 中國科學院圖書館整理：《續修四庫全書總目提要(稿本)》(濟南：齊魯書社，1996 年初版)，冊 19，頁 487。

字和闡發文義。

刪節撮寫方面，趙南星對《楚辭章句》的刪訂，又可分為四種。其一，眾所週知而無須詳解者。如「彼堯舜之耿介兮」、「何桀紂之昌被兮」，《章句》：「堯、舜，聖德之王也。」「桀、紂，夏、殷失位之君。」⓬ 其二，異文。如「澆身被服強圉兮」，《章句》：「澆，一作奡。一云被於彊圉。」《訂註》刪去此語。⓭ 其三，串講。如「不量鑿而正枘兮，固前脩以菹醢」，《章句》：「言工不量度其鑿，而方正其枘，則物不固而木破矣。臣不度君賢愚，竭其忠信，則被罪過，而身殆也。自前世脩名之人，以獲菹醢，龍逢、梅伯是也。」此乃易曉之義，讀者不難揣度，故趙氏亦斷然刪去。⓮ 其四，集中焦點。如易重廉提出：「在〈離騷〉『怨靈修之浩蕩兮』句下，趙氏特別突出王逸『上政迷亂則下怨，父行悖惑則子恨』等註文。在〈離騷〉的結尾，他刪去了王逸的不少文字，而特別保留了『屈原舒肆憤懣，極意陳辭』等句，都可以看出他對屈原作品怨忿內容的強調和肯定。」⓯

注音釋字方面，《訂註》在《章句》的基礎上對〈離騷〉原文文字的注音、訓詁，作了一些補充。如「扈江離與辟芷兮」，《訂註》：「辟，匹亦反。」⓰ 「乘騏驥以馳騁兮」，《訂

⓬ [漢]王逸章句、[宋]洪興祖補註：《楚辭補註》(北京：中華書局，1983 年版)，頁 8。

⓭ 同註⓬，頁 22。

⓮ 同註⓬，頁 24。

⓯ 易重廉：《中國楚辭學史》(長沙：湖南出版社，1991 年初版)，頁 421。

⓰ 同註⓻，頁 14b。

註》：「駝音馳。」**⓱** 反切、直音，唯其所用。訓詁方面，如「曾歔欷余鬱邑兮，哀朕時之不當」，《訂註》：「歔，出氣也。欷與唏同，哀而不泣也。歔欷，悲泣，氣咽而抽息也。」**⓲** 註解比較詳細，可補《章句》之不足。闡發文義方面，《訂註》多將《章句》在釋字後的串講刪去，蓋以其時有附會之言。然訂註亦時有自添數語，闡發大義之處。如「余既滋蘭之九畹兮，又樹蕙之百畝」，王逸串講云：「言己雖見放流，猶種蒔眾香，修行仁義，勤身自勉，朝暮不倦也。」《訂註》則曰：「平日培植群賢。〈序〉所謂『率其賢良，以厲國士』者也。」**⓳** 王逸之註，以為此二句係言個人之修行；而趙南星則認為是培植群賢之意，並引〈離騷序〉證之，其解較王逸者更為通順可取。

二‧何喬遠《釋騷》

何喬遠（1558-1632），字稚孝，號匪莪，晉江人。萬曆十四年（1586）進士。除刑部主事，歷禮部儀制郎中。坐累謫廣西布政使經歷，以事歸。里居二十餘年，中外交薦，不起。何喬遠與東林學派過從甚密，曾為鄒元標的首善書院題上梁文，當時的東林黨領袖、首輔葉向高也甚與何氏相得。光宗立，召為光祿少卿，移太僕。天啟初，堅拒魏忠賢之聘，終不附閹。二年（1622），進左通

⓱ 同註**❼**，頁 16a。

⓲ 同註**❼**，頁 29b。

⓳ 同註**❼**，頁 18b。

政，旋進光祿卿、通政使。五疏引疾，以戶部右侍郎致仕。崇禎二年（1629）起南京工部右侍郎。給事中盧兆龍劾其衰庸，自引去。卒年七十五。

何氏著作豐富，《福建通志》著錄有《書經釋》、《大學繹[釋]》、《閩書》、《清溪志》、《武榮全書》、《名山藏》、《膳志》、《獄志》、《鏡山前後集》（一作《萬曆集》、《後萬曆集》、《天啓集》）、《明文徵》、〈葉文忠公行狀〉。另葉向高《蒼霞續草》有〈何匪莪先生詩選序〉，知何氏曾編選己詩。乾隆四十年（1775），福建巡撫奏繳禁書五種，首爲《萬曆後集》。**⓴** 何集不彰於世，後代學者亦少論其作。觀蘇茂相〈萬曆集敘〉，可見何氏早年遵循七子師古之論。葉向高〈何匪莪先生詩選序〉對何氏詩風也有較爲準確的分析，我們可以如此歸結：一、何氏作品皆作於謫歸里居之時，內容以「即景抒懷、觸物遣興」爲主；二、其作品忠厚和平，具性情之正；三、其作品不泥於古，具性情之真。至於其散文，黃泗清以爲風近歐陽，可知源於臺閣。林學曾則指何氏除經世之文外，有「漁樵問答」、「衢巷小說」等。**㉑** 可見何氏既承襲了臺閣文風，又接受了七子師古說、公安師心說的一些看法。

《釋騷》一卷，不見於明清書目。崔富章《楚辭書目五種續編》著錄，版本爲咸豐間楊浚冠悔堂抄本一冊。筆者嘗閱此書，扉

⓴ 雷夢辰：《清代各省禁書彙考》(北京：書目文獻出版社，1989 年初版)，頁205。

㉑ [明]林學曾：〈序言〉，[明]何喬遠：《萬曆集》(海口：海南出版社影印北京故宮圖書館藏萬曆刊本，2000 年初版)，冊一，頁9。

頁題曰《釋騷》，而正文前又有「離騷解」之名目，下方字樣爲
「晉江何喬遠稚孝著，同里楊浚雪滄錄」，版心有「冠悔堂雜錄」
字樣，末頁有「攷異」附。楊浚去何喬遠二百餘年，未知底本孰
據。全書十四頁，無序跋。《萬曆集》並無言及該書，唯蘇茂相
〈序〉謂何氏早年作詩法《騷》，❷ 尚可解釋他對《楚辭》的興
趣。《釋騷》內容不時關涉黨爭，以此推測成書背景，蓋作於萬曆
後期、辭官退隱之時。全書爲楷書鈔本，字體娟秀，然正文時有訛
誤。第一類訛誤無損文意，殆緣何氏一時誤記、或鈔者一時誤寫，
如「汩余若將不及兮」，「若將」作「者絡」；「矯菌桂以紉蘭
兮」，「蘭」作「蕙」；「高余冠之岌岌兮」，「兮」作「乎」；
「覽察草木其猶未得兮」，「得」作「知」，不一而足。第二類爲
形訛者，如「終然殀乎羽之野」，「殀」作「妖」；「循繩墨而不
頗」，「循」作「脩」；「不量鑿而正枘兮」，「枘」作「柄」；
「溘吾遊此春宮兮」，「宮」作「官」；「余猶惡其佻巧」，
「余」作「令」；「百神翳其備降兮」，「翳」作「醫」等。第三
類爲闕奪者，如「寧溘死以流亡兮」至「何方圜之能周兮」作「寧
溘死方圜之能周兮」，中奪二十四字。次者，此書不併存異文，唯
擇而從之。如「縱欲而不忍」作「縱欲殺而不忍」；「阽余身而危
死兮」作「阽余身而危死節兮」；「鸞皇爲余先戒兮」，「先」作
「前」；「好蔽美而稱惡」，「美」作「善」。此外註文有云：
「若從巫咸之言，則使□□□心之人相同。」似其底本已有殘闕，
遂空白以傳疑之意。

---

❷ [明]蘇茂相：〈萬曆集序〉，同註❷，頁 6。

　　《釋騷》一書篇幅不宏，其內容則涉及義理、詞章、考據。何喬遠浮沉於晚明政壇，對於屈原的事蹟不無切膚之痛。他的〈離騷〉詁文隱含了對朝政的一些批評。如他認爲「三次求女」實爲求賢臣、求同道之意，但在解釋時也涉及「紅顏禍水」之說：

　　　　古之昏主讒夫昌，而皆繇於女謁盛，妲己亡商，褒姒亡周。賢明之君，則有永巷之妃，雞鳴之女，太姒佐文，邑姜佐武。楚懷外欺張儀，內悅鄭袖，屈原不得於君，而尚望其君夫人託言於高邱，要求兩美之一合。❷❸

此論驟看只是老調，但結合史實，萬曆後期的國本之爭中，神宗寵愛鄭貴妃，施及福王，欲三王並封，何喬遠力爭不可。故這番言論，可能影射鄭貴妃，並以神宗無賢妃爲憾。立身方面，何喬遠非常注重內省。如「不撫壯而棄穢兮，何不改乎此度」，朱熹云：「言君何不及此年德壯盛之時，棄去惡行，改此惑誤之度。」何喬遠解作：

　　　　吾不撫此壯年，棄厥穢行，何能不改吾平日之所行之非乎？❷❹

竟將「棄穢」歸諸屈原自己。「余既不難夫離別兮，傷靈脩之數

---

❷❸ [明]何喬遠：《釋騷》(楊浚冠悔堂咸豐間鈔本)，頁9a。
❷❹ 同註❷❸，頁2a。

化」，王逸云：「傷念君信用讒言，志數變易，無常操也。」何喬遠解作：

> 吾自怨自艾，吾以靈脩爲善，而自好其恍洋漭瀁，無所底
> 止，而實不涉世解事，不能察夫人心非我心也。㉕

這些詩句本皆指責懷王之語，而何喬遠悉目爲屈原自道、躬自內省之意。從楚辭學的角度看來，僅可聊備一說，難免斷章取義之譏。然這種註《騷》明志、強古人以就我的義理闡發方式，於東林中人非徒僅見。何喬遠鄉居講學，與東林遙相呼應。他於省身功夫蓋甚注重，如此註《騷》可以理解。

《釋騷》理解〈離騷〉文義，每能探其幽秘；其最引人注目處，是在分段析層、字解句析基礎上，結合前後文以透發大義、並得詞章之趣。如〈離騷〉一篇中數次提及帝舜及與之相關的人物、事物，但這些都沒有得到前賢的注意。何喬遠則能將之串聯在一起，不僅令全篇的文脈更爲明顯，也使主旨更清晰地呈現出來。篇首「彼堯舜之耿介兮」數句，何喬遠釋曰：

> 吾監堯舜桀紂興亡之跡，以此脩身，即欲以此自靖自獻於吾
> 君。㉖

㉕ 同註㉓，頁 5a。
㉖ 同註㉓，頁 2b。

可謂開宗明義。至篇末西極之行，有「奏九歌以舞《韶》兮」一句。何氏乃曰：

> 皇路紬邈，賢君難遇，吾將歷昆崙、至西極、行流沙、遵赤水、轉不周、指西海，吾不忘奏歌舞《韶》而見虞舜也。❷

《韶》固舜樂，然何氏以前的解者甚少將之與前文帝舜的字面放在一起考慮。此又何喬遠細心之處。然而，何喬遠在因文析理之際，時或因好爲新說，求之過深，有失熨貼。如「曰黃昏以爲期兮」一句，解作：「黃昏相期，緜闇而將趨於明也。」甚爲迂曲，反不如朱熹舊註謂黃昏爲古人迎親之期，平實可信。

明代考據學自楊慎於嘉靖間肇端，至明末蔚爲大宗。陳第《屈宋古音義》出，反對朱熹協韻之說，楚辭考據學進入一個新的階段。何喬遠與陳第同時，但身爲理學家，訓詁考據非其所長。《釋騷》之中，偶或觸及此道，大抵皆用以闡發義理、疏通詞章而已。如「苟余情其信姱以練要兮，長顑頷亦何傷？」何喬遠解道：

> 苟余情信姱以練要，則雖飲露餐英，不得宿飽，使筋骨堅練而顑頷空長，亦復何傷？人瘦削則領領長。舊以爲饑色面黃，恐未必然。❷

---

❷ 同註❷，頁 13a。
❷ 同註❷，頁 4a。

解「頷」字實妙,深得文趣。然於「顑」字的分析則有未逮。對於一些人物,何喬遠亦有新說,如解女嬃:

　　女嬃未必屈原姊,即室謫[嫡]家人亦可耳。㉙

諸如此類,固皆新說。唯何喬遠終未進一步論述,以致其言說服力不強。

三·劉永澄《離騷經纂註》

　　劉永澄(1576-1612),字靜之,號練江,揚州寶應人。八歲讀〈正氣歌〉、〈衣帶贊〉,即立文公神位,朝夕拜之。年十九,與文震孟同舉於鄉,結爲莫逆。登萬曆辛丑(1601)進士第,授順天儒學教授,北方稱爲淮南夫子。遷國子學正。與劉宗周、顧憲成、高攀龍等友善。滿考將遷,以省親歸,杜門讀書。壬子(1612),起職方主事,未上而卒,年三十七,私諡貞修先生。天啓中祀鄉賢。著有《禮記冊註》、《兩漢人物纂》、《甲乙雜志》、《家塾緒言》、《詩筒遺草》、《邸中雜記》、《吾心亦涼》、《離騷經纂註》等。乾隆時,永澄六世孫劉穎將其傳世著作彙編爲《劉練江先生集》。劉永澄雖爲道學家,對文學的態度卻比較開明。他將文學的功用歸結爲兩端:一屬詞,一抉理。屬詞者以雕琢詞章爲務,即今日所謂「爲藝術而藝術」之純文學;抉理者則

㉙ 同註㉓,頁 6b。

以剖析義理爲歸,即宋儒所言「文以明道」。劉永澄基於儒家立場,認爲抉理的層次高於屬詞,但卻承認二者「各具堂奧,功均頓漸」,可見他已正視文學的重要性,強調義理與詞章之調和。

《劉職方年譜》有這樣的記載:「(萬曆)三十六年戊申,三十三歲,入京候補,作《離騷經纂註》。」❸⓿ 小註則云:「公見王太夫人體王無恙,會太后覃思,思博一命以榮親,乃入京師,候補原官,經年不投一刺於要津,月朔亦不肯隨眾旅見,蕭然邸中,註〈離騷〉以見志。」❸① 劉永澄成進士後,遷國子學正,後因母親多病而辭歸。萬曆三十五年(1607),母親康復,回京希望候補原官,但不得要領。然劉氏不欲奔走鑽營,遂作《離騷經纂註》以明己志。

《離騷經纂註》書成後,並非即時付梓。據姚希孟序文所言,直至劉永澄氏去世之時,此書仍爲稿本。其印行實爲文震孟所促成,文氏檢錄劉氏遺笥而得此書,於是手自點定,請姚希孟作序刊印。《纂註》現存最早的版本,姜亮夫《楚辭書目五種》著錄爲「興讓堂刊本」。❸② 崔富章則著錄爲「明興讓堂刻本」,又謂此版本於清華大學、華東師範大學、上海圖書館皆有藏本。❸③

---

❸⓿ [清]劉穎:《劉職方年譜》,[明]劉永澄:《劉練江先生集》(臺南:莊嚴文化事業有限公司據北京圖書館分館藏清乾隆劉穎刻本影印,1997 年初版),頁368。

❸① 同註❸⓿。

❸② 姜亮夫編:《楚辭書目五種》(上海:上海古籍出版社,1983 年版),頁 95。

❸③ 崔富章編:《楚辭書目五種續編》(上海:上海古籍出版社,1983 年版),頁103 至 104。

此本蓋刊於萬曆末葉。又有清乾隆間劉穎刻《劉練江先生文集》本，《四庫全書存目叢書》收入此書，所據爲北京圖書館藏本。筆者比較明、清兩種刊本，發現清本改易處不多；唯明本遵從朱熹《楚辭集註》，各段之下標明賦比興的寫作手法，而清本則悉皆刪去。

　　《離騷經纂註》於義理、辭章、考據三端皆有涉及。劉永澄系出東林，故論文時亦最重義理之闡釋。他身處黨爭的漩渦，對忠奸鬥爭的情況知之甚詳。這是他探求屈原之心時頗中肯綮的原因。舉例而言，他指出屈原對於國家有義無反顧的責任感：

> 九死不已而溘死流亡，溘死流亡不已而體解，禍彌酷，志彌堅，原真鐵石心哉！懲字極有味。小人小懲而大戒，不可不懲也。君子至死而不變，雖以直而賈禍，為善不變，其度不可懲也。小人而不懲，則惡日積矣；君子而懲，則善不終矣。末世不懲，惡之小人固多，過懲之君子亦不少。小人不懲，害在一身，君子而懲，害在天下。朱子曰：「有人少負能聲，及少挫折，卻悔其惺惺，了了一切，刓方為圓，隨俗苟且，自道是年高見長，可畏可畏。」❸❹

君子既然認定了目標，就要不畏艱難地去追求。很多所謂君子，就是因爲遭受一點挫折就中途放棄，隨波逐流。這不僅於其個人的節

---

❸❹ [明]劉永澄撰、[清]劉寶楠手批：《離騷經纂註》(上海圖書館藏萬曆興讓堂刊本)，頁20a至20b。

操有虧，更會對天下造成不良影響。可見《離騷經纂註》特色之一是藉解〈騷〉來表白心志，或借題發揮，寄寓時世之慨。再如「長太息以掩涕兮」一章，劉氏註云：

> 既曰修姱，又曰羈轙，喻己不敢自適也，即攬木根、貫薜荔之意，氣節之士，憚於繩束，自治不嚴，何以能治人乎？㉟

所謂其身不正，雖令不行。前文言劉永澄律己甚嚴，以至李三才都有所忌憚，從這裡可以得到印證。不過，劉永澄在書中更表達了自己欲爲世所用的殷切之情。次者，萬曆之世，君昏臣亂，故劉永澄往往喜在註文中借題發揮。如〈離騷〉中屈原懸圃之遊，劉氏解曰：

> 余謂君門遠於萬里，難於上天，安知原非假以喻楚乎？㊱

明神宗荒政，二十餘年不上朝，劉氏此語，大有絃外之音。無可否認的是，由於劉氏注重義理，偶或導致註文發揮太過，以致本末倒置。如「苟余情其信姱以練要兮，長顑頷亦何傷」兩句，劉氏註云：「蓋飲餐可薄，姱節必不可疏；顑頷可忘，束脩必不可懈。如是始爲法前脩，如是始可依彭咸，如是使可舉世非之而不加阻。不然寬於自治，厚於尤人，非君子矣。故曰聖賢無討便宜的學問。」

㉟ 同註㉞，頁 13a 至 13b。

㊱ 同註㉞，頁 25b。

❸ 屈原此語，實因仕途受挫而發。而劉永澄以「飲餐可薄」等同於「嚴於自治」，如此議論就與〈離騷〉原文有所扞格了。

就詞章賞析而言，《纂註》主要採取了比對互證、筆法分析、析篇分段的方法。比對互證方面，如其持「扈江離與辟芷兮，紉秋蘭以爲佩」與「余既滋蘭之九畹兮，又樹蕙之百畝」兩段比較道：

> 前既言扈江離、紉秋蘭矣，又言滋九畹、樹百畝，兼以留夷揭車、杜衡芳芷，則樹德日滋、樂善無厭之喻也。若此者豈以獨善其身哉？將效之國家耳。❸

以前者爲個人自修，後者則爲選拔人才，含有層遞之意。筆法分析方面，由於受到晚明評點風氣的影響，劉永澄對於〈離騷〉的章法、句法、字法也很注意，且引外證以申其論。如其論「惟此黨人其獨異」一句云：

> 與杜詩「金谷銅駝非故鄉」句法同，似正而反。❸

以杜甫〈至後〉一詩爲證，以爲〈離騷〉運用了「倒插」、「反語」等法。其次，《纂註》亦時有近乎評點的性靈之語。如「攝提貞於孟陬兮，惟庚寅吾以降」，註云：

---

❸ 同註❸，頁 11b 至 12a。

❸ 同註❸，頁 9a。

❸ 同註❸，頁 33a。

攝提句看「貞」字，庚寅句看「惟」字。「貞」有得氣之正
之意，「惟」有若或擇之之意。❹

此類近評點家所謂「句眼」。析篇分段方面，劉氏在《纂註》中往
往以〇號分隔註文，標示不同之討論主題。其分段之語多置於〇號
以下。如其將「駟玉虯以乘鷖兮」至「睠局顧而不行」定為一段，
歸納曰：「自駟玉虯以後，總上下求索，一言盡之。」然總而觀
之，《纂註》分段尚未允當，如第二、三段皆始於「日月忽其不淹
兮」，內容重複紊亂。蓋此書並非定稿之故。

　　黃靈庚論《離騷經纂註》云：「此書雖以闡發大義為主，然
於字義訓詁頗見慎重，非草率從事者可比。」❹　所見甚是。宋明
理學家批評漢唐之儒溺於考據，忘卻大義，然並未否認考據對於詞
章、義理的可觀助力。劉永澄在註〈騷〉時，在考據方面下過不少
功夫，但大抵都適可而止，以達到文從字順、義理昭明為宜。劉永
澄在參照王逸《章句》、朱熹《集註》的舊說之餘，也時時斷以己
意，有所取捨。如「和調度以自娛兮」一句，劉氏註云：

　　朱註：「調，猶今人言格調之調。」王逸註：「調即和也。
　　和調己之行度，以自娛樂也。」按〈悲回風〉有云：「心調

❹　同註❸，頁 3a。
❹　潘嘯龍、毛慶主編：《楚辭著作提要》(武漢：湖北教育出版社，2003 年初
　　版)，頁 82。

度而弗去兮。」則調字宜從逸註。❷

以〈悲回風〉之文證明「調」字爲動詞，與「和」之意相同，進而從《章句》而捨《集註》之說。

結　語

　　就明代文學的發展來說，萬曆晚期雖是師古說影響告退、師心說方滋之時，也是二說融會調和的開端。而主要的融會調和者就是在後世不以詩文知名的東林中人。東林中人對後世的影響是巨大的。就理學而言，由於顧憲成、高攀龍等人目睹心學的流弊，遂重倡程朱道學。他們雖宗程朱，卻也看到了程朱、陸王各自的弊病。他們倡導程朱的目的非爲取代心學，而正在於調和、矯正。因此，他們在文學思想上也有類似的觀點，不難理解。前後七子、公安三袁的思想，東林中人都有所繼承，也有所揚棄。這種兼容並蓄的胸襟正是明末清初集大成學風的先導。

　　趙南星、劉永澄與何喬遠皆是東林中人，又皆有楚辭學著作傳世。有趣的是，他們註《楚辭》皆只限於〈離騷〉一篇。這與他們的著作動機有很大關係。趙南星目睹朝政日壞，小人在位，憂心不已。他深知立朝官員品格之重要，因此希望門徒在準備科舉的同時，研習《楚辭》以培養高尚的品格，遂作《離騷經訂註》。劉永澄自幼即爲程朱道學信徒，無時不以兼濟天下爲念，於是在仕途淹

---

❷ 同註❸，頁38a。

滯時著《離騷經纂註》以明志。至於何喬遠雖未明言註《騷》原由，但《釋騷》念念不忘忠奸之爭，此書之作與時政有關，庶幾無謬。

正因如此，三家註的長處都在於義理發揮。由於三位註者仰慕屈原好修的節操、自強不息的態度，本身對官場的黑暗狀況又深有體會，因此對〈離騷〉中的隱義掘析甚多。《訂註》根據屈原處境與國際形勢，闡述了〈離騷〉的大義，駁正了班固等人對屈騷的偏頗態度。《纂註》對君子小人的剖辨，《釋騷》對楚廷政治鬥爭的分析，都可謂纖毫畢現，曲盡意態。但為表達心志、紓洩憤懣，註者不惜曲解〈離騷〉文句，這在《纂註》和《釋騷》尤為明顯。由於三位註者對辭章之學都抱有寬容的態度，本身亦以操觚為能，故於〈離騷〉之藝術特色頗具獨見。如《訂註》將〈離騷〉「求女」情節詮釋為替懷王求賢妃，《纂註》引用杜詩等典籍論析〈離騷〉的筆法，《釋騷》將全篇主題緊扣在求見帝舜之上，這些方法和論點都具有心意，可成一家之言。在考據方面，《訂註》對《章句》註文進行刪節改寫，《釋騷》從文學趣味的角度重釋某些詞語，但尚未能稱當行本色。相形之下，《纂註》於字義訓詁頗見慎重，是三書中做得最好的。

從楚辭學發展的角度來說，《離騷經訂註》、《離騷經纂註》、《釋騷》三書皆具有承上啓下的特點。朱熹《集註》申發大義的風格，晚明評點家尋章摘句的方式，乃至楊慎等人引經據典的路數，在三家註中都可以尋見。由於註者自身的學問取向、著作動機，令三書有義理發揮有餘、立論證據不足之感。但這依然體現了義理、詞章、考據之學在晚明逐漸合流的趨勢。因為有東林中人的

《釋騷》、《離騷經纂註》、《離騷經訂註》等導夫先路，明末清初的楚辭學著作才會於數量、質量上都出現顯著的進步。

歸有光編〈玉虛子〉辨僞

前　言

　　秦漢以來，中國的正統文學是以詩文爲代表的。然而，詩文創作發展到明代，幾乎已經「窮極變化」。自永樂伊始，雅尙歐曾、鼓吹休明的臺閣派主導文壇幾近百年。弘治、正德年間，隨著朝政腐敗、國勢日衰，嘽緩衍沓的臺閣文風已經不侔於世。於是，出現了以李夢陽、何景明爲首的文學師古說者。他們所高揚「文必秦漢、詩必盛唐」的文學思想，影響波及明末清初。同時，由於師古說對前代文學思想、文學作品的審視，也大大促進了明代文學批評的興盛。在這種情況下，學者開始系統性地思辨文學演變的契因和軌跡。如王世貞早年曾言：「西京之文實，東京之文弱，猶未離實也。六朝之文浮，離實矣。唐之文庸，猶未離浮也。宋之文陋，離浮矣，愈下矣。元無文。」❶ 旗幟鮮明地道出自己對歷代文學的意見。與此同時，大型的總集、詩文評著作也不斷面世。從仁宣

---

❶ [明]王世貞：《藝苑卮言》，收入丁福保輯：《歷代詩話續編》(北京：中華書局，1983 年初版)，頁 985。

之際吳訥的《文章辨體》，到正嘉間黃佐的《六藝流別》、馮惟訥的《詩紀》、徐師曾的《文體明辨》，到萬曆間胡應麟的《詩藪》，以迄崇禎時許學夷的《詩源辯體》，同類型的新著不絕如縷。

明代中葉以後，社會經濟繁榮，導致社會上貧富不均，而印刷業同時亦隨之發達。鄭振鐸描述晚明社會的好文風氣道：「當萬曆間，民間的一般文化大約頗高的，所以供給一般民眾需要的『通俗書籍』大為流行。蒐輯了多詩、詞、小說或劇本、唱詞、笑談……他們乃是純文學的產物，一點也不具有實際上應用的需要的。他們的編纂，完全是為了要適應一般民眾的文學上與心靈上的需求與慰安，決不帶有任何實際應用的目的。像這樣一個時代，這樣的一種產物，在中國歷史上社會上是很罕有的。」❷ 升斗小民尚且如此，士人更不在話下。宋代以來，出版事業日益發達。吳宏一師指出，晚明私家刻書，刻工極廉，所以刻書之風一時大盛。❸因此，大型著作不斷面世，良有以也。

《文章辨體》、《文體明辨》、《詩紀》、《詩藪》等書偏向學術性，讀者對象大率為士大夫。而另一方面，為了迎合工商業新貴、乃至日漸壯大的市民階層好奇喜博的心理，某些學者和坊賈也開始編纂通俗性較強的大型書籍，如陳仁錫《古文奇賞》、陳淏子《周文歸》等。在這些林林總總的書籍中，有一類較突出的情

❷ 鄭振鐸：《西諦書話》(北京：生活·讀書·新知三聯書店，1983 年北京初版)，頁 109 至 110。

❸ 吳宏一：《清代詩學初探》(臺北：牧童出版社，1977 年初版)，頁 23。

況，就是子書的匯纂。較早出現的有陳深（嘉靖二十八年[1549]舉人）《諸子品節》五十卷，刊於萬曆十九年（1591）。❹ 此書將屈原、賈誼、司馬相如、揚雄的辭賦，以及〈喻巴蜀檄〉、〈難蜀父老〉、〈劇秦美新〉等文都置於子部，並不合於傳統的四部分類法。《諸子品節》的「雜鈔」「錯列」顯示出坊賈對讀者好全喜博心理的迎合，而滿眼的圈點、眉批又突顯了八股作法的功利性質，故四庫館臣斥之為「書肆陋本」。❺ 陳書出後，又有《二十九子品彙釋評》二十卷（萬曆四十四年[1616]初刊）與《諸子彙函》二十六卷（天啟五年[1625]初刊），二書的內容、體例與陳書非常相

---

❹ 按：陳深又有《諸史品節》，內容、體例與《諸子品節》相似，《四庫全書總目》錄入〈史鈔類存目〉。

❺ 四庫館臣著錄此書云：「是書雜鈔諸子，分內品、外品、小品。內品為《老子》、《莊子》、《荀子》、《商子》、《鬼谷子》。《管子》、《韓子》、《墨子》。外品為《晏子》、《子華子》、《孔叢子》、《尹文子》、《文子》、《桓子》、《關尹子》、《列子》、屈原、司馬相如、《揚子》、《呂覽》、《孫子》、《尉繚子》、陸賈《新語》、賈誼《新書》、《淮南子》。小品為《說苑》、《論衡》、《中論》。又以桓譚〈陳時政疏〉、崔寔〈政論〉、班彪〈王命論〉、竇融〈奉光武〉及〈責隗囂〉二書、賈誼〈弔屈原賦〉、司馬相如、揚雄諸賦又〈喻巴蜀檄〉、〈難蜀父老〉、〈劇秦美新〉諸文，錯列其中，尤為龐雜，蓋書肆陋本也。」見[清]永瑢主編：《四庫全書總目》(北京：中華書局，1965年初版)，頁1119。

似。❻ 不過，與陳書最爲不同的是，二書一題爲「翰林三狀元會
選」，前列焦竑（1540-1620）、翁正春（1553-1626）、朱之蕃
（萬曆二十三年[1479]進士）三人名，一題爲歸有光（1506-1571）
編，但館臣認爲作者皆係僞託。在現當代，關於這兩種書的評論业
不算多。《二十九子品彙釋評》一書，李劍雄從四庫之說，認爲並
非焦竑所編；❼ 至於《諸子彙函》，學者卻傾向於相信此書乃歸
有光所編。有見及此，筆者在本文中以《諸子彙函》中的〈玉虛
子〉爲例，就其真僞作一考辨。

一・〈玉虛子〉其書、相關評論及徵引舉隅

　　《諸子彙函》二十六卷，附〈諸子評林姓氏〉一卷、〈談
藪〉一卷，正文收錄自周至明九十四子之言。此書於天啓五年
（1625）初刊，書首有文震孟（1574-1636）序，各卷卷首題作
「崑山歸有光熙甫蒐輯，長洲文震孟文起參訂」。其中卷九爲楚辭
作品，包括屈子〈天問〉、〈惜誦〉、〈涉江〉、〈哀郢〉、〈抽
思〉、〈懷沙〉、〈思美人〉、〈惜往日〉、〈橘頌〉、〈悲回

---

❻ 按：類似大型子書尚有陳仁錫《諸子奇賞》，《四庫全書》、《四庫全書存目
叢書》、《續修四庫全書》、《四庫禁燬叢書》、《四庫未收書輯刊》、《叢
書集成》初、二、三編皆未收入。臺灣國家圖書館有藏，著錄爲明天啓刊本，
其卷卅五即爲〈屈子〉。北京清華圖書館藏有陳仁錫《屈子奇賞附宋玉》一
卷，即《諸子奇賞》卷卅五之單行本。由於此書之評點與《諸子品節》、《二
十九子品彙集釋》及《諸子彙函》無互見之處，故本文不作討論。

❼ 見李劍雄：《焦竑評傳》(南京：南京大學出版社，1998年初版)，頁328。

風〉、〈卜居〉十一篇，稱〈玉虛子〉；及宋玉〈九辯〉、〈對楚王問〉兩篇，稱《鹿溪子》。所謂「玉虛子」，其題下小註曰：「楚歸州有玉虛洞，可容千人，石壁異文，成龍虎艸木之狀。平嘗讀書于此，故名。」❽ 而「鹿溪子」之稱則毫無說明。❾ 據宋代祝穆《輿地勝覽》所記，峽州轄下有夷陵、宜都、長陽、遠安，而遠安西六里有鹿溪山。❿ 宋玉原籍之宜城（即宜都）與鹿溪山相近，《諸子彙函》編者名宋玉為「鹿溪子」，蓋源於此。⓫ 〈談藪〉部分引沈約、馮觀論騷評語兩條，⓬ 亦轉引自他書，現表列如下：

---

❽ 題[明]歸有光：《諸子彙函》(臺南：莊嚴文化事業有限公司據遼寧省圖書館藏天啟五年(1625)刻本影印，1995 年初版)，頁 325。

❾ 按：[清]梁紹壬云：「有客至澧州，見宋氏家牒，言宋玉，字子淵，號鹿溪子。可補紀載之缺。」(見[清]梁紹壬著，莊葳點校：《兩般秋雨庵隨筆》(上海：上海古籍出版社，1982 年初版)，頁 147。)亦未解「鹿溪」之義，且不知宋氏家牒與《鹿溪子》之間的影響關係。彭德〈宋玉生平考〉認為此號與湖南臨澧的浴溪河有關。(見《東南文化》1992 年第 6 期(南京：東南文化雜誌社，1992.12.)，頁 201。)而吳廣平《宋玉研究》則認為唐前歷史文獻根本沒有記載過宋玉被流放到臨澧，因此彭氏浴溪乃鹿溪的訛變之說有點沙上聚塔的味道。(見吳廣平：《宋玉研究》(長沙：嶽麓書社，2004 年初版)，頁 14 至 15。)

❿ 見[宋]祝穆：《輿地勝覽》(臺北：臺灣商務印書館影印文淵閣四庫全書，1983 年初版)，頁 793。

⓫ 按：有學者認為《鹿溪子》「是中國古代第一部也是唯一一部輯錄諸家關於宋玉作品的專著」。(見吳廣平：〈明代宋玉研究述評〉，《淮陰師範學院學報》(淮陰：淮陰師範學院)2003 年 1 月號，頁 103。)此論有差。觀陳深《諸子品節》有〈宋子〉，刊行年代早於《諸子彙函》三十四年；陳仁錫《諸子奇賞》梓於天啟年間，與《諸子彙函》同時，也附有〈宋玉〉，即可知之。

⓬ 同註❽，頁 16 至 17。

表一

	〈玉虛子·談藪〉	原書
沈約	周室既衰,風流彌著。屈平、宋玉導清流于前,賈誼、相如振芳塵于後,蓋英辭潤金石、高義薄雲天者也。	周室既衰,風流彌著,屈平、宋玉,導清源於前,賈誼、相如,振芳塵於後,英辭潤金石,高義薄雲天。❸ (《宋書》)
馮覲	〈離騷〉斷如復亂,而緜邈曲折,又未嘗斷、未嘗亂也。諸篇皆然。	〈離騷經〉斷如復亂,而緜邈曲折,讀者莫得尋其聲而繹其緒。又未嘗斷、未嘗亂也。❹ (《批點本楚辭集評》、《觀妙齋楚辭集評》)

由此表可知,〈玉虛子·談藪〉所引論者之姓名雖然無誤,然文字卻並不忠實於原書。如前文所言,三部大型子書中,以《諸子彙函》面世最遲、《諸子品節》最早。然而,作為《諸子彙函》卷九的〈玉虛子〉,所收篇目明顯少於前二書:

---

❸ [梁]沈約:《宋書》(北京:中華書局,1997年版)〈謝靈運傳〉,頁1778。

❹ 見[明]陳深:《批點本楚辭集評》(台灣國家圖書館藏明雙色套印本)卷一,頁1b及[明]馮紹祖《觀妙齋楚辭集評》(臺北:藝文印書館影印明馮紹祖萬曆丙戌(1586)刊本,1974年再版),頁73。

表二

	〈玉虛子〉	《屈子品節》	《屈子品彙》❶
〈離騷〉	--	√	√
〈九歌〉	--	√	√
〈天問〉	√	√	√
〈九章〉	√	√	√
〈遠遊〉	--	√	√
〈卜居〉	√	√	√
〈漁父〉	--	√	√

〈離騷〉、〈九歌〉係《楚辭》的重要作品，《諸子彙函》的編者為何捨而不收，全書未有說明。進而言之，三者之間不僅為時序先後之關係，〈玉虛子〉在內容上更有沿襲傳承和更改前二書之處。

此書初刊於天啟五年，去歸有光故世已五十四年。其後，明清兩代一直未有重印。這大概與四庫館臣的論定有很大關係。在《四庫全書總目》中，館臣斷言此書為偽，並非歸有光所編：

> 是編以自周至明子書每人採錄數條，多有本非子書而摘他書數語稱以子書者。且改易名目，詭怪不經。如屈原謂之玉虛

---

❶ 按：三書各篇次序不盡相同。又，如前註所言，陳仁錫《諸子奇賞·屈子》單行本題作《屈子奇賞》。本文循此例，將《諸子品節·屈子》及《二十九子品彙集釋·屈子》分別稱為《屈子品節》、《屈子品彙》，以求簡潔。

子，宋玉謂之鹿谿子，江乙謂之覽覽子，魯仲連謂之三柱
子，淳于髡謂之波弄子，孔求謂之子家子，張孟談謂之歲寒
子，頓弱謂之首山子，甘羅謂之潼山子，貌辨謂之雲幌子，
陸賈謂之雲陽子，賈誼謂之金門子，董仲舒謂之桔巖子，韓
嬰謂之封龍子，東方朔謂之吉雲子，劉向謂之青藜子，崔寔
謂之嵯岈子，桓譚謂之荊山子，王充謂之委宛子，黃憲謂之
慎陽子，仲長統謂之黌山子，王符謂之回中子，桓寬謂之貞
山子，曹植謂之鏡機子，束皙謂之白雲子，嵇康謂之靈源
子，劉勰謂之雲門子，陸機謂之于山子，劉晝謂之石匏子，
李翱謂之協律子，羅隱謂之靈犖子，石介謂之長春子，皆荒
唐鄙誕，莫可究詰。有光亦何至於是也？❶❻

館臣認為，歸有光是名重一時的文學大家，不至於「荒唐鄙誕，莫
可究詰」地改易古人之名目，故此書當是坊賈射利之本。由此一
來，後世學者關於此書的論述極為少見。在沒有進一步證據的情況
下，館臣這種看法也許只是一種猜測。因此，民國以後學者引用
《諸子彙函》內容的，時而可見。如韓愈論〈盜跖〉篇：「譏侮列
聖，戲劇夫子，蓋效顰莊、老而失之者。」此語不見於現行的《昌
黎集》；崔大華《莊學研究》用此語，轉引自歸有光、文震孟《南
華真經評註》。❶❼ 歸、文二氏正乃《諸子彙函》所題的編者，

❶❻ 同註❺，頁 1120。
❶❼ 見崔大華：《莊學研究》(北京：人民出版社，1992 年初版)，頁 63。按：此條
評語為〈盜跖〉篇評，見[明]歸有光批閱、文震孟訂正：《南華真經評註》(杭
州：杭州古舊書店影印明刊本，1983 年初版)卷九，頁 32b。

《南華真經評註》即在《諸子彙函》〈莊子〉的基礎上編纂而成。
❶⑱

　　姜亮夫《楚辭書目五種》收有〈玉虛子〉、《鹿溪子》，逕著錄為「明歸有光輯」，不復於名氏前增一「題」字。這似乎顯示：姜氏也偏向於相信此書編者為歸有光。《楚辭書目五種》提要對於〈玉虛子〉有詳細的說明，現謹迻錄於下，以資參考：

> 有光輯先秦至宋各家文為《諸子彙函》，長洲文震孟參訂。中有〈玉虛子〉一卷，錄屈賦十三篇，而輯各家論評為眉語……其註則節朱熹《集註》、與洪氏《補注》為之，亦偶有增益。除眉語外，篇末多載一二家之言，以為篇評。錄為眉語者，有楊慎（或稱升庵）、王鳳洲【世貞】、宋潛溪【濂】、楊南峰【循吉】、洪寶夫【英】、李于麟【攀龍】、陶主敬【安】、彭可齋【時】、康礪峰【太和】、岳季方【正】、陳白沙【獻章】、王夢澤【廷陳】、汪南溟【道崑】、廖明河【文光】、鄒東軒【守益】、陸貞山【粲】、王深[渼]陂【九思】、王暘谷【叔杲】、張方洲【寧】、莊定山【昶】、蔡虛齋【清】、崔後渠【銑】、諸

---

⑱ 按：《諸子彙函》目錄謂收有《莊子》內七篇，然正文僅有〈逍遙游〉、〈齊物論〉、〈養生主〉、〈人間世〉四篇。《南華真經評註》則全收三十三篇，分作十卷。比對二書所收〈逍〉〈齊〉〈養〉〈人〉四篇，內容大致相同，相異處唯有四端：(一)每卷卷首加上作「晉郭象子玄輯註，明歸有光熙甫批閱、文震孟文起訂正」字樣。(二)每頁地腳處增添一格，收錄尾批。(三)圈點符號種類更為繁多，且視《諸子彙函》略有改動。(四)篇評或酌增一二家。

理齋【燮】、吳瓠[匏]庵【寬】 以上〈天問〉 羅整庵【欽
順】、康對山【海】、徐廷[匡]岳、方希古【孝孺】 以上
〈惜誦〉增益諸人 解大紳【縉】、胡雅齋【執禮】、張立[玄]
超【之象】、林尚默【誌】 以上〈涉江〉增益 樓迂齋
【昉】、袁元峰【煒】、高中玄【拱】、馮琢菴【琦】以上
〈哀郢〉增益 王陽明【守仁】、羅近溪【潛】、宗方誠[城]
【臣】、唐荊川【順之】、李卓吾【贄】 以上〈抽思〉增益
諸人 余向[同]麓【有丁】、穆少春【文熙】、胡柏泉
【松】、邵國寶[賢]【寶】、馮開之【夢禎】 以上〈懷沙〉
增益諸人 秦華峰【鳴雷】、羅一峰【倫】 以上〈思美人〉增
益諸人 李見羅【材】、徐匡岳【即登】 以上〈橘頌〉增益諸
人 楊碧川【守阯】、陳克[充]庵【選】、許少春【應
元】、彭彥實【華】 以上〈悲回風〉增益諸人 洪景廬【邁】
以上〈卜居〉增益。其篇末總評有增益于上列諸人者曰顧東江
【清】、呂東萊【祖謙】，共五十七人。明人輯評之七十二
家、八十四家，固已多見于此書。亦有為他家所不及見者。
則此輯用意，固在評騭文心，論衡人物矣！故存之論評一類
之中。⑲

所言甚為詳細。《諸子彙函》書首有〈諸子評林姓氏〉一欄，詳列
參評者之姓氏字號爵里。姜氏所錄明人字號，偶有訛誤，本文皆以

---

⑲ 見姜亮夫編：《楚辭書目五種》(上海：上海古籍出版社，1993 年新一版)，頁
314。

[ ]號正之，復以【】號註出本名。另「徐廷岳」之名雖見於〈玉虛子〉，然不見於〈諸子評林姓氏〉，疑「廷岳」即「匡岳」之誤。又，篇評者尚有帥楚澤【蘭】、袁中郎【宏道】二家；帥評在〈抽思〉篇末，❷ 袁評在〈思美人〉篇末。❷ 姜氏失載。去徐廷岳而增帥、袁二氏，則〈玉虛子〉與評者共五十八家。除謂註文係「節朱熹《集註》、與洪氏《補注》爲之」，姜氏又補充云：「偶有發明，不過文章脈絡，及行文大義諸端。」❷ 精確地說，該書〈九章〉部分（〈橘頌〉除外）節錄《集註》，〈橘頌〉、〈卜居〉節錄《補註》，〈天問〉註文則全襲《屈子品節》。

有學者參考姜書云：「明代評說論辯《楚辭》者很多，於是有人將漢魏直到明代的零散言論輯錄起來。較早的有歸有光〈玉虛子〉一卷，該書收錄屈原作品〈天問〉、〈九章〉等，其眉端則鈔錄有楊慎、王世貞、李攀龍等五十七人的評語，篇末則載有總評……透過這些輯評本，不難感受到明代《楚辭》評價的一般風氣。」❷ 汪瑗（約卒於 1569 年前）《楚辭集解》爲明代較早的《楚辭》著作。歸有光乃汪瑗之師，相對於楚辭學繁盛的晚明，其人其書的年代固然甚早。然《諸子彙函》則初印於天啟五年，時張鳳翼《楚辭合纂》、陳深《批點本楚辭集評》、馮紹祖《觀妙齋校

---

❷ 同註❽，頁 336。

❷ 同註❽，頁 338。

❷ 同註❾，頁 315。按：洪湛侯主編《楚辭要籍解題·凡例》謂〈玉虛子〉僅為「白文有評語者」(見洪湛侯主編：《楚辭要籍解題》（武漢：湖北人民出版社，1984 年初版）〈凡例〉，頁 2。)，誤。

❷ 李中華、朱炳祥：《楚辭學史》(武漢：武漢出版社，1996 年初版)，頁 184。

訂楚辭集評》、林兆珂《楚辭述註》，乃至題焦竑《二十九子品彙釋評》等集評本，皆已面世。

熊良智《楚辭文化研究》也曾引用《諸子彙函·玉虛子》的眉批：

> ……《楚辭集解》中最著名的觀點，即屈原未沉汨羅而死，宋人已有其說，明代也不止汪瑗一人贊同；但大量的材料卻直接見於《四庫全書總目提要》著錄為歸有光所編的《諸子彙函·玉虛子》。同書〈涉江〉篇「接輿髡首兮」下有批評：
>
> > 康對山曰：忠良誅戮，前世固然，屈子之見達矣，奈何復從彭咸而死乎？
>
> 這當然還是根據屈原的詩引出的懷疑。在〈惜往日〉「卒沒身而絕名兮，惜壅君之不昭」上有注語：
>
> > 何啟圖曰：此皆設詞，勿以為真死也。
>
> 在「讒妒人以自代」又有一段引文：
>
> > 李空峒曰：其詞之危迫如此，蓋欲死，而女須[嬃]勸之歸也，太史公遂以為實然。
>
> 這已經從一般情理上懷疑，轉為一種事實的判斷，直斥司馬遷以為屈原投汨羅而死的說法。汪瑗書中對此亦辯駁甚多，〈屈原投水辯〉則專述其說。這似乎也可佐證汪瑗觀點的沿

襲和師承關係。❷❹

　　若〈玉虛子〉實爲歸氏所編，持之與汪書比核，自可勾稽兩師徒的
楚辭學思想淵源。然熊氏此處用「似乎」二字，殆對〈玉虛子〉編
者身分仍有所懷疑。

　　《楚辭學通典篇目》〈五典籍〉將〈玉虛子〉、《鹿溪子》
劃爲「選集」類。〈玉虛子〉條下有歸氏生平簡介及內容概述，所
言多本於姜亮夫。且稱：「《楚辭書目五種》論是書云：『明人輯
評之七十二家、八十四家，固已多見于此書。亦有爲他家所不及見
者』，可見其理論意義。」所謂「理論意義」，可參見其有關《鹿
溪子》的論評：「書中先錄宋玉賦原文，本洪興祖、朱熹二家之說
分節註解，偶有發明。另有眉語、篇末總評，皆采時人之說爲之，
凡二十餘家，在辭賦理論史上可佔一席之地。」❷❺　吳廣平則謂
《鹿溪子》「評語雖篇幅無多，然語能扼要，意多中肯。」❷❻

　　然而，《諸子彙函》將評語改頭換面，歸於明代賢達名下者
每每有之。如林希逸《列子口義》論「谷神不死」數句云：「此
《老子》全章之文，而曰《黃帝》，則知老子之學亦有所傳。」❷❼
《諸子彙函》歸於楊升菴名下。❷❽　陳深《墨子品節·兼愛》：

---

❷❹ 見熊良智：《楚辭文化研究》(成都：巴蜀書社，2002 年初版)，頁 272。

❷❺ 見崔富章等主編：《楚辭學通典篇目》(武漢：湖北教育出版社，2003 年初
　　版)，頁 350 至 351。

❷❻ 同註❶❶，頁 103。

❷❼ [宋]林希逸：《列子口義》(臺北：藝文印書館，1971)，頁 8 至 9。

❷❽ 同註❽，頁 108。

「觀此則儒墨未嘗不相悅。韓退之云：辨生於末學，各務售其師說以自崇，非二師之道本然也。」❷⁹　《諸子彙函》歸於黃旨玄（道月）名下。❸⁰　又如在《諸子彙函》〈莊子〉的基礎上編纂而成的《南華真經評註》，❸¹　引韓愈論〈盜跖〉曰：「譏侮列聖，戲劇夫子，蓋效響莊、老而失之者。」❸²　此語今人崔大華《莊學研究》引之不疑，❸³　其實鈔自《二十九子品彙釋評》中所謂翁正春（青陽）評語，❸⁴　並非韓愈之說。這種剽竊偽託的情況尤以〈玉虛子〉為典型，下文將詳細論之。

二·〈玉虛子〉與《屈子品節》的關係

觀《屈子品節》的註文，正可移用姜亮夫論〈玉虛子〉之語：多本洪、朱兩家之說，而偶有發明。然而，筆者仔細比對〈玉

---

❷⁹ [明]陳深：《墨子品節》，收入《墨子大全》(北京：北京圖書館影印明刊本，2003)，頁7。

❸⁰ 同註❽，頁142。

❸¹ 按：《諸子彙函》目錄謂收有《莊子》內七篇，然正文僅有〈逍遙游〉、〈齊物論〉、〈養生主〉、〈人間世〉四篇。《南華真經評註》則全收三十三篇，分作十卷。比對二書所收〈逍〉〈齊〉〈養〉〈人〉四篇，內容大致相同，相異處唯有四端：(一)每卷卷首加上作「晉郭象子玄輯註，明歸有光熙甫批閱、文震孟文起訂正」字樣。(二)每頁地腳處增添一格，收錄尾批。(三)圈點符號種類更為繁多，且視《諸子彙函》略有改動。(四)篇評或酌增一二家。

❸² 參註❿。

❸³ 同註❿，頁63。

❸⁴ 題[明]焦竑等：《二十九子品彙釋評》(臺南：莊嚴文化事業有限公司據北京圖書館分館藏萬曆四十四年(1616)刻本影印，1995)，頁376。

虛子·天問〉與《屈子品節·天問》的註文，竟發現二者幾乎完全
相同。相形之下，《屈子品節》版式較清晰、校勘較精良，而〈玉
虛子〉註文則訛誤甚多。現略由〈天問〉中舉數例於文末附表一。
表中各段註文，〈玉虛子〉全與《屈子品節》相同。觀第 3 條，如
謂「然若且順彼之欲」語尚可通，然則「樞組」、「又功」、「竇
塞」、「折天性」等語殊不可解，顯然有傳鈔訛誤。第 8 條最能證
明〈玉虛子〉註文當以《屈子品節》為底本：《屈子品節》中，此
段「萬」作「万」，而「羿」字形如「畁」；只有在這種情況下，
二字才會訛作「方」、「弄」。此外，又有《屈子品節》訛誤，而
〈玉虛子〉仍之者。如《屈子品節》云：

> 羿射獵封豨，以其肉膏祭天帝，天帝尤不順羿之所為也。❸

〈玉虛子〉從之。❸ 然考諸《補註》，「尤」當作「猶」，❸ 文
理方通。《屈子品節》又云：

> 〈騷經〉：潘遊佚畋，而亂流鮮終。❸

---

❸ [明]陳深：《諸子品節》(臺南縣柳營鄉：莊嚴文化事業有限公司據遼寧大學圖
書館藏萬曆十九年(1591)刻本影印，1995)，頁 660。
❸ 同註❽，頁 327。
❸ [漢]王逸章句、[宋]洪興祖補註：《楚辭補註》(北京：中華書局，2002 年重印
修訂本)，頁 100。
❸ 同註❸，頁 660。

〈玉虛子〉亦作「潘遊」。**㊴** 然〈離騷〉曰「羿淫遊而佚畋兮」、「固亂流其鮮終兮」,「潘」當爲「淫」,《屈子品節》訛之,而〈玉虛子〉再訛,益可證兩書〈天問〉篇註文之關係。

〈玉虛子〉一卷,眉批、篇評共計 108 條。據筆者統計,其中與《屈子品節》之眉批(按:《屈子品節》各篇無篇評部分)相同、相近者共二十九條。現條列之,錄於附表二。考陳深共有兩本楚辭學著作:《批點本楚辭集評》和《屈子品節》。前者以集評爲主,後者以個人意見爲主。二書不僅是較早期的楚辭學評點著作,**㊵** 即使在從明代評點學的角度觀之,也屬得風氣之先的著作。因此,後起的楚辭學評點著作(如蔣之翹《七十二家評楚辭》)中,陳深的評語往往可見。《屈子品節》的註文主要折衷於《補註》、《集註》,作者個人發明之處主要在眉批。除一己之見外,也適量引用了一些古今學者的說法,以資佐證。一般而言,在引用時會標出書名、篇名或人名,如《山海經》、〈吳都賦〉、《莊子》、王逸、柳子(宗元)、弇州山人(王世貞)等。偶或未註明出處(如附表二第 2、7、16 三條),但這種情況甚少。根據附表二,可窺見陳深《屈子品節》的整體風格面貌。

此外,附表二的第 10、16、20 和 26 條顯示,後起的《屈子品彙》已有挪用《屈子品節》的眉批。然而值得注意的是:第 10

㊴ 同註**❽**,頁 327。

㊵ 按:據筆者統計,早於《諸子品節》的楚辭學評點著作現知有兩種,馮紹祖於萬曆十四年刊《楚辭章句》,以王逸《章句》爲底本,增益眉批、篇評和集評部分,早於《諸子品節》五年;至於張鳳翼《楚辭合纂》,年代可能更早於萬曆十四年。

條關於〈天問〉文體的論述、第 20 條關於〈思美人〉文義的闡發，本皆陳深原創，至《屈子品彙》卻分別變成了楊慎、袁宗道之語。〈悲回風〉所言之「黃棘」，洪興祖、朱子各有猜測，莫衷一是，故第 26 條中，陳深將此說冠以「一云」字面。然而《屈子品彙》卻將此說毫無根據地歸於晚明的習孔教。對於《二十九子品彙集評》的如此情形，四庫館臣早有發現：

> （此書）評語亦皆託名，謬陋不可言狀。蓋坊賈射利之本，不足以當指摘者也。❹

認為這種張冠李戴是在牟利的動機下有意而為的。不過，館臣未有言及，〈玉虛子〉的這種情形較《屈子品彙》實有過之而無不及。再觀附表二，〈玉虛子〉相對於《屈子品節》二十九條評語的參評者，竟增益出楊南峰、李于麟、陶主敬、彭可齋、康礪峰、林尚默、顧東江、樓迂齋、王陽明、余同麓、邵國賢、袁中郎、何啓圖、李空峒、陸貞山、袁元峰等十六人。有關考據的評語（如第3、6 條）多歸於楊升庵名下，就論詞章的評語（如第 17、20、25 條）多歸於師古、師心說者名下。二十九條之中，唯一未改頭換面者僅有第 1 條。此殆因王世貞當時名聲顯赫，該語亦眾口播傳，遂仍其舊。然總而觀之，其猖獗亦已甚焉。

　　此二十九條眉批、篇評和〈天問〉註文一般，係鈔自《屈子品節》。鈔錄過程中偶有更易文字（如第 23 條），然大都係搬字

---

❹ 同註❺，頁 1123。

過紙。且其校勘不審處，同樣每每見之。如第 1 條引王世貞語：

> 覽之今人徘徊循咀，且感且疑。再反之，沈吟歔欷，又三復
> 之，涕淚俱下，情事欲絕。❷

參《諸子品節》眉批，文字全同。❸ 然復參王世貞《藝苑巵言》
原書：

> 擬騷賦勿令不讀書人便竟騷覽之。須令人裴回尋咀，且感且
> 疑。再反之，沉吟歔欷，又三復之，涕淚俱下，情事欲絕。
> ❹

比照觀之，《諸子品節》以「覽之」二字從下讀，又奪一「須」
字，「尋」訛作「循」，自已不妥。然〈玉虛子〉竟隻字不易地轉
引《諸子品節》之語，可謂誤而又誤。此外，〈玉虛子〉轉引《諸
子品節》時亦有衍奪訛誤者。如第 24 條，《屈子品節》作「因回
風之倡而感彭咸之志」；〈玉虛子〉奪一「咸」字。更有甚者，如
第 4 條釋「靡萍」：

---

❷ 同註❽，頁 325。

❸ 同註㉟，頁 648。

❹ [明]王世貞：《藝苑巵言》，收入丁福保輯：《歷代詩話續編》(北京：中華書
　局，1983 年初版)，頁 962。

莽九衢,從《莊子》萍有九岐[歧],以岐[歧]路解。㊺

查《莊子》並無此語。觀《屈子品節》眉批為:

萍有九岐[歧],似衢路,王逸以為生九衢中,陋矣。

《屈子品節》相鄰又有一條釋「儵忽」者:

儵忽,柳子以為而[南]海北海之帝,從《莊子》。㊻

〈玉虛子〉將「莊子」字樣竄入「靡莽」條中,加以衍奪數字,文字遂致紆結難解。此外,又有割裂黏合之跡。如第 14 條,查《屈子品節》原書,於〈涉江〉「乘鄂渚而反顧兮」四句上批曰:

此章渡江湘,乘鄂渚,入乎莽蒼鼗薄之中,而不欲聞于人也。

又批亂詞云:

崎崛古魯之聲。

㊺ 同註❽,頁 326。
㊻ 同註㉟,頁 659。

兩條評語皆針對特定的章節而發。然〈玉盧子〉非但將此二語併在一處，更作爲篇評，**❹** 繫於篇後，誠可謂以偏概全。

　　如前文所言，認爲屈子並未沉水者，汪瑗是一代表。熊良智引用〈玉盧子〉的眉批來證明汪氏之說乃承自其師歸有光。熊氏所錄「何啓圖」、「李空峒」之語，即附表二第 21、22 兩條。這兩條評語實皆出自陳深《屈子品節》，查何洛文、李夢陽現存著作，並無相近之語。**❹** 《屈子品節》眉批的其中一個特色，就是承宋人林應辰之說，以爲屈子並未沉淵，且據《楚辭》文本而推繹之。陳深嘗親往秭歸，就鄉人詢問屈子之歸宿，而得此說，故於批語中時時言及。如〈懷沙〉眉批：

> 抗志欲沉者，其文也。而卒未沉者，沉以後之事也。問之秭歸，驗之詞外，則然。**❹**

〈惜往日〉「臨沅湘之玄淵兮，遂自忍而沉流。」眉批：

> 此皆設詞，勿認以為真死也。卒與女嬃同歸，而國人共悅之，故名其鄉曰秭歸。**❺**

---

❹ 同註**❽**，頁 333。

❹ 按：查前引熊氏之言，尚有「康對山」一條。此條實爲馮覲之語，詳見下節及附表三 21 條。

❹ 同註**㉟**，頁 668。

❺ 同註**㉟**，頁 668 至 669。

「吳信讒而弗味兮，子胥死而後憂。介子忠而立枯兮，文君寤而追求」，眉批：

> 其詞之危迫如此，蓋欲死而女嬃勸之歸也。太史公遂以為實然。❺❶

又〈悲回風〉眉批：

> 此篇硈硈，似沉實未沉也。既沉矣，焉作沉辭？❺❷

以〈懷沙〉、〈惜往日〉、〈悲回風〉等言及沉淵處皆為屈子設詞，否則不可能既沉而作此。❺❸ 這種說法雖然有紕漏，但尚可備一說。

屈子並未沉江而「卒與女嬃同歸」，陳深於《屈子品節》中將此看法貫徹始終。讀者觀附表二的第 21、22 條，或誤以〈玉虛子〉編者亦遵從陳深、汪瑗之說；然而，其於〈懷沙〉篇末又謂：

> 此章言巳[己]雖放逐，不以困窮易其行。小人蔽賢，羣起而攻之，舉世之人無知我者。思古人而不得見，伏節死義而

---

❺❶ 同註❸❺，頁 669。

❺❷ 同註❸❺，頁 671。

❺❸ 按：此說汪瑗《楚辭集解》亦同。不過，汪書寫成雖早(綜合金開誠、葛兆光、小南一郎、熊良智等人的論點，汪氏去世不晚於隆慶三年(1569))，然首刊卻要等到萬曆四十三年(1615)。故陳深之說，當非源自汪瑗。

已。太史公曰：乃作〈懷沙〉之賦，遂自投汨羅以死。原所
以死，見於此賦，故太史公獨載之。❺❹

此語雖冠以王鳳洲之名，實出自洪興祖。❺❺ 由此可見，〈玉虛
子〉編者於剽竊他書之時，胸中並無定見，唯託言名家、增益篇
幅，以招徠顧客而已。故一書中，竟同時出現屈子「沉江」與「卒
與女嬃同歸」兩種截然相反的說法。

三 · 〈玉虛子〉與《屈子品彙》的關係

　　除《屈子品節》以外，〈玉虛子〉的 108 條評語中至少又有
61 條的內容與《屈子品彙》相同、相近。❺❻ 以〈玉虛子〉〈天
問〉為例，由於註文全從《屈子品節》，故《屈子品彙》註文有不
同處，〈玉虛子〉便以眉批形式出之。至於《屈子品彙》原有之眉
批，亦多有擷取。現詳列之於文末附表三。

　　由此表可知，《屈子品彙》之評註多全文鈔錄自《補註》、
《集註》、《觀妙齋楚辭集評》等書。然如館臣所言，這些評註時
有託名者。筆者僅據附表三統計，託名者就至少有 18 條：如第 12
條「楊慎」、第 28 條「王守仁」、第 32、42 條「凌約」（按：考
明人以文知名無凌約者，當是凌約言[字季默]）、第 33、48 條

---

❺❹ 同註❽，頁 337。

❺❺ 同註❸❺，頁 146。

❺❻ 《四庫存目叢書》影印北京國家圖書館所藏《屈子品彙》缺第二十三葉（〈抽
　　思〉後半），筆者於此頁參看北京師範大學圖書館藏本。

「胡時化」、第 34 條「邵宝」、第 38、54 條「習孔教」、第 40、46 條「袁宗道」、第 41 條「汪見坤」、第 43、60 條「余有丁」、第 49 條「王偉」、第 50 條「顧天峻」、第 51 條「許應元」、第 52 條「董芬」、第 55 條「呂祖謙」。整體而言，託名的條目於卷次較後處爲多。另第 39 條「真德秀」之評語，不見於《文章正宗》，待考。僞託除外，引《章句》而不註出者 15 條，未有註出者；引《補註》而不註出者 3 條，註出「洪興祖」字樣者 11 條；引《集註》而註出「朱熹」字樣者 5 條，未有引而不註者。此外，第 20 條引張玄超（之象）語見於《楚範》，第 17、21、26、35 條引馮覲語及第 58 條引樓昉語，分見於馮紹祖刊《觀妙齋楚辭集評》、蔣之翹《七十二家評楚辭》，❺ 第 61 條引王世貞語見於《藝苑卮言》。爲清晰起見，本文就附表三所徵引《二十九子品彙釋評》61 條資料的情況，再列一表：

---

❺ 按：蔣之翹之書聲名甚佳，非一般坊本可比。故《屈子品彙》所錄樓昉此數條評語當非僞託。

表三

偽託				19
待考				1
非偽託	《楚辭章句》	標出	0	15
		未標出	15	
	《楚辭補註》	標出	11	14
		未標出	3	
	《楚辭集註》	標出	5	5
		未標出	0	
	樓昉 ㊳			1
	馮覿			4
	張之象			1
	王世貞			1
總計條數				61

總觀此 61 條，《屈子品彙》偽託之評語佔附表三全部評語的四分
之一強；然與〈玉虛子〉比較，《屈子品彙》此種情況尚未算嚴
重。如何證明〈玉虛子〉之評語乃轉引自《屈子品彙》，而非直接
引自《補註》、《集註》等原書？其證據有二：

㊳ 按：樓昉之語，見附表三第 58 條。此語僅見於馮紹祖《觀妙齋楚辭集評》，
而不見於《崇古文訣》及現存其他樓氏著作。由於《屈子品彙》引用馮書這條
資料時並未作偽，故本表姑列於「非偽託」一欄。

一、如第 12 條評語本爲《屈子品節》之言，《屈子品彙》改
作楊愼，〈玉虛子〉亦作楊升菴。第 28 條乃《補註》之
文，《屈子品彙》改作王守仁，〈玉虛子〉遂作王陽
明。第 34 條本爲《屈子品節》之言，《屈子品彙》改作
邵宝，〈玉虛子〉遂作邵國賢。

二、《屈子品彙》評語有僞託者、有非僞託者。〈玉虛子〉
於再度僞託時，除沿襲或徹底改頭換面（如第 2、16 條
改「洪興祖」爲「王鳳洲」）外，亦或存留《屈子品
彙》評家的姓氏字樣。如第 1 條「洪興祖」改作「洪實
夫」、第 26 條「馮覲」改作「馮琢菴」、第 39 條「袁
宗道」改作「袁中郎」、第 47 條「胡時化」改作「胡雅
齋」，第 50 條「許應元」改作「許子春」、第 56 條
「洪興祖」改作「洪景廬」等，兩兩同姓，殊非偶然。

由此可見，〈玉虛子〉編者在鈔錄評語時，根本無暇、無意核查他
書，反汲汲然以僞託爲務。其剿襲《屈子品彙》評註而僞託者，又
增益出洪實夫、陳白沙、王夢澤、廖明河、張方洲、莊定山、羅整
菴、康對山、徐匡岳、方希古、解大紳、高中玄、諸理齋、馮琢
菴、羅近溪、穆少春、胡柏泉、胡雅齋、馮開之、秦華峰、羅一
峰、張玄超、李見羅、楊碧川、陳充庵、許子春、彭彥實、洪景
廬、呂東萊等 29 人。其次，〈玉虛子〉之剿竊多爲全文鈔錄，然
亦有縮寫而失之過簡者，如第 4 條：

王夢澤曰：此言得藥不善，仙人不可殺。❺❾

不知所云。核以《屈子品彙》及《補註》，方知本作：

> 言崔文子學仙於王子僑，化為白蜺，而嬰茀持藥與崔文子。
> 崔文子驚怪，引戈擊蜺，中之，因墜其藥。俯而視之，王子
> 僑之尸也。故言得藥不善也。❻⓿

四·〈玉虛子〉與其他書籍的關係

通過本文第三、四節的論述，可知〈玉虛子〉剽竊《屈子品
節》29 條、《屈子品彙》61 條，去其相重者 9 條，總數共 81 條。
觀〈玉虛子〉眉批、篇評亦僅 108 條，則其與《屈子品節》、《屈
子品彙》互見者已四分之三。而剩下 27 條中，又有 19 條涉剽竊偽
託之嫌，現於文末附表四見之。由此表觀之，託名之人又多出宋潛
溪、岳季方、鄒東郭、王渼陂、王暘谷、崔後渠、宗方城、帥楚澤
八家。其徵引之書，不外乎《補註》、《集註》、《尚書》、《孟
子》、《竹書紀年》、《史記》、《列子》、《困學紀聞》。偽造
得較有技巧的，如第 4 條黏合《尚書》、《史記》，第 18 條引
《史記》〈屈原列傳〉證〈思美人〉內文，皆似有所發明，然實則

---

❺❾ 同註❽，頁 327。
❻⓿ 題[明]焦竑等：《二十九子品彙釋評》(臺南：莊嚴文化事業有限公司據北京圖
　　書館分館藏萬曆四十四年(1616)刻本影印，1995 年初版)，頁 595。

人所共知習見，毋庸贅言。如第3條云：

> 岳季方曰：夏后太康畋遊洛表，羿拒之河北而僭其位。其臣
> 寒浞又殺羿而代之。**❻①**

他如第5、7、12條等，皆一般常識。而第6條云：

> 陸貞山曰：《尚書‧甘誓》：「有扈氏威侮五行，怠棄三
> 正，天用勦絕其命令。予惟恭行天之罰。」**❻②**

他如第 8、13 條等，皆引自常見古籍。而〈玉虛子〉編者猶不憚
煩，必託名為之，則常識、古籍反待時賢稱引而後重，豈非咄咄怪
事！除此以外，尚有八條評語尚未自他書核得出處（參見文末附表
五），待考。根據此表，又增李卓吾一家。由於書闕有間，加以筆
者疏陋，此表內評語之真偽，目前不敢遽論，唯有寄望於來日。

結　語

　　歸有光生前老於場屋，精於制義，有《史記》評本傳世。正
因如此，偽書而託其名者甚多。如《文章指南》，四庫館臣便目作

---

❻①　同註**❽**，頁327。
❻②　同註**❽**，頁328。

「鄉塾教授之本」，謂其「殊不類有光之所爲」。❻❸ 就《諸子彙函》而言，其卷帙足二十六卷之鉅，收錄周至明代九十四子之言。然而，此書於歸氏生前絲毫無聞，至其故去五紀方才初付剞劂，不無可疑。〈玉虛子〉因玉虛洞而得名，四庫館臣遂以《諸子彙函》編者「改易名目，詭怪不經」，遽斷全書爲僞，其證據自是不足。故此，姜亮夫不以四庫館臣爲然，而當今學者徵引此書，亦多仍繫名於歸有光之下。姜氏《楚辭書目五種》以〈玉虛子〉「固在評驚文心，論衡人物」，存於論評類之中。依此條例，《屈子品節》、《宋子品節》及《屈子品彙》（以及《屈子奇賞附宋玉》）等書悉應收入，然皆不見錄。此殆近代以來，故籍亡失嚴重，兼以資訊閉塞，前修遂於此等書籍少有寓目之故。若取諸書校讎，必知〈玉虛子〉之剽竊讇陋。

〈玉虛子〉一書要爲兩部分，一註文，二評語。姜亮夫謂其註「節朱熹《集註》、與洪氏《補注》爲之，亦偶有增益」，雖甚準當，亦不盡然。蓋〈九章〉、〈卜居〉僅節錄洪、朱之註，毫無發明。而〈天問〉註文則全鈔自《屈子品節》，其中偶作增益者，陳深也，非〈玉虛子〉編者也。增益內容既非〈玉虛子〉之功，自亦不在本文討論之列。

晚明多有《楚辭》集評之書，質量參差不齊。如蔣之翹《七十二家評楚辭》、毛晉《屈子》，姜亮夫譽稱善本，洵爲確論。〈玉虛子〉評語，有眉批、篇評兩類，共 108 條。姜亮夫爲〈玉虛子〉作提要，論云：「明人輯評之七十二家、八十四家，固已多見

於此書。亦有為他家所不及見者。」且詳列〈玉虛子〉57 家評者名姓（據本文第二節所考，實為 58 家）。然以現存圖籍考之，〈玉虛子〉羅列之評者，多不見於其他《楚辭》集評本。查蔣之翹《七十二家評楚辭》，正文眉批共 72 家，即司馬遷、班固、劉向、揚雄、王逸、曹丕、顏之推、顏延之、蕭統、沈約、江淹、庾信、劉勰、鍾嶸、李白、韓愈、李賀、柳宗元、杜牧、顏籀、劉知幾、賈島、皮日休、洪興祖、蘇軾、朱子、祝堯、高似孫、汪彥章、陳傅良、劉辰翁、嚴羽、黃伯思、李塗、王應麟、姚寬、張銳、洪邁、樓昉、蔣翬、桑悅、何孟春、馮覲、胡應麟、朱應麒、李夢陽、何景明、徐禎卿、王廷相、茅坤、楊慎、葉盛、王世貞、劉鳳、張鳳翼、李贄、孫鑛、李廷機、馮夢禎、黃汝亨、焦竑、陳深、張鼐、陳繼儒、鍾惺、黃道周、蔣之華、蔣之翹、陸鈿、宋瑛、陳仁錫、陸時雍。及沈雲翔《八十四家評楚辭》，又增蘇轍、汪道昆、王慎中、余有丁、姜南、董份、郭正域、葛立方、吳國倫、張之象、呂延濟、金蟠 12 家。取二書與〈玉虛子〉核對，相同者僅朱子、樓昉、李夢陽、楊慎、張之象、王世貞、余有丁、馮夢禎、汪道昆、李贄 10 家而已。姜氏之言實有差矣。

　　〈玉虛子〉58 家中，僅樓迂齋（昉）、洪景盧（邁）、朱晦庵（熹）及呂東萊（祖謙）為宋人，其餘 54 家皆為明人。即使據《諸子彙函・諸子評林姓氏》，宋 12 家，元 3 家，而明代竟達 176 家。❻❹ 挾本朝人物之名望以招徠顧客，聲勢浩大。❻❺ 而 108

條評語中，有 100 條皆自他書剽竊，佔去全部評語的 92.6%，數量
驚人。剩下待考的 8 條，即使全部有本有據、或編者自創，也不過
佔 7.4% 而已。〈玉虛子〉最主要剽竊對象者厥為《屈子品節》及
《屈子品彙》，所轉引之評語、註文共 81 條。另 19 條則係抄襲、
黏合古籍為之。值得注意的是，這 100 條剽竊而來的評語，大部分
在〈玉虛子〉中改頭換面，歸於賢達名下，行為鄙陋惡劣。然而陳
深、焦竑之名，絕不見於〈玉虛子〉，此殆剽竊者心虛之故。《補
註》、《集註》，以及《朱子語類》論《楚辭》之語（如附表三第
59 條），明代讀者必多詳知，而〈玉虛子〉竟仍敢偽託他人，可
謂毫無忌憚。

　　《屈子品節》係陳深所著，雖見譏為坊本，其中每有一己之
得。《屈子品彙》託名焦竑等著，其《楚辭》部分的眉批多自《補
註》、《集註》割裂，且已有偽託評語的現象。覽觀三書評語，自
《屈子品節》原創獨見，至《屈子品彙》真偽互見，及〈玉虛子〉
之大規模假託賢達，可知晚明出版事業中作偽風氣的日益興起。這
一類的偽書自然逃不過學者的法眼，但它們根本不是為學術而出版
的。它們的讀者對象大約是新近暴發、追求名人效應、附庸風雅之

㊵ 按：如宋潛溪(濂)、方希古(孝儒)、解大紳(縉)、岳季方(正)、彭彥寶(華)、邵
　　國賢(寶)為館閣中人，陳白沙(獻章)、莊定山(昶)、王陽明(守仁)、羅整庵(欽
　　順)、唐荊川(順之)、乃理學大家，李空峒(夢陽)、康對山(海)、王漢陂(九思)、
　　李于麟(攀龍)、王鳳洲(世貞)、宗方城(臣)為文章鉅子，羅近溪(汝芳)、李卓吾
　　(贄)、馮開之(夢楨)、袁中郎(宏道)、余向麓(有丁)為心學後勁，楊升庵(慎)為考
　　據宗師。

徒。潘美月先生謂明人刻書校勘不精審,錯誤遺漏相當多。 **❻❻**
〈玉虛子〉固一明證。非僅如是,此書關於屈原歸宿問題,眉批前
後矛盾。站在學術的角度,四庫館臣將此類書籍斥爲「謬陋不可言
狀」、「不足以當指摘」的「坊賈射利之本」,絲毫不爲苛刻。

　　〈玉虛子〉之註文、評語,十之八九皆抄襲之言。竊意以歸
有光生前之骯髒嶙峋,斷不肯居此下流。又此書題作文震孟參訂,
然文氏於會試高中狀元,又係東林名流,也當愛惜羽毛。姜亮夫論
云:「文中又多爲點發,與熙甫評《史記》用法相同。其符號有、
○△等。蓋亦明時諸家爭立文統,選文以示範而張其軍者也。」**❻❼**
即退而言之,亦僅可謂歸氏生前遍讀諸子,有所圈點;坊賈於其身
後得其藏書,仍其評點符號,刪掠剿合舊說,標爲明人獨見,遂成
〈玉虛子〉一書。然則作偽者之姓名字里,殆已湮滅,不可考究。
通過本文的論述,筆者希盡棉力,拋磚引玉。若學界重新考覈《諸
子彙函》全書的學術價值,並進一步探討明中葉以後作偽風氣的實
況,則幸莫大焉。

---

❻❻ 潘美月:〈明代刻書的特色〉,收入《鄭因百先生八十壽慶論文集》(臺北:
　　1985 年初版),頁 239。

❻❼ 同註**❶❾**,頁 315。

附錄

附表一

	《屈子品節 · 天問》	〈玉虛子 · 天問〉
1	天極,謂南北極,天之樞紐。	天極,謂南北極,天之樞組。
2	曜靈,日也。	曜霴,自也。
3	然鮌若順彼之欲,未必不能成功。	然若且順彼之欲,未必不能成功。
4	何但囚之羽山,而不施以刑乎?	何但囚之羽山,而不施以形乎?
5	禹能纂代鮌之遺業而成父功。	禹能纂代鮌之遺業而成又功。
6	此問洪水汎濫,禹何用寘塞而平之,九州之域何以出其土而高之乎?	此問洪水汎濫,禹何用寶塞而平之,九州之城何以出其土而高之乎?
7	共工氏與顓頊爭爲帝,怒而觸不周之山,折天柱,絕地維。	共工氏與顓頊爭爲帝,怒而觸不周之山,折天性,絕地維。
8	言變更夏道,爲万民憂……羿又夢與雒水神慮妃交。	言變更夏道,爲方民憂……羿又夢與雒水神慮妃交。

按：附表二至五〈玉虛子〉欄，粗體字為篇評，餘為眉批。所
徵引書籍縮寫如下：

《詩》：《毛詩正義》　　　　　《妙》：《觀妙齋楚辭集評》

《書》：《尚書正義》　　　　　《補》：《楚辭補注》

《孟》：《孟子註疏》　　　　　《集》：《楚辭集註》

《竹》：《竹書紀年統箋》　　　《節》：《屈子品節》

《史》：《史記》　　　　　　　《範》：《楚範》

《語》：《朱子語類》　　　　　《彙》：《屈子品彙》

《列》：《列子集釋》　　　　　《柳》：《柳宗元集》

《困》：《困學紀聞》　　　　　《選》：《五臣注文選》

《章》：《楚辭章句》　　　　　《卮》：《藝苑卮言》

附表二

	〈玉虛子〉	《屈子品節》	他書
1.	王鳳洲曰：覽之令人徘徊循咀，且感且疑。再反之，沈吟歔欷，又三復之，涕淚俱下，情事欲絕。（325）	弇州山人曰：覽之令人裴回循咀，且感且疑。再反之，沈吟歔欷，又三復之，深〔涕〕淚俱下，情事欲絕。（《節》648）	擬騷賦勿令不讀書人便竟騷覽之。須令人裴回尋咀，且感且疑。再反之，沉吟歔欷，又三復之，涕淚俱下，情事欲絕。〈《卮》962）

2.	楊南峰曰：舜之四罪，皆未嘗殺也。《書》曰「殛死」，言貶死耳。聖人寬仁如此。（325）	先儒曰：舜之四罪，皆未嘗殺也。《書》稱「殛死」，猶言貶死耳。聖人寬仁例如此。（《節》659）	問：「『鯀則殛死，禹乃嗣興。』禹為鯀之子，當舜用禹時，何不逃走以全父子之義？」曰：「伊川說，殛死只是貶死之類。」（《語》79:28）
3.	楊升庵曰：《山海經》：應龍以尾畫地，即水泉流通。（326）	《山海經》有應龍，以尾畫地，即水泉流通。（《節》659）	禹治洪水時，有神龍以尾畫地，導水所注當決者，因而治之也。（《章》91）
4.	李于鱗曰：崑崙山在西北，元氣所出，其巔之縣圃上通于天。（326）	崑崙山在西北，元氣所出，其巔曰縣圃，上通於天，是其所居也。（《節》659）	崑崙，山名也，在西北，元氣所出。其巔曰縣圃，乃上通於天也。（《章》92）
5.	陶主敬曰：〈吳都賦〉：雖有石林之岵崿，請攘臂而靡之。雖有雄虺之九首，將抗足而跳之。石林當在西	〈吳都賦〉：雖有石林之窄崿，請攘臂而靡之。雖有雄虺之九首，將抗足而趾之。石林當在西極。	雖有石林之岢崿，請攘臂而靡之。雖有雄虺之九首，將抗足而趾之。（《選》3:11a）

	極。萍九衢，從《莊子》萍有九岐，以岐路解。（326）	儵忽，柳子以爲而[南]海北海之帝，從《莊子》。萍有九岐，似衢路，王逸以爲生九衢中，陋矣。（《節》659）	
6.	楊升菴曰：玄趾在北，三危在南。（326）	柳子曰：玄趾在北，三危在南。（《節》659）	
7.	彭可齋曰：禹娶塗山，因急于治水，四日而出，此與眾之嗜欲不同，而豈快一朝之飽乎？（326）	言禹娶塗山，爲繼嗣也。四日而別，急於水功也。此與眾人嗜欲不同味，而豈快一朝之飽乎？（《節》659）	言禹治水道娶者，憂無繼嗣耳。何特與眾人同嗜欲，苟欲飽快一朝之情乎？故以辛酉日娶，甲子日去，而有啓也。（《章》97）
8.	康礪峰曰：躲，行。籥，窮也。有扈氏所行，窮凶極惡，啓誅之而得無害。（326）	王逸曰：躲，行。籥，穹[窮]也。有扈氏所行，皆穹[窮]凶極惡，啓誅之而得无害也。（《節》660）	射，行也。籥，窮也。言有扈氏所行，皆歸於窮惡，故啓誅之，長無害於其身也。（《章》98）

9.	楊升菴曰：荊勳狗師乃二國邊邑處。夫何長，言楚雖有功，吳復伐楚，非長久之策。（330）	王逸曰：荊勳狗師乃二國迯［邊］邑處。女爭採桑於境土，兩家怒而相攻也。（《節》660）	《史記》：「吳王僚九年，公子光伐楚，拔居巢、鍾離。初，楚邊邑卑梁氏之處女，與吳邊邑之女爭桑，二女家怒相滅，兩國邊邑長聞之，怒而相攻，滅吳之邊邑。吳王怒，故遂伐楚，取兩都而去。」荊勳作師，夫何長，言楚雖有功，吳復伐楚，非長久之策。（《補》117）
10.	楊升菴曰：有文字以來，此為創格。鏗訇汗漫，怪怪奇奇，邈焉寡儔，卓乎高品。（330）	有文字以來，此為創格。鏗訇汗漫，怪怪奇奇，邈焉寡儔，卓然高品。（《節》658）	楊慎曰：有文字以來，此為創格。鏗訇汗漫，怪々奇々，邈焉寡儔，卓乎高品。（《彙》595）
11.	王鳳洲曰：特創為百餘問，皆容成葛天之語，入神出天，此為開物之	特創為百餘問，皆容成葛天之語，入神出天，此為開物之聖。後有作者，	

	聖。後有作者，皆 臣妾也。（330）	皆 臣 妾 也 。 （《節》658）	

以上〈天問〉

| 12. | 楊升庵曰：悽然如
秋，煖然如春。
（331） | 此章淒然如秋，煖
然如春。（《節》
663） | |

以上〈惜誦〉

| 13. | 林尙默曰：情景悽
然。（332） | 情 景 悽 然 。
（《節》665） | |
| 14. | 顧東江曰：此章渡
江湘，乘鄂渚，入
乎莽蒼叢薄之中，
而不欲聞于人也。
其古魯崎崛之聲可
挹。（333） | 此章渡江湘，乘鄂
渚，入乎莽蒼叢薄
之中，而不欲聞於
人也。
崎崛古魯之聲。
（《節》665） | |

以上〈涉江〉

| 15. | 樓迂齋曰：此章始
南渡將至沅湘，而
回首于故都。雁門
之悽泣、孟嘗之欷
歔，何足爲道？
（333） | 此章始南渡將至沅
湘，而回首於故
都。雍門之悽泣、
孟嘗之欷歔，何足
爲道？（《節》
665） | |

以上〈哀郢〉

16.	王陽明曰：此下諸篇用字用句，先儒多不能解。（335）	此下諸篇用字用句，先儒多不能解。（《節》666）	大抵此下諸篇，用字立語，多不可解，甚者今皆缺之，不敢強爲之說也。（《集》84） 王守仁曰：此下諸篇用字用向[句]，先儒多不能解。（《彙》585）
17.	王鳳洲曰：此意陳詞以望君之察，君佯聾而不聞，是以憂心不遂，作頌自解。（335）	此章陳詞以望君之察，君佯聾而不聞，是以憂心不遂，作頌自解。（《節》666）	
以上〈抽思〉			
18.	余同麓曰：辞語短長於邑，鬱結不倫，有不任其身而促舉其詞者焉。（336）	辭語短長於邑，鬱結不倫，有不任其聲而促舉其詞者焉。（《節》667）	
19.	邵國賢曰：抗志欲沉者，其文也。而未沉者，其文以後	抗志欲沉者，其文也。而卒未沉者，文以後之事也。問	邵宝曰：抗志欲沉者，其文也。而卒未沉者，文以後之事

之事也。（337）	之秭歸，驗之詞外則然。（《節》668）	也。問之秭歸，驗之詞外則然。（《彙》586）	

以上〈懷沙〉

| 20. | 袁中郎曰：此章思憤懣之不可化，而優游以壽考；世路之不可由，而遠去以俟命。樂中心之有餘，觀南人之變態，不阻不絕也。（338） | 此章思憤懣之不可化，而優游以壽考；世路之不可由，而遠去以俟命。樂中心之有餘，觀南人之變態，不阻不絕也。（《節》668） | 袁宗道曰：此章思憤懣之不可化，而優游以壽考；世路之不可由，而遠去以俟命。樂中心之有餘，觀南人之變態，不阻不絕也。（《彙》587） |

以上〈思美人〉

| 21. | 何啓圖曰：此皆設言，勿認以為真死也。率與女嬃同歸，而國人共悅，名其郡曰「秭歸」，秭歸本名建平郡。（339） | 此皆設詞，勿認以為真死也。卒與女嬃同歸，而国人共悅之，故名其郡曰「秭歸」，秭歸本名建平郡。（《節》668-669） | 凌約曰：此皆設詞，勿認以為真死也。卒與女嬃同歸，而國人共悅之，故名其郡曰「秭歸」，秭歸本名建平郡。（《彙》588） |
| 22. | 李空峒曰：其詞之危迫如此，盖欲死 | 其詞之危迫如此，蓋欲死而女須[嬃] | 余有丁曰：其詞之危迫如此，蓋欲死而女 |

	而女嬃勸之歸也。太史公遂以爲實然。（339）	勸之歸也。太史公遂以爲實然。（《節》669）	須[嬃]勸之歸也。太史公遂以爲實然。（《彙》588）
23.	陸貞山曰：平此遭遇實出意外，故云不意。（339）	不意出於意外也。（《節》669）	

以上〈惜往日〉

24.	袁元峰曰：因回風之倡而感彭之志。（341）	因回風之倡而感彭咸之志。（《節》670）	
25.	王鳳洲曰：詞若不倫，方寸亂矣。（342）	詞若不倫，方寸亂矣。（《節》670）	董芬[份]曰：詞若不倫，方寸亂矣。（《彙》590）
26.	李于鱗曰：一云秦楚嘗盟于黃棘，後懷王再會武關，遂被執。是黃棘之盟，楚禍所始。若以爲棘刺，恐可商。（342）	一云秦楚嘗盟于黃棘，後懷王再會武關，遂被執。是黃棘之盟，楚禍所始。朱子以爲棘刺，恐誤。（《節》671）	習孔教云：一云秦楚嘗盟于黃棘，後懷王再會武關，遂被執。是黃棘之盟，楚禍所始。朱子以爲棘刺，恐誤。（《彙》590）
27.	袁元峰曰：此篇矻矻，似沉實未沉也。既沉矣，焉作	此篇矻矻，似沉實未沉也。既沉矣，焉作沉辭？（《節》671）	呂祖謙曰：此篇矻矻，似沉實未沉也。既沉矣，焉作沉辭？

	沉詞?（342-343）	（《節》671）	（《彙》590）
以上〈悲回風〉			
28.	楊升庵曰：有文字以來，此爲創格。（343）	有文字以來，此爲創格。（《節》673）	
29.	楊升庵曰：句極長不見有餘，極短不爲不足，多不爲橫，少不爲儉，以十六乎字運之，惟適所適，無不中繩。（343）	句極長不見有餘，極短不爲不足，多不爲廣，少不爲儉，以十六乎字爲之固抱，或侈或弇，或牟或抒，惟意所適，無不中繩。必也圣乎！後此猶病。（《節》673）	
以上〈卜居〉			

附表三

	〈玉虛子〉	《屈子品彙》	他書
1.	洪實夫曰：〈離騷〉〈天問〉多用《山海經》，而劉	洪興祖曰：〈離騷〉〈天問〉多用《山海經》，而刘	〈騷經〉〈天問〉多用《山海經》，而劉勰〈辨騷〉以

	綘〈辨騷〉以「康回傾地」、「夷羿斃[彈]日」諸譎怪之談，異乎經典。如高宗夢傅說、姜嫄履帝敏之類，見于《詩》《書》，豈誣也哉？（326）	思蒙[綘]〈辨騷〉以「康回傾地」、「夷羿斃[彈]日」爲譎怪之談，異乎經典。如高宗夢傅說、姜嫄履帝敏之類，皆見于《詩》《書》，豈誣也哉？（《彙》594）	「康回傾地」、「夷羿斃日」爲譎怪之談，異乎經典。如高宗夢得[傅]說、姜嫄履帝敏之類，皆見于《詩》《書》，豈誣也哉？（《補》21）
2.	王鳳洲曰：射河伯、妻雒嬪者，何人乎？乃堯時羿，非有窮羿也。（327）	洪興祖曰：此言射河伯、妻雒嬪者，何人乎？乃堯時羿，非有穷羿也。（《彙》595）	此言射河伯、妻雒嬪者，何人乎？乃堯時羿，非有窮羿也。（《補》99）
3.	陳白沙曰：此堂即所見先王祠堂也。（327）	蓋屈原所見祠堂也。（《彙》595）	蓋屈原所見祠堂也。（《章》101）
4.	王夢澤曰：此言得藥不善，仙人不可殺。（327）	言崔文子孝仙於王子僑，化爲白蜺，而嬰茀持藥与崔文子。崔文子驚怪，引戈擊蜺，中之，因墮其藥。俯而視	言崔文子學仙於王子僑，化爲白蜺，而嬰茀持藥與崔文子。崔文子驚怪，引戈擊蜺，中之，因墮其藥。俯而視

		之，王子僑之尸也。故言得藥不善也。 言崔文子取王子之尸置之室中，覆之以幣筐。須臾則化爲大鳥而鳴。開而視之，翻飛而去。文子焉能亡子僑之身乎？言仙人不可殺也已。（《彙》595）	之，王子僑之尸也。故言得藥不善也。 言崔文子取王子之尸置之室中，覆之以幣筐。須臾則化爲大鳥而鳴。開而視之，翻飛而去。文子焉能亡子僑之身乎？言仙人不可殺也已。（《章》101）
5.	楊升庵曰：言龜所以能負山者，以在水中也。使釋水陸行，則何能遷徙夫山？（327）	言龜所以能負山若舟舩者，以其在水中也。使歸釋水而陵行，則何能遷徙山也？（《彙》595）	言龜所以能負山若舟船者，以其在水中也。使歸釋水而陵行，則何以能遷徙山乎？（《章》102）
6.	廖明河曰：女媧氏煉石補天，何以施工？而蛇首人身，孰見而圖之？（327-328）	言女媧人頭蛇身，一日七十化，其林[体]如此，誰所制匠而圖之乎？（《彙》595）	傳言女媧人頭蛇身，一日七十化，其體如此，誰所制匠而圖之乎？（《章》104）

7.	張方洲曰：史言武王人人樂戰，並載驅載馳，赴敵爭先，前歌後舞，鳧藻讙呼，奮擊其翼。（329）	言武王三軍，人人樂戰，並載驅載馳，赴敵爭先，前歌後舜，鳧藻讙呼，奮擊其翼，獨何以將率之？（《彙》596）	言武王三軍，人人樂戰，並載驅載馳，赴敵爭先，前歌後舞，鳧藻讙呼，奮擊其翼，獨何以將率之也？（《章》110）
8.	莊定山曰：索求，往說而懷來之也。（329）	夷狄不至，諸侯不朝，穆王乃更巧調周流而往說之，欲以懷來也。言王者當修道德，來四方。穆王何為？乃周旋天下而求索之也。（《彙》596）	夷狄不至，諸侯不朝，穆王乃更巧調周流，而往說之，欲以懷來也。言王者當修道德以來四方。何為乃周旋天下，而求索之也?（《章》110）
9.	洪實父曰：小白之死，諸子相攻，身不得殮，與見殺無異，故曰卒然身殺，甚之也。（329）	洪興祖曰：小人[白]之死，諸子相攻，身不得斂，與見殺无異，故曰卒然身殺，甚之也。（《彙》596）	按小白之死，諸子相攻，身不得斂，與見殺無異，故曰卒然身殺，甚之也。（《補》112）
10.	楊升菴曰：姜嫄出	言后稷之母姜嫄出	言后稷之母姜嫄，

	見大人之跡，怪而履之。遂有娠而生后稷。后稷生而仁賢，天帝何獨厚之？（329）	見大人之迹，恠而履之。遂有娠而生后稷。后稷生而仁賢，天帝独何以厚之乎？（《品彙》596）	出見大人之迹，怪而履之，遂有娠而生后稷。后稷生而仁賢，天帝獨何以厚之乎？（《章》112）
11.	李于鱗曰：載尸集戰，言武王伐紂，載文王木主，稱太子發，急于奉行天誅，爲民除害也。（329-330）	言武王伐紂，載文王木主，稱太子發，急欲奉行天誅，爲民除害也。（《彙》597）	言武王伐紂，載文王木主，稱太子發，急欲奉行天誅，爲民除害也。（《章》114）
12.	楊升菴曰：有文字以來，此為創格。鏗訇汗漫，怪怪奇奇，邈焉寡儔，卓乎高品。（330）	楊慎曰：文字以來，此爲創格。鏗訇汗漫，怪々奇々，邈然寡儔，卓焉高品。（《彙》595）	有文字以來，此爲創格。鏗訇汗漫，怪怪奇奇，邈焉寡儔，卓然高品。（《節》658）
以上〈天問〉			
13.	楊升菴曰：此章言己忠信事君，可質于神明，而爲讒邪所蔽，進退不可，	此章言己忠信事君，可質於明神，而爲讒邪所蔽，進退不可，惟博採衆	此章言己以忠信事君，可質於明神，而爲讒邪所蔽，進退不可，惟博採衆

惟博採眾善自處而已。（331）	善 自 處 而 已 。（《彙》582）	善以自處而已。（《補》128）
14. 羅整菴曰：此篇全用賦體，無他寄托。其言明切，最為易曉。而其言作忠造怨，遭誖畏罪之音，曲盡彼此之情狀，為君臣者皆不可不察。（331）	朱熹曰：此篇又用賦體，無他寄託。其言明切，最為易曉。而其言含悲造怨，遭讒畏罪之意，曲盡彼此之情狀，為君臣者皆不可以不察。（《彙》582）	此篇又用賦體，無他寄託。其言明切，最為易曉。而其言作忠造怨，遭讒畏罪之意，曲盡彼此之情狀，為君臣者皆不可不察。（《集》78）
15. 康對山曰：言欲使己變節而從俗，猶向者欲釋階登天之態也。（331）	言欲使己變節而從俗，猶臩者欲釋階登天之態也，言己所不能履行。（《彙》582）	言欲使己變節而從俗，猶臩者欲釋階登天之態也，言己所不能履行也。（《章》125）
16. 王鳳洲曰：申生孝，未免陷父于不義。鯀績用弗成，殛于羽山，原其事有相似者。（331-332）	洪興祖曰：申生之孝，未免陷父于不義。鮌積[績]用勿成，殛于羽山，屈原舉以自比者，申生之用心善矣，而不見知于君父，其	申生之孝，未免陷父於不義。鯀績用不成，殛於羽山。屈原舉以自比者，申生之用心善矣，而不見知於君父，其事有相似者。鯀

		事有相似者。鮌以婞直忘身，知剛而不知義，亦屈子之所戒也。（《彙》582）	以婞直忘身，知剛而不知義，亦君子之所戒也。（《補》126）
17.	徐廷[匡]岳曰：上則繒弋，下則張羅，欲僵個以則重患，欲高遠則誣君，奚適而可哉！（332）	馮覲曰：上則繒戈[弋]，下則張網，欲僵個以則重患，欲高遠則誣君，然期何適而可哉！（《彙》582）	馮覲曰：上則繒戈[弋]，下則張網，欲僵個以則重患，欲高遠則誣君，然期何適而可哉！（《妙》4:5b）
18.	方希古曰：此言己修善不倦，而素守不變。（332）	己雖被放逐，而棄居于山澤，猶重鑿[蘩]蘭蕙、和糅眾芳爲粮，食飲有節，修善不倦也。（《彙》583）	言己雖被放逐，而棄居於山澤，猶重鑿蘭蕙、和糅眾芳以爲糧。食飲有節，修善不倦也。（《章》127）
以上〈惜誦〉			
19.	解大紳曰：此章多以余吾並稱。詳其文意，余平而吾倨也。（332）	朱熹曰：此章多以余吾並稱。評[詳]其文意，余平而吾倨也。（《彙》583）	此章多以余吾並稱。詳其文意，余平而吾倨也。（《集》81）
20.	張玄超曰：長句中	張之象曰：長句中	長句中間以短句。

	間以短句。（332）	間 以 短 句 。（《彙》583）	（《範》2:17a）
21.	康對山曰：忠良誅戮，前世固然。屈子之見達矣。奈何復從彭咸而死乎？蓋不欲以夫差殷紂望其君耳。〈離騷經〉云：門[閨]中既邃遠兮，哲王又不寤。屈子用意蓋如此。（333）	馮覲曰：忠良誅戮，前世固然。屈子之見達矣。奈何復從彭咸而死乎？蓋不欲以夫差殷紂望其君矣。〈離騷經〉云：門[閨]中既邃遠兮，哲王又不寤。屈子用意蓋如此。（《彙》584）	馮覲曰：忠良誅戮，前世固然。屈子之見達矣。奈何復從彭咸而死乎？蓋不欲以夫差殷紂望其君矣。〈離騷經〉云：閨中既邃遠兮，哲王又不寤。屈子用意蓋如此。（《妙》4:9a）
22.	王鳳洲曰：此章言己佩服殊異，抗志高遠，國無人知之者。徘徊江之上，歎小人在位，而君遇害也。（333）	此章言己佩服殊異，抗志高遠，國無人知之者。徘徊江之上，嘆小人在位，君子遇害。（《彙》583）	此章言己佩服殊異，抗志高遠，國無人知之者，徘徊江之上，歎小人在位，而君子遇害也。（《補》132）
以上〈涉江〉			
23.	袁元峰曰：言己乘船蹈波而恐，則心懸結，念詰曲而不可釋也。（333）	言己乘舩蹈波，愁而恐懼，則心肝懸結，思念結屈而不可 解 釋 也 。	言己乘船蹈波，愁而恐懼，則心肝縣結，思念詰屈，而不可解釋也。

		（《彙》584）	（《章》134）
24.	高中玄曰：此見懷王信用讒佞，國將危亡也。（334）	懷王信用讒佞，國將危亡，曾不知其所居宮殿當為墟也。（《彙》584）	懷王信用讒佞，國將危亡，曾不知其所居宮殿當為墟也。（《章》135）
25.	諸理齋曰：此刑[形]容邪佞之態，最為精切，則知佞人殆，一言正相發明。（334）	朱熹曰：此章形容邪佞之行，最為精切，則知佞人之所以殆。又信此語與孔、程之行言实相發明也。（《彙》585）	此章形容邪佞之行，最為精切，則知佞人之所以殆。又信此語與孔聖之言，實相發明也。（《集》83）
26.	馮琢菴曰：記云：狐死正立[丘]首，仁也。屈子之伺[詞]，每以非其罪自安，其仁人之用心歟。（334）	馮覲曰：記云：狐死正丘首，仁也。屈子之詞，前極憤懣王[？]亂，而每以非其罪而自安，其亦仁人之用心欤。（《彙》585）	《記》曰：樂，樂其所自生，禮不忘其本。古人有言曰：狐死正丘首，仁也。（《補》136） 馮覲曰：記云：狐死正丘首，仁也。屈子之詞，前極憤懣，而每以非其罪而自安，其亦仁人

			之用心歟。 （《妙》4:12a）
27.	楊升菴曰：此章言 己雖被放，心在楚 國，徘徊而不忍 去，蔽于讒諂，思 見君而不得，故太 史公讀〈哀郢〉而 悲其志也。（334）	此章言己雖被放， 心在楚國，徘徊而 不忍去，蔽于讒 佞，思見君而不 得，故太史公讀 〈哀郢〉而悲其志 也。（《彙》584）	此章言己雖被放， 心在楚國，徘徊而 不忍去，蔽於讒 諂，思見君而不 得，故太史公讀 〈哀郢〉而悲其志 也。（《補》137）
以上〈哀郢〉			
28.	王陽明曰：此下諸 篇用字用句，先儒 多不能解。（335）	王守仁曰：此下諸 篇用字用向[句]，先 儒多不能解。 （《彙》585）	大抵此下諸篇，用 字立語，多不可 解，甚者今皆缺 之，不敢強為之說 也。（《集》84） 此下諸篇用字用 句，先儒多不能 解。（《節》666）
29.	羅近溪曰：下善不 由外來四語，明白 親切，雖前聖格言 不過如此，不可止 以辭賦讀之。	朱熹曰：善不由外 來四語，明白親 切，雖前聖格言不 過如此，不可但以 辭賦讀之。	此四語者，明白親 切，不煩解說，雖 前聖格言，不過如 此，不可但以辭賦 讀之。（《集》

	（335）	（《彙》585）	86）
30.	洪實夫曰：此章有少歌，有倡，有辭[亂]。少歌之不足，則又發其意而為倡，獨倡而無與和也，則撥理一賦之終以為辭云爾。（335）	洪興祖曰：此章有少歌，有倡，有亂。少歌之不足，則又發其意而為倡，獨倡而無與和也，則總理一賦之終以為辭云爾。（《彙》585。案：「《四庫全書存目叢書》本缺第23葉，「辭云爾」三字據北師大本補上。）	此章有少歌，有倡，有亂。少歌之不足，則又發其意而為倡，獨倡而無與和也，則總理一賦之終，以為亂辭云爾。（《補》139）
以上〈抽思〉			
31.	穆少春曰：矇，盲者也。《詩》云：矇瞍工。章，明也。言持玄墨之文，居于幽冥處，則矇瞍以為不明也。（336）	矇，盲者也。《詩》云：矇瞍奏工。章，明也。言持玄墨之文，居於幽冥之處，則矇瞍以為不明也。（《彙》586）	矇，盲者也。《詩》云：矇瞍奏公。章，明也。言持玄墨之文，居於幽冥之處，則矇瞍之徒，以為不明也。（《章》142）
32.	胡柏泉曰：德高者	凌約曰：德高者不	德高者不合於眾，

	不合于眾，行異者不合于俗，故爲犬之所吠、眾人之所訕也。（336）	合于眾，行異者不合於俗，故爲犬之所吠、眾人之所訕也。（《彙》586）	行異者不合於俗，故爲犬之所吠、眾人之所訕也。（《章》144）
33.	胡雅齊曰：此言禹湯不可得，雖有留連之意，亦勉強以自慰耳。（337）	胡時化曰：此言禹湯不可得，則止己留連之心，改其忿[忿]恨，按慰己心，以自勉強也。（《彙》586）	言己知禹、湯不可得，則止己留連之心，改其忿恨，按慰己心，以自勉強也。（《章》144）
34.	邵國賢曰：抗志欲沉者，其文也。而未沉者，其文以後之事也。（337）	邵宝曰：抗志欲沉者，其文也。而卒未沉者，文以後之事也。問之秭歸，驗之詞外則然。（《彙》586）	抗志欲沉者，其文也。而卒未沉者，文以後之事也。問之秭歸，驗之詞外則然。（《節》668）
35.	馮開之曰：屈子〈懷沙〉特〈九章〉之一耳。史遷作史，獨採此篇，蓋以煩音促節，至此而愈深耳。其曰「知死不可讓兮，	馮覲曰：屈子〈懷沙〉特〈九章〉之一耳。史遷作史，独採此篇，蓋以煩音促節，至此而愈深耳。其曰「知死不可讓兮，願勿愛	馮覲曰：屈子〈懷沙〉特〈九章〉之一耳。史遷作史，獨採此篇，蓋以煩音促節，至此而愈深耳。其曰「知死不可讓兮，願勿愛

	願勿愛兮」，何其志之決而詞之悲也！（337）	兮」，何其志之決而詞之悲也！（《彙》586）	兮」，何其志之決而詞之悲也！（《妙》4:19a）
36.	王鳳洲曰：此章言已[己]雖放逐，不以困窮易其行。小人蔽賢，羣起而攻之，舉世之人無知我者。思古人而不得見，伏節死義而已。太史公曰：乃作〈懷沙〉之賦，遂自投汨羅以死。原所以死，見於此賦，故太史公獨載之。（337）	洪興祖曰：此章言已雖放逐，不以困窮易其行。小人蔽賢，群起而攻之，舉世之人，無知我者。思古人而不得見，伏節死義而已。太史公曰：乃作〈懷沙〉之賦，遂自投汨羅以死。原所以死，見于此賦，故太史公独載之。（《彙》586）	此章言己雖放逐，不以困窮易其行。小人蔽賢，群起而攻之。舉世之人，無知我者。思古人而不得見，伏節死義而已。太史公曰：乃作〈懷沙〉之賦，遂自投汨羅以死。原所以死，見於此賦，故太史公獨載之。（《補》146）
以上〈懷沙〉			
37.	洪實夫曰：此章言己思念其君，不能自達，然反觀初志，不可變易，益其修飭死而後已也。（337）	洪興祖曰：此章言己思念其君，不能自達，然反觀初志，不可変易，益自修飭，死而後已也。（《彙》587）	此章言己思念其君，不能自達，然反觀初志，不可變易，益自脩飭，死而後已也。（《補》149）

38.	秦華峰曰：知直道之不可行，而不能改其度，雖至于車傾馬仆，而猶獨懷其所由之道，不肯同于眾人也。（337）	習孔教曰：知直道之不可行，而不能改其度，雖至於車傾馬仆，而猶独懷其所由之道，不肯同於眾人也。（《彙》587）	知直道之不可行，而不能改其度，雖至於車傾馬仆，而猶獨懷其所由之道，不肯同于眾人也。（《集》92）
39.	羅一峰曰：至此覺詞亦和平，意隱婉。（338）	真德秀曰：此篇詞亦和平，意亦隱婉。（《彙》587）	*待考*
40.	袁中郎曰：*此章思憤懑之不可化，而優游以壽考；世路之不可由，而遠去以俟命。樂中心之有餘，觀南人之變態，不阻不絕也。*（338）	袁宗道曰：此章思憤懑之不可化，而優游以壽考；世路之不可由，而遠去以俟命。樂中心之有餘，觀南人之变態，不阻不絕也。（《彙》587）	此章思憤懑之不可化，而優游以壽考；世路之不可由，而遠去以俟命。樂中心之有餘，觀南人之变態，不阻不絕也。（《節》668）
以上〈思美人〉			
41.	汪南溟曰：無罪見尤，慙見光景，故竄身於幽隱，然亦不敢不爲之備也。	汪見坤曰：無罪見尤，慙見光景，故竄身於幽隱，然亦不敢不爲之備也。	無罪見尤，慙見光景，故竄身於幽隱，然亦不敢不爲之備也。（《集》

	（339）	（《彙》588）	95）
42.	何啓圖曰：此皆設言，勿認以為真死也。率與女嬃同歸，而國人共悅，名其郡曰「秭歸」，秭歸本名建平郡。（339）	凌約曰：此皆設詞，勿認以為真死也。卒與女嬃同歸，而國人共悅之，故名其郡曰「秭歸」，秭歸本名建平郡。（《彙》588）	此皆設詞，勿認以為真死也。卒與女嬃同歸，而國人共悅之，故名其郡曰「秭歸」，秭歸本名建平郡。（《節》668-669）
43.	李空峒曰：其詞之危迫如此，蓋欲死而女嬃勸之歸也。太史公遂以為實然。（339）	余有丁曰：其詞之危迫如此，蓋欲死而女須[嬃]勸之歸也。太史公遂以為實然。（《彙》，588）	其詞之危迫如此，蓋欲死而女須[嬃]勸之歸也。太史公遂以為實然。（《節》669）
44.	張玄超曰：末哀上愚蔽之不照察也。（340）	哀上愚蔽，心不照也。（《品彙》588）	哀上愚蔽，心不照也。（《章》153）
45.	洪實夫曰：此章言己初見信任，楚國幾於治矣，而懷王不知君子小人之情狀，以忠為邪，以	洪興祖曰：此章言己初見信任，楚國幾于治矣，而懷王不知君子小人之情狀，以忠為邪，以	此章言己初見信任，楚國幾於治矣。而懷王不知君子小人之情狀，以忠為邪，以僭為

譖為信，卒見放逐，以自明也。（340）	譖爲信，卒見放逐，無以自明也。（《彙》588）	信，卒見放逐，無以自明也。（《補》153）

以上〈惜往日〉

46. 李見羅曰：平見根深堅固，終不可徙，則專一己志，守忠信也。（340）	袁宗道曰：屈原見橘根深堅固，終不可徙，則專一己志，守忠信也。（《彙》589）	屈原見橘根深堅固，終不可徙，則專一己志，守忠信也。（《章》153）
47. 徐匡岳曰：自此以下，申前義以明己志。（340）	洪興祖曰：自此以下，申前義以明己志。（《品彙》589）	自此以下，申前義以明己志。（《補》154）
48. 胡雅齋曰：秉，執也。言己執履忠正，行無私阿，故參配天地，通之神明。（340）	胡時化曰：崇[秉]，執也。言己執履忠正，行無私阿，故參配天地，通之神明，使知之。（《彙》589）	秉，執也。言己執履忠正，行無私阿，故參配天地，通之神明，使知之也。（《章》155）

以上〈橘頌〉

49. 楊碧川曰：言眾魚張其翼尾，葺其鱗甲，則蛟龍隱其文	王偉曰：王[言]聚[眾]魚張其鬐尾，葺累其鱗，則蛟龙隱其文	言眾魚張其鬐尾，葺累其鱗，則蛟龍隱其文章而避之

	章而避之也。喻小人進而賢人退避隱去。（341）	其文章而避之也。喻小人進而賢人退避隱去。（《彙》589）	也。言俗人朋黨恣其口舌，則賢者亦伏匿而深藏也。（《章》156）
50.	陳充庵曰：敘己憂悴心重歎辛苦，氣逆憤懣，結不下也。（341）	顧天峻曰：敘己憂悴心重嘆心苦，氣逆憤懣，結不下也。（《彙》589）	憂悴重嘆，心辛苦也。氣逆憤懣，結不下也。（《章》157）
51.	許子春曰：遠離父母，無依歸處，是原傷己無安樂之志，而有孤放之罪，意欲終命，心始快也。（342）	許应元曰：遠離父母，无依歸也，屈原傷己无安樂之志，而有孤放之皋，意欲終命，心乃快也。（《彙》590）	意欲終命，心乃快也。遠離父母，無依歸也。屈原傷己無安樂之志，而有孤放之悲。（《章》158）
52.	王鳳洲曰：詞若不倫，方寸亂矣。（342）	董芬[份]曰：詞若不倫，方寸亂矣。（《彙》590）	詞若不倫，方寸亂矣。（《節》670）
53.	彭彥實曰：言己欲隨眾容容，則無經緯于人世。（342）	言己欲隨眾容々，則無經緯于世人也。（《彙》590）	言己欲隨眾容容，則無經緯於世人也。（《章》160）
54.	李于鱗曰：一云秦	習孔教云：一云秦	一云秦楚嘗盟于黃

	楚嘗盟于黃棘，後懷王再會武関，遂被執。是黃棘之盟，楚禍所始。若以爲棘刺，恐可商。（342）	楚嘗盟于黃棘，後懷王再会武關，遂被執。是黃棘之盟，楚禍所始。朱子以爲棘刺，恐誤。（《彙》590）	棘，後懷王再會武関，遂被執。是黃棘之盟，楚禍所始。朱子以爲棘刺，恐誤。（《節》671）
55.	袁元峰曰：此篇矻矻，似沉實未沉也。既沉矣，焉作沉詞？（342-343）	呂祖謙曰：此篇矻矻，似沉實未沉也。既沉矣，焉作沉辭？（《彙》671）	此篇矻矻，似沉實未沉也。既沉矣，焉作沉辭？（《節》671）
56.	王鳳洲曰：此章言小人之盛，君子所憂，故托遊天地之間，以洩憤懣，終沉汨羅，從子胥申徒，以畢其志也。（343）	洪興祖曰：此章言小人之盛，君子所憂，故托遊天地之間，以泄憤懣，終沉汨羅，從子胥申徒，以畢其志也。（《彙》589）	此章言小人之盛，君子所憂，故託遊天地之間，以泄憤懣，終沉汨羅，從子胥、申徒，以畢其志也。（《補》162）
以上〈悲回風〉			
57.	洪景廬曰：上句皆原所從，下句皆原所去。（343）	洪興祖曰：上句皆原所從也，下句皆原所去也。（《彙》598）	上句皆原所從也，下句皆原所去也。（《補》177）

58.	樓迂齋曰：詹尹謂物之不齊，長短大小多少不能相通，雖神智有所不能知，行己之志而已。（344）	樓昉曰：詹尹謂物之不齊，長短大小多少不能以相通，虽神知有所不去[能]知，行己之志而已。（《彙》598）	樓昉曰：詹尹謂物之不齊，長短大小多少不能相通，雖神智有所不能知，行己之志而已。（《妙》6:2b）
59.	朱晦庵曰：屈原哀憫當世之人，習安邪佞，違背正理，故佯為不知二者之是非可，而將假蓍龜以決之。為此詞以發其取舍之端，以儆世俗耳。（344）	朱熹曰：屈原哀憫當世之人，習安邪佞，違背正理，故佯為不知二者之是非可否，而將假蓍龜以決之，遂為此詞。（《彙》598）	屈原哀憫當世之人，習安邪佞，違背正理，故佯為不知二者之是非可否，而將假蓍龜以決之，遂為此詞，發其取舍之端，以警世俗。（《集》113）
60.	呂東萊曰：〈卜居〉篇內字義，從來曉不得。但以意看可見，如突梯滑稽，只是輭熟逢迎，隨人倒，隨人起，應[底]意思如這般，文字便無些小	余有丁曰：〈卜居〉篇內字义，從來曉不得。但以意看可見，如突梯滑稽，只是軟熟逢迎，隨人倒，隨人起底意思。如這般文字，便無些小窒	問〈離騷〉〈卜居〉篇內字。曰：「字義從來曉不得，但以意看可見。如『突梯滑稽』，只是軟熟迎逢，隨人倒，隨人起底意思。如這般

窒礙。只是信口恁地說，皆自成文。（344）	礙。只是信口任他說，皆自成文。（《彙》598）	文字，更無些小窒礙。想只是信口恁地說，皆自成文。」（《語》139:1）
61.	王鳳洲曰：〈卜居〉〈漁父〉，便是〈赤壁〉諸公作俑。作法于涼，令人興慨。（344）	王世貞曰：〈卜居〉〈漁父〉，便是〈赤壁〉諸公作俑。作法于涼，令人永慨。（《彙》598）	〈卜居〉〈漁父〉，便是〈赤壁〉諸公作俑。作法於涼，令人永慨。（《卮》981）
以上〈卜居〉			

附表四

	〈玉虛子〉	他書
1.	楊升菴曰：屈子何不言問天？天尊不可問，故曰「天問」。（325）	何不言問天？天尊不可問，故曰天問也。（《章》85）
2.	宋潛溪曰：屈原身遭放逐，憂心愁悴。彷徨山澤，經歷陵陸，嗟號旻昊，仰天歎息。見楚有先王之廟及公卿堂，圖畫	屈原放逐，憂心愁悴。彷徨山澤，經歷陵陸，嗟號昊旻，仰天歎息。見楚有先王之廟及公卿祠堂，圖畫天地山川神靈，

	天地山川神靈，琦瑋僑佹，及古賢聖怪物行事。周流罷倦，休息其下，仰見圖畫，因書壁，呵而問之，以發溁憤懣，舒瀉愁思。故其文藝[義]不次序。（325）	及古賢聖怪物行事。周流罷倦，休息其下，仰見圖畫，因書其壁，何而問之，以溁憤懣，舒瀉愁思。楚人哀惜屈原，因共論述，故其文義不次序云爾。（《章》85）
3.	岳季方曰：夏后太康畋遊洛表，羿拒之河北而僭其位。其臣寒浞又殺羿而代之。（327）	（太康）元年癸未，帝即位，居斟尋。畋于洛表。羿入居斟尋。（《竹》203） （帝相）八年，寒浞殺羿，使其子澆居過。（《竹》204）
4.	汪南溟曰：湯伐桀曰：有夏多罪，天命殛之。《史記》云：以一旅興。二事可攷也。（327）	非台小子，敢行稱亂，有夏多罪，天命殛之。（《書》108） 少康奔有虞，有田一成，有眾一旅。後遂收夏眾，撫其官職。（《史》1469）
5.	鄒東郭曰：周太王生三子，長太伯，次仲雍，次季歷。仲雍即虞仲。季歷傳位，生子昌為西伯，文王也。（328）	古公有長子曰太伯，次曰虞仲。太姜生少子季歷，季歷娶太任，皆賢婦人，生昌，有聖瑞。古公曰：「我世當有興者，其在昌乎？」長子太伯、虞仲知古公欲立季歷以傳昌，

		乃二人亡如荆蠻，文身斷髮，以讓季歷。（《史》115）
6.	陸貞山曰：《尚書》〈甘誓〉：有扈氏威侮五行，怠弃三正，天用勦絕其命令。予惟恭行天之罰。（328）	有扈氏威侮五行，怠棄三正，天用勦絕其命令。予惟恭行天之罰。（《書》98）
7.	王渼陂曰：稷、契皆帝嚳之子，契始封商，湯因以爲有天下之號。（328）	〈索隱〉：帝王紀云「帝嚳有四妃，卜其子皆有天下。元妃有邰氏女，曰姜嫄，生后稷。次妃有娀氏女，曰簡狄，生契。次妃陳豐氏女，曰慶都，生放勛。次妃娵訾氏女，曰常儀，生帝摯」也。（《史》14） 〈索隱〉：契始封商，其後裔盤庚遷殷，殷在鄴南，遂爲天下號。契是殷家始祖，故言殷契。（《史》91）
8.	王鳳洲曰：《尚書》言舜父頑，母囂，象傲，克諧，以孝烝烝，乂不格姦是也。（328）	父頑，母囂，象傲，克諧，以孝烝烝，乂不格姦。（《書》28）
9.	王暘谷曰：膠鬲，商賢人也。	膠鬲舉於魚鹽之中。（《孟》

	後武王舉之于魚塩。蒼鳥即鷹揚孟津也。（328）	223） 言武王伐紂，將帥勇猛如鷹鳥群飛，誰使武王集聚之者乎？《詩》曰：惟師尚父，時惟鷹揚也。（《章》109）
10.	蔡虛齋曰：鞭以喻政。（329）	鞭以喻政。（《章》113）
11.	崔後渠曰：大王遷岐，從之者如歸市。《尚書》言紂作奇技淫巧，以悅婦人是也。（329）	〈天作・疏〉大王遷岐，周民束脩奔而從之者三千乘，止而成三千戶之邑。（《詩》712） 奇技淫巧，以悅婦人。（《書》156）
12.	諸理齋曰：史言姜尚釣于渭濱，文王遇之。（329）	臣聞昔者呂尚之遇文王也，身為漁父而釣於渭濱耳。若是者，交疏也。已說而立為太師，載與俱歸者，其言深也。故文王遂收功於呂尚而卒王天下。（《史》2406）
13.	吳匏菴曰：《列子》〈力命篇〉彭祖之智，不出堯舜之上，而壽八百是也。（330）	彭祖之智不出堯舜之上，而壽八百。（《列》192）
以上〈天問〉		

14.	胡雅齊曰：哀南夷之莫吾知，是以楚俗爲夷也。陰邪之類，讒害君子，變爲夷矣。（332）	屈原楚人，而〈涉江〉曰：「哀南夷之莫吾知」，是以楚俗爲夷也。陰邪之類，讒害君子，變爲夷矣。（《困》17:2a） 屈原楚人，而〈涉江〉曰：「哀南夷之莫吾知」，是以楚俗爲夷也。陰邪之類，讒害君子，變爲夷矣。（《妙》4:7a-7b）
以上〈涉江〉		
15.	宗方城曰：屈子生于夔峽，而仕于鄢郢。是自南而集于漢北也。（335）	屈子生于夔峽，而仕于鄢郢。是自南而集于漢北也。（《集》87）
16.	唐荊川曰：此言靈魂忠信而質直，不知人心之異于我，故雖得歸，亦無與左右而道達之者。彼安知我之閒暇而不亦樂乎？（335）	言靈魂忠信而質直，不知人心之異於我，故雖得歸，亦無與左右而道達之者，彼安知我之閒暇而不變所守乎？（《集》87）
17.	帥楚澤曰：此章言己所以多憂者，以君信諛而自聖，眩于名實，昧于施報，雖忠直無所赴愬，故反覆其詞以洩憂思也。	此章言己所以多憂者，以君信諛而自聖，眩於名實，昧於施報，己雖忠直，無所赴愬，故反覆其詞，以泄憂思也。

	（336）	（《補》141）
以上〈抽思〉		
18.	唐荊川曰：平疾王聽之不聰，讒諂之蔽明，邪曲之害公，方正之不容，正此意。（339）	屈平疾王聽之不聰也，讒諂之蔽明也，邪曲之害公也，方正之不容也，故憂愁幽思而作離騷。（《史》2482）
以上〈惜往日〉		
19.	解大紳曰：美橘之有是德，故云頌，以橘自喻也。（340）	屈原自比志節如橘。（《章》153） 美橘之有是德，故曰頌。（《章》155）
以上〈橘頌〉		

附表五

1.	莊定山曰：此自傷處。（331）
2.	莊定山曰：此又自傷處。（332）
3.	楊升菴曰：此章無端杳思，妙不可言，非不能言，言之無以加也。（332）
以上〈惜誦〉	
4.	莊定山曰：此自傷處。（332）
以上〈涉江〉	
5.	李卓吾曰：無所□處，憂思鬱結極矣。（336）

以上〈抽思〉	
6.	楊南峰曰：此有「科頭箕踞長松下，白眼看他世上人」之態。（338）
以上〈思美人〉	
7.	汪南溟曰：此篇雖橘以起，興舉天地以自明，引伯夷以自比，乃所以為愛國忠君之初念也。（341）
以上〈橘頌〉	
8.	王鳳洲曰：以下佯為不知所居，並舉兩端以下之。其不平之氣勃勃然如龍蛇交錯于胸中。（343）
以上〈卜居〉	

從《楚辭評註》看明末清初的
學風轉變

前　言

　　屈原向被尊爲詞章之祖，四部分類法中的集部也以楚辭類爲先。作爲中國文學源頭之一，《楚辭》的地位是無庸置疑的。可是，由於傳統上詞章一直處於義理附庸的地位，無論王逸《章句》、朱熹《集註》抑或其他爲數不少的楚辭學專著，研究方式都是以義理闡發爲首要，詞章賞析則次之。明代中葉以後，隨著程朱道學的僵化、陽明心學的興起，研究《楚辭》的方法趨向多元化。嘉靖、萬曆之際的學者如周用、汪瑗、陳深、張鳳翼等重新審視屈原思想，並以此爲基礎來探析《楚辭》文本，《楚辭》的詞章研究自此邁進了一大步。此外，楊慎、黃省曾、屠本畯、張之象、陳第、焦竑等人，對楚辭聲韻、訓詁、詞彙、修辭各方面的研究也逐漸深入。明末的黑暗政治、清初的滿漢衝突，造就了大批的孤臣孽子、志士遺民。他們於屈原有強烈的共鳴，楚辭學也因此大盛，如黃文煥《楚辭聽直》、漆嘉祉《楚辭補註》、甯時《屈辭疏指》、

李向陽《離騷註》、汪陞延《離騷註》、李陳玉《楚辭箋註》、賀貽孫《騷筏》、周拱辰《離騷草木史》、錢澄之《屈詁》、王夫之《楚辭通釋》、洪舫《離騷辨》、吳光裕《離騷副墨》等等，皆成書於此時。這些著作或申明忠君愛國的志節，或舒洩懷才不遇的哀憤，或訴說身陷囹圄的不平，或寄託故國黍離的愁思，令人目不暇給。

　　明末清初的楚辭學專著中，初刊於康熙年間、❶ 由王萌主筆的《楚辭評註》（下稱《評註》）不太爲當今學者留意。除饒宗頤《楚辭書錄》、姜亮夫《楚辭書目五種》、崔富章《楚辭書目五種續編》有著錄外，僅洪湛侯主編《楚辭要籍解題》（下稱《解題》）及潘嘯龍、毛慶主編《楚辭著作提要》（下稱《提要》）就其內容有較詳細的論述。根據《解題》及《提要》之言，《評註》的內容可以歸結爲以下四點特色：一、善於闡述《楚辭》文義，解說通俗易曉；二、註釋解析時注意藝術性，其中還有一定的藝術欣賞成分；三、字詞訓詁雖主要依王逸、洪興祖、朱熹，然也時出己意，解釋更細致，且注意通俗；四、用互證、比較的方法，加深對作品的理解，以騷解騷，以詩解詩。❷

　　《評註》的頭兩點特色，具體而微地反映出晚明的文學風氣。萬曆中期以降，經濟繁榮，評點之學盛行。陳深《屈子品節》、馮紹祖《楚辭章句集評》、蔣之翹《七十二家評楚辭》、陸

---

❶ 此據饒宗頤之說，見《楚辭書錄》(香港：蘇記書莊，1956 年初版)，頁 21。

❷ 見洪湛侯主編：《楚辭要籍解題》(武漢：湖北人民出版社，1984 年初版)及潘嘯龍、毛慶主編：《楚辭著作提要》(武漢：湖北教育出版社，2003 年初版)。

時雍《楚辭疏》、來欽之《楚辭述註》、毛晉《屈子》、陳仁錫《屈子奇賞》、潘三槐《屈子》等書，在註文以外常常通過眉批、總評、集評等途徑來進行章法分析。由於這些評點著作的讀者不再局限於士人，更涵納了普羅大眾，因此其解說文義自然偏向於易曉。進而言之，評點之風又與晚明師心自用的文學主張是分不開的。公安三袁提倡獨抒性靈、矢口成文，率意發一時之興會。竟陵鍾惺、譚元春則主張經過默察深思而鍥入外物的深層次處，以追求幽深孤峭、孤行靜寄的境界。公安的狂放，竟陵的狷潔，都貫穿著妙悟性的審美情趣。四庫館臣謂鍾惺、譚元春《詩歸》「點逗一二新雋字句，矜為玄妙」，❸ 雖語帶貶斥，卻正說明了師心說者「為藝術而藝術」的傾向。回觀《評註》，雖然沒有眉批、總評等部分，但其註文內容卻顯然受到晚明評點風氣的影響。此外，由《評註》第三、四點特色，可以看到各種學科及方法在明末清初漸次的融會、整合。「以騷解騷，以詩解詩」其實就是內證、外證的運用，即周用《楚詞註略》所謂「比類而觀」。❹ 《提要》謂以楚辭證楚辭，前代已有，然像《評註》如此大量者，確乎少見。❺ 這顯示出明代中葉以後考據學的發展對楚辭研究方法之影響。復次，《評註》的字詞訓詁的細緻化、通俗化，固然是對王逸、朱熹舊說的補充申發；由此亦可見到，考據學不再是讀書人在故紙堆中的小眾遊戲，而成為了用以協助大眾詞章欣賞的得力工具。

---

❸ [清]永瑢主編：《四庫全書總目》(北京：中華書局，1965 年初版)，頁 1759。
❹ [明]周用：《楚詞註略》(上海圖書館藏順治九年(1652)周之彝刊本)〈自序〉，頁 1b。
❺ 潘嘯龍、毛慶主編：《楚辭著作提要》，頁 160。

　　由於王萌的生平事蹟淹沒無聞，當今學者遂難以從知人論世的角度來分析《評註》的內容。實際上，此書雖題爲王萌評註、王遠攷音，卻是伯侄二人合著。現根據上海圖書館所藏清周若鴻批註康熙刊本（下稱上圖本），以節數爲綱，對王萌評註及王遠按語的數量作一統計，表列於下：

表一

	總節數	評註條數	按語條數	無註有按	有註無按	註按皆無	他人評語
卷一	94	88	52	5	41	1	5
卷二	55	50	45	5	10	0	6
卷三	94	77	73	17	21	0	2
卷四	154	137	55	11	93	6	7
卷五	36	32	7	0	25	4	2
卷六	33	32	5	1	28	0	1
卷七	22	9	4	2	7	11	0
卷八	43	39	9	0	30	4	2
卷九	27	25	9	2	18	0	0
卷十	43	31	5	0	26	12	0
總計	601	520	264	43	299	38	25

＊ 此表所錄，全取自正文之註釋，王萌題下小註及王遠攷音不計在內。

由表一可見，大約平均每兩節正文，就出現一次王遠按語。頻率之高，大大超過《解題》所言「時加按語」的程度。王遠按語篇幅多廣，且常有繫於一節之下而兼論數節的情況；再加上攷音部分，實際的討論範圍，比表二數據所顯示的情況更爲廣泛。統覽上圖本，王萌以註解和評文爲主；而王遠除攷音外，按語甚多，於義理、詞章、考據方面皆有涉獵。因此謂《評註》爲伯侄二人合撰，毫不爲過。清代以來有些學者論及《評註》，往往合王萌、王遠而一概相量，褒貶皆歸於王萌，未有詳加剖析。如梁簡能解〈禮魂〉，稱許王萌「憂楚絕不祀」之說，❻ 其實乃王遠之說。唯有晚清鄭知同在《楚辭考辨・總辨・匯楚辭注家》中，提到《評註》作者是「王遜直偕侄帶存」，❼ 似乎注意到兩人註文風格的差異。

王萌生於晚明，詩文宗竟陵，入清後寂寥終身；王遠則活躍於康雍盛世，曾兩爲清廷官員之幕僚。故《評註》一書中，伯侄二人之論每有不同之處。王萌評註多本於王逸、朱熹之書，而王遠按語則於楊愼、黃文煥、陸時雍、周拱辰、林雲銘諸家之說每有參酌。（按：《提要》謂《評註》「注釋多依王逸、洪興祖，其次依朱熹，其餘幾乎沒有涉及」，❽ 不盡然。）通過《評註》的探析，觀照晚明至清代學術風氣的演變，是饒有興味的事。可是，此書雖在清代數度刊行，民國以後卻幾無重印，以至流傳不廣。本文根據上圖本，嘗試在《解題》、《提要》等著作的基礎上進一步探

---

❻ 梁簡能：《楚辭九歌注箋》(香港：仁學出版社，1982年初版)，頁35。

❼ [清]鄭知同著，蔣南華、黃萬機、羅書勤校注：《鄭知同楚辭考辨手稿校注》(貴陽：貴州人民出版社，2004年初版)，頁1。

❽ 同註❺，頁159。

析二王的楚辭學特色，比較兩代學者治學方法的異同，爲明末清初
學術風氣的演變軌跡提供一些佐證、作出一些思考。

一 · 《楚辭評註》著者生平及著作考略

王萌、王遠伯侄乃湖廣天門人。其行跡不見於各種《楚辭》
輯註、書目的紀錄。考清人章鑣所纂《天門縣志》有王萌小傳：

> 王萌，字遜直。童年出口成詩，機神天遂，譚元春早識之。
> 事親至性，不隨年疏。檢束笑言，不使志放諧俗而自矩。不
> 求名而讀書，終其身貧窶，著身皆韻也。❾

觀《評註》〈自序〉題款云「彊[彊]圉大荒落仲冬長至日裝溪在叟
王萌書於蠟梅花下」，❿ 《天門縣志·藝文志》又有其《裝溪詩
集》，知「裝溪」乃王萌之號。「彊圉大荒落」即康熙十六年
（1677），時王萌自稱爲「叟」，兼以小傳謂其早年得見譚元春
（1586-1637），則王萌生於明季無疑。進而言之，王萌於明末當
已成年，入清後以遺民自居。其證有四：

一、《天門縣志》謂其入清後不求仕進，終身貧窶，與其

❾ [清]胡翼修、章鑣纂：《天門縣志》(民國十一年(1922)天門縣署據乾隆三十年
(1765)刻本石印)卷十七，頁7a。

❿ [明]王萌：〈自序〉，《楚辭評註》(上海圖書館藏康熙刊本)，序頁2b。

他明遺民行徑類似。

二、《評註・自序》題於「疆[彊]圉大荒落」，⓫ 即康熙十六年（1677），不書年號。上圖、中國科學院圖書館本（下稱中科院本）及清華大學藏本猶有不避清聖祖諱之處，當為不奉新朝正朔之舉。

三、《評註・自序》稱引李贄、鍾惺二家之言，猶是明人習氣；若在清季，恐斥李、鍾為異端、詩妖不暇。

四、《湖北通志・藝文志》著錄《評註》，作者題曰「明王萌」，⓬ 蓋王萌聲蹟於明社未屋前已聞於鄉里，後人尚知點滴，遂冠之於明代。

設明亡時，王萌年二十，則其生年約在 1624 年（約天啓四年）。譚元春為王萌師長輩，其晚歲正當王萌之童年。

王萌卒年無考，然尚有線索可尋。《評註・天問》「咸播秬黍」節，王遠按云：「臆解如此，恨不及先伯父之存而質之。」⓭ 可知王遠作此按語時，王萌業已故去。則其卒年必早於上圖本之刊年。惜此本之確切刊年尚待考證。據《天門縣志・藝文志》所載，王萌除《評註》外，又有《易注解頤》六卷、《石鼓音義》一卷、《裝溪詩集》五卷。此三書現殆不存。王萌受譚元春賞識，又稱引

⓫ 同註⓾，序頁 2b。

⓬ [清]楊承禧等纂、張仲炘等修：《湖北通志》(上海：商務印書館據清宣統三年(1911)修、民國十年(1921)增刊本影印，民國二十三年(1934)影印本)，頁3726。

⓭ 同註⓾，卷三，頁 13a。

李贄、鍾惺，其文學思想蓋有師心說的淵源。既有《石鼓音義》等
書，可見他於考據訓詁亦有涉獵。然其評註《楚辭》，則大率為論
文之語。

王遠之名，見於《湖北通志‧孝義附錄‧天門縣》。**⓮** 而
《天門縣志》小傳則篇幅頗長：

> 王遠，字帶存，學有操持，不為威惕貨誘名動。博觀群書，
> 必出其分際。於古人可悲可喜，往往設身其間，自証所進。
> 品詣超上，初補武庫，棄之。高安朱相國軾尹潛江，入幕。
> 潛有大小二莫案，制軍必辟大莫。高安義不誣人，遠為具草
> 上書，與辯甚悉。制軍殺大莫，冤其事者頌朱，必及王。已
> 贊胡克寬牧松江，理冤獄如神。行省尚書攄囚至，海寇庭下
> 百人，皆坐辟。號曰：「幸付松江太守一平反，死亦可
> 矣！」尚書以屬胡對獄，遠出聽屏後，皆得其情語。胡為申
> 雪，遂全百口。比相國入政府，禮益隆。常以遠所著書晉
> 御覽。相國諷曰：「先生盍仕？當為推轂。」遠力辭。雍正
> 年間，　詔舉賢良方正，大吏具徵書檄，有司敦促上道，全
> 楚惟遠一人。遠又上書辭，且曰：「人非聖賢，四字不可當
> 也。」晚年名益重，楊制軍宗仁、李學使周望皆以千金走
> 使，將書幣迓謝，不赴。家居，祀先子弟肅肅聞。其告祖必
> 自呼乳名，未嘗以老憊弛禮。卒之月，先剋死期，至日暝

矣。悠然語其子曰：「安分為寶，永貽後人。」乃逝。**⑮**

玩方志之言，王遠年壽似近耄耋；而楊宗仁、李周望任職湖廣時，
已值王遠晚年。考《湖北通志》，李周望於康熙五十二年（1713）
任湖廣提學道，至康熙六十年轉職。**⑯** 復考《清史稿》，楊宗仁
於康熙六十一年（1722）就職，雍正三年（1725）卒於任上。**⑰**
設王遠於雍正中葉（約 1730）逝世，享壽八十；上溯生年，則在
1650 年（約順治七年）左右。王萌為王遠伯父，較之年長二十餘
歲，情理相當。王遠為人方正，為學博覽，然亦無意功名，鄉居甚
久，僅兩度出任幕僚而已。據《清史稿》，朱軾於康熙三十三年
（1694）成進士後授潛江知縣，至四十四年（1705）入京為刑部主
事。**⑱** 再據《松江府志》記載，胡克寬於康熙五十二年（1713）
至五十三年（1714）任松江知府。**⑲** 此即王遠為幕僚之年代。中
科院本《評註》扉頁題曰「朱可亭先生評選」，正文又為胡克寬
（檢菴）校訂參評。朱軾、胡克寬參與《評註》的評選工作，必因
王遠之關係；顧其以僚屬之身得兩任上司青睞，由此可窺見其才學
品性。《天門縣志》既云朱軾「常以遠所著書晉御覽」，可見其著
作不少。然據《縣志·藝文志》所載，僅得《家禮輯略》一種，蓋

---

⑮ 同註**⑨**，卷十五，頁 7a 至 8b。

⑯ 同註**⑫**，頁 2765 至 2766。

⑰ 見趙爾巽主編：《清史稿》(北京：中華書局，1997 年版)，頁 7164 至 7168。

⑱ 同註**⑰**，頁 10243。

⑲ 見[清]宋如林等修、孫星衍等纂：《松江府志》(臺北：成文出版社影印嘉慶二
十二年(1817)刊本，1983 年初版)，頁 797。

頗有亡佚。

二·《楚辭評註》版本及內容編次考述

　　《評註》一書，於康熙、乾隆間數度刊印。據饒宗頤《楚辭書錄》所記，《評註》有「康熙十六年丁巳刊本，日本西村碩園所藏」、有乾隆二年（1737）鱸香居士（按：即《楚辭節註》作者姚培謙）刊本及乾隆三十五年（1770）致和堂刊本。❷ 民初所編《續修四庫全書總目提要》（下稱《續四庫總目》）亦著錄爲乾隆三十五年致和堂刊本。然此書以「王萌自序題疆圉大荒落仲冬長至日，知其書寔成於乾隆二年丁巳」，❷ 則不確。王萌生長於明末，前文已考。若乾隆二年仍在世，則壽介期頤。且書中王遠按語已呼之曰「先伯父」，則王萌題款之疆圉大荒落爲康熙十六年丁巳（1677），必矣。姜亮夫《楚辭書目五種》著錄「復旦大學藏鱸香居士乾隆三十五年初刊本」，❷ 今未見。然姜氏謂復旦本爲初刊，誤。《解題》又有乾隆四十四年（1779）三和堂刊本。❷《提要》自饒氏《書錄》轉錄西村藏本後，復列有「康熙刊本」，似表示康熙朝時，此書除了初刊尚有再版，唯年代不詳。❷ 此

---

❷ 同註❶，頁 21。

❷ 中國科學院圖書館整理：《續修四庫全書總目提要(稿本)》(濟南：齊魯書社，1996 年初版) 冊 19，頁 497。

❷ 姜亮夫：《楚辭書目五種》(北京：中華書局，1961 年初版)，頁 171。

❷ 同註❷，頁 112。

❷ 同註❺，頁 162。

外，中、港、臺各種書目著錄此書者，甚或僅標爲「清刻本」。**㉕**

西村藏本現已難睹，然其與上圖本皆著爲康熙十六年刊本，當是王萌〈自序〉題於康熙十六年之故。試觀上圖本：〈懷沙〉「玄文處幽」，「玄」字缺筆；**㉖** 〈哀郢〉「曾不知夏之爲丘兮」，「丘」字不嫌；**㉗** 〈雲中君〉註引李賀詩「一泓海水杯中瀉」，「泓」字不避；**㉘** 刊印於康熙時無疑。但是此本中，王遠按語部分有引用林雲銘《楚辭燈》處。**㉙** 林書初刊於康熙三十六年（1697），較王萌作序晚二十年。由此可知，上圖本之刊印年代絕非康熙十六年，而應在康熙三十六年《楚辭燈》梓後。筆者目下所查看的幾種康熙本與上圖本版式內容大率相同，皆非康熙十六年所刊。而所謂康熙十六年本的實物，至今未見。

不過，無論此書於康熙十六年是否付梓，有一點我們是可以肯定的：在這一年，此書第一稿已經完成。王萌〈自序〉題於康熙十六年，其評註工作畢於此時，自不待言。次者，上圖、中科院等本雖包含了王遠的攷音和按語，但各卷首頁僅標「王遠攷音」，不言其按語之事，這與今日所見此書內容的實際情況不符。唯一可解釋的，就是康熙十六年的第一稿只有王萌評註和王遠攷音兩部分，王遠的攷音工作乃配合王萌評註而爲。此稿完成多年後，王遠方又

㉕ 如《北京師範大學圖書館中文古籍書目》(北京：北京師範大學圖書館，1983年初版)所載即是，見頁 314。

㉖ 同註**❿**，卷四，頁 18b。

㉗ 同註**❿**，卷四，頁 11b。

㉘ 同註**❿**，卷二，頁 3a。

㉙ 如卷一頁 3b、卷三頁 16a等。

加入按語多條；康熙三十三年開始，王遠先後爲朱軾、胡克寬幕僚，諸家評語遂亦增入；至康熙五十二年、即王遠出任胡克寬幕僚之後，第二稿方才完成，由王遠付於剞劂。此時王萌業已故去，故王遠於〈天問〉「咸播秬黍」之按語中稱王萌爲「先伯父」。王遠按語與王萌意見時有不同，蓋王萌若仍在世，作爲子侄輩的王遠當不會作此扞格之語。

　　上圖、中科院諸本皆據第二稿，然而上圖本並非王遠第一次刊行之本。考中科院本的正文版式、頁碼悉同於上圖本，北京出版社持以影印，收入《四庫未收書輯刊》捌輯，著爲「清刊本」。其扉頁右署「鑪香居士讀本」，則此本當刊於乾隆二年。中科院本內容儘管幾乎完全與上圖本一樣，然就其不同處而言：

一、聖祖名諱「玄」字，二本都有用原字者，亦有缺筆者。然缺筆字以上圖本爲多。

二、中科院本有挖改而未補處，上圖本悉數補上。如〈天問〉「何闔而晦」下註文，中科院本挖去十二字，而上圖本則作：「遠按此問與兒童之見何異屈」。❸⓪

三、上圖本也校正了一些訛誤。如〈湘君〉題下，中科院本註：「而堯二女乃帝者之后，配靈神祇無緣，上降小水而爲夫人也。」「上降」，上圖本作「下降」。❸①
〈少司命〉「與女遊兮九河」，中科院本註：「以曰：

---

❸⓪ 分見上圖本及中科院本卷三，頁 4b。
❸① 分見上圖本及中科院本卷二，頁 5b至 6a。

『此〈河伯〉章語也，當刪夫。』」「以」，上圖本作「洪」。❷ 〈懷沙〉「滔滔孟夏兮」，中科院本註：「沂沅如也。」上圖本作：「泝沅湘也。」❸

由以上三點推想，上圖本應為中科院本的校訂再版。可是，上圖本刊印年代早於中科院本這個事實，卻與推想有矛盾。蓋王遠於康熙末年至少兩度刊印《評註》，首次本其後為中科院本所據，二次本即上圖本。乾隆二年，王遠當已去世。姚培謙既得王遠首次刊本，而不知此書曾改訂數次，遂翻印重刊之。因此，《楚辭評註》的版本源流，初步可用下圖表明：

---

❷ 分見上圖本及中科院本卷二，頁 11b。
❸ 分見上圖本及中科院本卷四，頁 17b。

表二

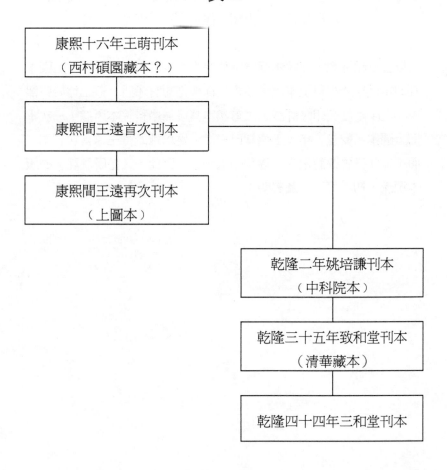

上圖本扉頁已失。中科院本扉頁上署「高安朱可亨先生評選」、左署「竟陵王遜直先生註訂」,而右署「鑪香居士讀本」蓋

為姚培謙重刊時所加。全書由王萌評註，王遠攷音、按語，朱軾、胡克寬、朱琦、唐建中、譚一豫參評。另參評者又有一「適菴」，姓名待考。首〈自序〉、次〈讀騷歌〉（按：此詩不見於中科院本）、次〈目錄〉、次〈目錄後記〉、次正文。正文十卷，共收錄〈離騷〉、〈九歌〉、〈天問〉、〈九章〉、〈遠遊〉、〈招魂〉、〈卜居〉、〈漁父〉、〈九辯〉、〈大招〉、〈惜誓〉、〈弔屈原〉、〈服賦〉、〈招隱士〉共十四題。其目錄編排，大抵係增刪朱熹《集註》而來。現迻錄於下，並附以各卷校訂人氏，以茲參考：

表三

卷次	篇題次第	題下小註	校訂人氏
卷一	離騷第一	近本諸家有經字	高安朱軾（可亭）
卷二	九歌第二		高安朱軾（可亭）
卷三	天問第三		荊門胡克寬（檢庵）
卷四	九章第四		族子价修（子向）
卷五	遠遊第五		雲間朱琦（柯亭）
卷六	招魂第六		同里唐建中（怍人）
卷七	卜居第七		武林王元堟（笑升）
	漁父第八		
以上凡八題二十六篇			

卷八	九辯第九	宋玉　晁補之本此篇以下乃有傳字	後學譚一豫（崇教）
卷九	大招第十	景差	後學譚一豫（崇教）
卷十	惜誓第十	一闕名	繡水高宗濂（築堂）
	弔屈原篇十二		
	服賦第十三	二篇俱賈誼	
	招隱士第十四	淮南小山	
以上凡六題十四篇			

持王氏目錄與朱熹目錄比對，知其變更處有五端：一、諸題上「離騷」、「續離騷」等字樣皆刪去；二、〈離騷〉刪「經」字，又改題下小註「《釋文》無經字」作「近本諸家有經字」；三、刪去〈九歌〉題下小註「一本此篇以下皆有傳字」；四、置〈招魂〉於〈遠遊〉之後，爲卷六；〈卜居〉、〈漁父〉爲卷七，其後卷目依次類推；五、刪去〈哀時命〉一篇。而沿襲處亦有四端：一、保持題次、卷次二者分列；二、保存題下小註；三、保存屈作與非屈作兩部分後之按語；四、保留目錄後記之體例。然朱熹〈目錄後記〉，實全書之自序；而王氏〈目錄後記〉則主要討論篇章去取問題，對於各篇篇名、作者的說法，並未作太多的考證，主要是根據

文章詞氣提出一己之取捨標準。**㉞**

三・王萌的楚辭學特色

㈠ 著述動機

　　清代以前的學者論《楚辭》，往往失之偏頗：褒尊者想將《楚辭》提升到儒家義理的高度，貶抑者則直以奇技淫巧、玩物喪志詆之。晚明許學夷曰：「屈原之忠，忠而過，乃千古定論。今但以其辭之工也，而謂其無偏無過，欲強躋之於大聖中和之域，後世其孰信之？此不足以揚原，適足以累己耳。」**㉟** 同樣是站在儒家的立場，卻提出較接近事實的意見，明白儒家思想不能規限屈原。王萌對於屈原的看法與許學夷比較相似：

　　屈子古狷者流，其志行必則彭咸，本不必有合大中之行。然

㉞ 同註**⑩**，目錄頁 2a：「按〈離騷〉下，《釋文》及《史記》俱無經字，當仍之。〈九章〉、〈遠遊〉，或謂辭人擬作，非是。〈招魂〉，王逸諸本俱謂宋玉作，遷史以為原作，劉勰論亦同，玩其詞氣良是，今繫之屈原。〈九辯〉、〈大招〉或謂屈原作，非是。〈惜誓〉，王逸以來謂賈誼作，亦無明據，其不載〈弔屈原〉、〈鵩鳥〉二賦，亦非王本。又有東方朔〈七諫〉、王褒〈九懷〉、劉向〈九歎〉、及逸所作〈九思〉，晦翁謂詞氣平緩，無病呻吟，不當以累篇帙，俱刪去。又按莊忌〈哀時命〉，填寫成語太多，余亦刪去，卷中共四十二篇。」

㉟ [明]許學夷：《詩源辯體》(北京：人民文學出版社，1998 年初版)，頁 34。

屈子意未嘗自譁也。❸

指出屈原爲狷者，其思想行事與儒家中庸之道不必有合是理所當然。此看法頗爲接近事實，可見他深切了解屈原的生平思想。不過，《評註》一書的寫作，並非徒爲註《騷》而註《騷》。以下分兩點論之。

1·追求立名之道

孔子曰：「君子疾沒世而名不稱焉。」❸ 儒者對於身後之名是非常看重的。如何建立名聲？《左傳》謂有「三不朽」：「大上有立德，其次有立功，其次有立言。」❸ 而古代社會，又以通過科舉而仕進、建立功業爲立名的主要途徑。歷來仕途不得意者，往往以屈原見放自況。明蔣之翹〈哀屈原文〉云：「蔣生既放，見昔人有蒙讒而抑鬱者，必咨嗟太息，拔劍擊柱……一夕檢得《離騷》，載涕載讀數過，乃奉其書於几上，列籩豆菹醢，舉觶灌酒漿，再拜而泣。」❸ 以明代而言，桑悅、張之象、何喬遠、蔣之

---

❸ 同註❿，卷七，頁 5a。

❸ [魏]何晏註、[宋]邢昺疏：《論語註疏》(臺北：藝文印書館 1985 年影印嘉慶二十年南昌學府刊阮元《十三經注疏》本)，頁 140。

❸ [晉]杜預註、[唐]孔穎達疏：《左傳正義》(臺北：藝文印書館 1985 年影印嘉慶二十年南昌學府刊阮元《十三經注疏》本)，頁 608。

❸ [明]蔣之翹：〈哀屈原文〉，《七十二家評楚辭》(上海圖書館藏天啟五年(1625)忠雅堂刊本)卷首，頁 1a 至 1b。

翹、陸時雍等人研究《楚辭》的原因，都不離此。竟陵派領袖鍾惺，也自稱「深好屈原而悲其遇」。然而，王萌認爲屈原之偉大在於立德，如其評註〈大司命〉「愁人兮奈何」一節時云：

> 章首曰「何壽夭兮在予」，繼曰「眾莫知兮余所爲」，以影言命非人所能爲也。卒乃正言之，而先矢之以無戚，《魯論》曰「不知命，無以爲君子也。」《莊子》曰：「知其不可奈何？而安之若命。」安命而後可以守死，守死而後可以立名。懷沙之人，胸中本領固不同矣。❹

屈原胸中與眾不同的本領，就是「守死」。守死不僅是盲目接受那人力不可改變的命運，而是了解自己的個性、堅守自己的宗旨，如此便是立德、便是順應天命。因此，王萌覺得鄉先賢鍾惺對於屈原之不遇依然斤斤計較，其實跟揚雄的〈反離騷〉大意相同，並非篤論。屈原這套本領「鬱爲幽思，抒爲真怨」，化成《楚辭》作品；❹ 由立德而立言，而其忠名便隨《楚辭》而不朽了。對於自己的不遇，王萌未嘗不有感於心。然而他覺得，與其和姦邪之人共事，不如潔身遠逝：

> 薺不同荼，遠其苦也。幽蘭空谷，守其獨也。物理且然，人

---

❹ 同註❿，卷二，頁 10b。
❹ 同註❿，序頁 2b。

可悟矣。㊷

通過這番詮釋，可知其本人雖然終生不遇，卻並未因此自憐。王萌之註《騷》，與他所認知的屈原作《騷》之意，其揆一也。他要通過《評註》一書而留名於簡冊之上。

2 · 寄託亡國之思

由於屈原在楚社將墟之際大聲疾呼，欲挽狂瀾，故明代遺民對《楚辭》大都抱有特殊的感情。明代中葉，前七子領袖何景明論《楚辭》時，曾提及發生在靖難之變時的一段軼事：

> 遜國臣有雪庵和尚者，好觀《楚辭》，時時買《楚辭》，袖之登小舟，急棹灘中流，朗誦一葉，輒投一葉於水，投已輒哭，未已又讀，終卷乃已，眾莫測其云何。嗚呼！若此人者，其心有與屈大夫同抱隱痛者矣！㊸

雪庵和尚原為惠帝之臣，不願侍奉篡位的成祖而剃度為僧。此事在明代流播甚廣。明末清初之時，盧之頤師嚴氏聞國變後，命盧刊印《楚辭章句》，以效雪庵和尚亡國之思。㊹　王萌於明代毫無功

㊷ 同註❿，卷四，頁 30b。

㊸ [明]蔣之翹編：〈楚辭總評〉，同註㊴，頁 9a 至 9b。

㊹ 見[明]盧之頤：〈楚辭引〉，載崔富章：《楚辭書目五種續編》(上海：上海古籍出版社，1993 年初版)，頁 33 至 34。

名，入清後以遺民自居。他對於《楚辭》的共鳴，是可想而知的。其自謂「窮老讀《騷》，終日不厭」，當非大言欺人。《評註》〈自序〉云：

> 夫屈子宗臣，而值夏屋之將丘……寧能碌碌默默，苟以為厚道也？❹❺

《評註》固為王萌之讀《騷》心得，然更寄託了故國黍離的悲哀。進而言之，王萌贊成屈原不「苟以為厚道」，實深有感觸之言。他比核〈惜往日〉「惜雝君之不昭」、「惜雝君之不識」二句，註云：

> 一曰惜雝君之不昭，再曰惜雝君之不識，惓惓欲以一死明讒人之罪，獲冀與之并命，亦未可知也。此法用於英主之世，未為失計。漢張湯自殺，而三長史皆案誅，以有武帝在上也。原死而上官靳尚之屬不聞得罪，汩羅之沉，為無益矣。然千載而下，讀《騷》者輒代為切齒，恨不起若輩於泉下而手誅之。忠良之死，故讒諛之極刑也。❹❻

所謂聖主賢臣，自古不偶。王萌對讒佞當道、屈原自決表達了極大的哀憤。他甚至把矛頭直指帝王，認為屈原沉水，固然是以死明

---

❹❺ 同註❿，序頁 1a。
❹❻ 同註❿，卷四，頁 28a。

志;但沒有英主在上,死亦徒然。又〈懷沙〉「任重載盛兮,陷滯
而不濟」,註云:

> 重車陷於泥濘,言時之當國者債事也。❹

對於昏君讒臣之誤國,也深有不滿。明思宗雖非庸主,然剛愎自
用,猜忌成性,在位十七年間首輔更換五十餘次,中清太宗之計而
殺袁崇煥。而另一方面,東林黨爭終明之世未嘗稍息,不斷的攻訐
傾軋直接斷喪了明王朝的生機。王萌作為一位有責任心的士人,親
歷明亡之痛,不可能不噓唏感歎。從「起讒諛於泉下而手誅之」一
類的過激言辭可知,王萌晚年註《騷》時回想明末,仍有餘慨,逐
形之於筆。

　　對〈天問〉所記湯武征伐之事,明末清初學者每有感觸。如
周拱辰《離騷草木史》眉批:「商周之際,真堪痛哭。」❹ 王萌
註〈天問〉至此處,亦有類近之語。如「伯昌號衰」節註:「言文
王奉紂命為西伯,號令于殷衰之時,秉鞭笞,作牧伯,率殷之叛國
以事紂。」❹ 謂文王「率殷之叛國以事紂」,則文王之居心亦可
知矣。又「列擊紂躬」節註:「言周公既不喜擊紂,何為又教武王
使定周命乎?」❺ 周公以聖賢之身份,協佐武王行征伐之事,在

---

❹ 同註❿,卷四,頁 19a。

❹ [明]周拱辰:《離騷草木史》(上海圖書館藏嘉慶六年癸亥(1803)聖雨齋刊本)卷
　 三,頁 52b。

❹ 同註❿,卷三,頁 22b。

❺ 同註❿,卷三,頁 20a。

王萌看來也非常可議。

㈡ 評註方法

在〈自序〉中，王萌說明註《騷》之法道：

> 一切註疏，束而不觀，反覆吟詠。偶有所通，即筆之於下，不敢以鑿說戾之，不敢以迂解滯之。雖未知於屈子之意何如，大約二者諒亦湘纍之所許也。已而取柳子厚〈天對〉與〈天問〉並讀，時有發明。又取叔師、晦翁及洪氏注，錄其安穩確然不可易者，綴於各篇之下。❺

正如《提要》所言，此法並非王萌所獨秉，清人解《騷》，許多亦如此。❺ 然而，從明末清初的學術風氣來考察，王萌之語並非無的放矢。所謂「迂解」，指那些道學家援屈入儒之論，如劉永澄的《離騷經纂註》。❺ 所謂「鑿說」，指師心說者隨性矢口之詞，

---

❺ 同註❿，序頁 1a。

❺ 同註❺，頁 158。

❺ 如劉永澄解〈離騷〉「哀民生之多艱」章云：「朝誶夕替，正民生多艱處。君子安其身而後動，何樂乎一鳴輒斥？然其勢有必不相容者，則謇謇之為害也。蓋世間君子有兩種：有一種煬和之君子，從容諷議，猶可需以歲月；有一種婞直之君子，鋒芒勁峭，必難待之一朝。秦檜謂張九成曰：『立朝須優遊委曲。』果其優遊委曲耶？庶幾免乎，然而無所不至矣。三代以下，黯之戇何如

如李贄論漁父是否實有其人，意見搖擺不定。❸ 要求屈原之心，必須叩其兩端而折衷之。王萌註《騷》時非常著重文本分析。他將舊註「束而不觀」，先靠反覆吟詠來探討，從這種方法中不難看出竟陵派師心說的影響。故《續四庫總目》論《評註》云：

> 詞旨淺近，語多簡質，仍不免拘於騷人比興之體，而失之穿鑿。❺

不過，王萌這種方法只是評註的第一個步驟。他為了避免游談無根，仍會參詳《章句》、《補註》、《集註》三種權威舊註；至於〈天問〉一篇，更要取柳宗元的〈天對〉合讀，才能有所創見。總而言之，王萌的評註方法可以分為評文和註解兩部分，前者為詞章賞析，後者為字詞訓釋，現分而論之。

1・評文

明代以還，評點之學大盛。評點文字的內容非常繁雜，但其

孫弘之尊顯？雲之直何如張禹之親信？其人甘則其遇亦甘，其人苦則其遇亦苦，理勢然也。故坎壈跋躓，非君子之不幸。不容然後見君子，一言自是破的耳。若無災無難，坐取公卿，不問而知其匪人矣。千古巧宦衣鉢，都自秦檜傳來。」(見[明]劉永澄撰、[清]劉寶楠手批：《離騷經纂註》，上海圖書館藏萬曆間興讓堂刊本，頁13b 至14a。)雖稱詳盡，然頗為迂遠。

❸ 見[明]李贄：〈漁父〉，《焚書》(北京：燕山出版社，1998 年初版)，頁 55。
❺ 同註❹，頁 498。

典型者多是一些以感性筆調陳寫成的閱讀心得。這些文字未必有益於義理、考據，但在詞章上能幫助讀者對文字的理解，如《提要》所言，具有藝術欣賞的成分。《評註》一書並沒有圈點、眉批、夾批、總評，但評點性質的文字卻為數不少。如〈湘君〉「桂櫂兮蘭枻，斲冰兮積雪」二句，評註云：「其櫂也桂，其枻也蘭，水擊有似斲冰，水揚有似積雪，示芳示潔，寓意良妙。」❺❻ 〈九辯〉「年洋洋以日往兮」一節，評註云：「全是遲暮之感，不言怨而怨益深矣。」❺❼ 短短數語，雖然感性成分甚重，卻能將篇章的神理點撥出來。

除了感性評點外，王萌就論各篇章的文風，時時以小見大，有獨到的分析。〈九辯〉「計專專之不可化兮」一節，評註云：「繾綣低徊，深得屈子之意。不敢怨天，而反曰賴天，立言柔厚如此。」❺❽ 讀者由此不僅可以掌握〈九辯〉的筆觸，更可勾勒出其作者宋玉的性格與精神。〈離騷〉為屈原的代表作，《楚辭》的其他篇章在精神、感情、筆法上有與此篇有著各種關聯。王萌從筆法入手，對這些隱藏的關聯作出了一些爬梳。如〈離騷〉中「巫咸夕降」一段，王萌指出：「巫咸教以遠去，上下周流，無境不歷，而卒歸于懷其故都，文字詰曲盤旋，馳驟往復，真曠世驚才也。〈遠遊〉及〈九辯〉末章皆如此命意。」❺❾ 認為〈遠遊〉、〈九辯〉的筆法都直承於〈離騷〉。

---

❺❻ 同註❿，卷二，頁 4b。

❺❼ 同註❿，卷八，頁 8b。

❺❽ 同註❿，卷八，頁 12b。

❺❾ 同註❿，卷一，頁 14a。

王萌就論文法，主要在於句法、字法，通過分析句式的構造、遣詞的方式來闡發《楚辭》的藝術技巧。句法方面，如〈離騷〉「麾蛟龍以梁津兮，詔西皇使涉予」，王萌云：「二句亦倒裝，言詔西皇使蛟龍爲梁也。」⑥ 〈湘君〉「薜荔拍兮蕙綢」，評註云：「薜荔言拍，蕙言綢，互文耳。」⑥ 所論多爲此類。字法方面，正如洪湛侯所言，王萌能用互證的方法，加深對作品的理解，成就比較突出。⑥ 其解〈離騷〉中「眾芳」一詞：「篇中凡三言眾芳：曰『眾芳之所在』，小芳依大芳，以顯明穆之道也。曰『哀眾芳之蕪穢』、曰『苟得列乎眾芳』，大芳溷小芳，以沒昏亂之道也。」⑥ 大芳指蘭、蕙等賢人，小芳指揭車、江離等眾人。「眾芳所在」，是因爲有大芳的領導；「眾芳蕪穢」，則係小芳悉皆變節，迫使大芳不得不從俗。這種方法並非從訓詁入手，而是通過詞章文理的分析以得到較熨貼的解釋。再觀「折瓊枝以爲羞兮，精瓊靡以爲芳」二句之評註：「瓊枝瓊靡，並不言蘭蕙矣。蘭所同也，瓊所獨也。紉蘭其始也，瓊佩其終也。屈子固不肯苟列於一切矣。」⑥ 屈原目睹眾芳蕪穢，唯有瓊佩不會凋萎，最後不得不獨倚瓊佩，以示節概。此論體現出王萌的細心之處。

此外，王萌在評註時也常常援引外證。這些外證的功能有二：一助賞析，二資註解。就第一端而言，如〈湘夫人〉「聞佳人

---

⑥ 同註⑩，卷一，頁 25b。
⑥ 同註⑩，卷二，頁 4a。
⑥ 同註㉒。
⑥ 同註⑩，卷一，頁 3b。
⑥ 同註⑩，卷一，頁 24b。

兮召予」句，評註云：「本無聞而如聞其召，以幻爲確，與《詩·皇矣》『帝謂文王』同一思理。」❻❺ 「帝謂文王」固爲詩人虛擬。王萌持之以比〈湘夫人〉，令讀者更好理解辭中那種疑幻疑真的縹緲境界。〈招魂〉「湛湛江水兮上有楓，魂兮歸來哀江南」，評註云：「楓木……至霜後葉丹可愛，故騷人多稱之……同一楓也，少陵『玉露凋傷』，寄興于秋，屈子『湛湛江水』，寄興于春。古之傷心人，任舉一物，皆有濺淚驚心之感，難與俗子道也。」❻❻ 文筆頗得鍾、譚遺風，別有致趣。

2·註解

在註解上，王萌比較審慎。即便遇到難解之處，也「存而質之」，不強作解事。由於以紹述舊說爲主，一己獨見不甚多，與評文相比，可謂遜色。儘管如此，王萌的註解也有可取者。如「偃蹇」一詞，在《楚辭》中出現過數次。〈離騷〉「望瑤臺之偃蹇兮」，王逸註：「偃蹇，高貌。」❻❼ 朱熹從之。❻❽ 王萌云：「凡言偃蹇，皆有高踞之意。蹇者，移步其而必仰，偃蹇之義也。」❻❾

---

❻❺ 同註❿，卷二，頁 7b。
❻❻ 同註❿，卷六，頁 10b。
❻❼ [漢]王逸章句、[宋]洪興祖補註：《楚辭補註》(北京：中華書局，2002 年版)，頁 32。
❻❽ [宋]朱熹：《楚辭集註》(臺北：文津出版社，1987 年版)，頁 18。
❻❾ 同註❿，卷一，頁 17b。

「何瓊佩之偃蹇兮」，王逸註：「眾盛貌。」❼⓪ 朱熹從之。❼① 王
萌云：「蘭佩柔弱如俯，瓊佩森挺如仰，故曰偃蹇。」❼② 〈東皇
太一〉「靈偃蹇兮姣服」，王逸註：「偃蹇，舞貌。」洪補：「偃
蹇，委曲貌。一曰眾盛貌。」❼③ 朱註：「偃蹇，美貌。」❼④ 王萌
云：「神靈居高而容仰，故曰偃蹇，尊嚴之貌也。」❼⑤ 釋「偃
蹇」一詞，緊守「高踞」之意，不作他想，其說甚為圓融。

　　舊註未及者，王萌也有所剖析。〈抽思〉「與美人之抽思
兮」與〈惜往日〉「焉舒情而抽信兮」，二句皆用抽字。王萌註
云：「繹之而不窮者，思也。故上曰抽思。引之而如一者，信也。
故此曰抽信。」❼⑥ 解釋「抽」字為何可以用於「思」、「信」二
字之前，很是完善。

　　抑有進者，王萌註《騷》，經常援引外證。前文已言，這些
外證一助賞析，二資註解。就第二端而論，〈離騷〉「恐美人之遲
暮」句，王萌提出：「以美人稱君，本《詩・簡兮》卒章，其曰：
『彼美人兮，西方之人兮。』駘蕩多姿，此騷胎也。親而媚之，故
目以美人。尊而嘉之，故目以靈脩。」❼⑦ 點出「美人」一詞的來
源與用法。明人陳沂同樣注意到〈簡兮〉卒章「山有榛，隰有苓」

---

❼⓪ 同註❻⑦，頁 40。
❼① 同註❻⑧，頁 22。
❼② 同註❶⓪，卷一，頁 22a。
❼③ 同註❻⑦，頁 56。
❼④ 同註❻⑧，頁 22。
❼⑤ 同註❶⓪，卷二，頁 2a。
❼⑥ 同註❶⓪，卷四，頁 26a。
❼⑦ 同註❶⓪，卷一，頁 3a。

二句，認爲是〈湘夫人〉「沅有芷兮澧有蘭，思公子兮未敢言」所由自。❼❽ 然而他卻忽略了後面的「彼美人兮，西方之人兮」。《詩三百》中的「兮」字句固然不少，但切近於《楚辭》「駘蕩多姿」的風致者，當首推這兩句。王萌究《詩》《騷》文心，稱這兩句爲「騷胎」，可謂至評。王萌留心於《易》，有《易注解頤》，亦用《易》解《騷》。〈九辯〉「皇天淫溢而秋霖兮」二句，朱註：「眾人皆蒙君澤，而我獨不霑。」❼❾ 《評註》云：「況君澤之橫施也。《易》屯膏非九五所宜，然亦有小貞吉之文。」❽⓿ 〈屯·九五〉：「屯其膏。小貞吉，大貞凶。」引《易》指出楚王濫賞的不當。

　　《評註》雖以《集註》爲主要參照本，然對於朱熹的一些論說卻並不盲從。這在王萌的一些註解中可以見到。如〈離騷〉「既替余以蕙纕兮」節，朱註：「申，重也。此言君之廢我，以蕙芷爲賜而遣之。」❽❶ 將「替蕙」、「攬芷」全部解成楚王宣示決裂之意。王萌不同意此解：「言我雖以修姱見替，而猶攬芳以自結束，故曰又申之也。晦翁解未安。」❽❷ 更爲平實貼近。〈少司命〉「夫人兮自有美子，蓀何以兮愁苦」，朱註：「蓀，猶汝也，蓋爲

❼❽ [明]陳沂：《拘虛詩譚》，載入吳文治主編：《明詩話全編》(南京：江蘇古籍出版社，1997 年初版)，頁 1943。

❼❾ 同註❼❽，頁 123。

❽⓿ 同註⓿，卷八，頁 5a。

❽❶ 同註❼❽，頁 8。

❽❷ 同註⓿，卷一，頁 7b。

巫之自汝也。」❽ 王萌云:「言其不與己合,何爲以我而愁苦
也?朱謂巫自稱,非是。」❽ 玩味原文,若將此兩句解作巫師向
少司命陳述之語,情致更永。

　　《楚辭》流傳日久,訛誤難免。洪興祖《補註》業已羅致了
各種異文。王萌於校讎並不在意,但因註解的需要,亦偶有論及
者。〈天問〉「吳獲迄古」一節,王逸解作太伯、仲雍讓國之事,
然「迄古」二字甚爲費解。❽ 王萌云:「迄當作逃,言伯逃古公
也。」❽ 若能進一步提出證據,當更有可取。此外,王萌註
《騷》,非僅一味尙雅,同時也援據俗語爲證。如〈山鬼〉「歲旣
晏兮孰華予」句,評註云:「華予,猶俗所謂光寵也。」❽

四·王遠的楚辭學特色

　　《評註》十卷,每卷卷首皆題「王遠攷音」。綜觀全書所收
正文 601 節,其下大都綴有王遠的攷音文字,而有王遠按語者則共
264 節。由於時代和學術風氣的變化,王遠的學術好尙及其對《楚
辭》的見解已與乃伯頗有不同之處。因此在刊印乃伯著作時,王遠
以按語的方式增入了己見。王萌的評註主要著眼於詞章賞析,這一
點得到王遠按語的繼承發揮,故洪湛侯謂按語「涉及對《楚辭》藝

---

❽ 同註❽,頁 39。
❽ 同註❿,卷二,頁 11a。
❽ 同註❽,頁 105。
❽ 同註❿,卷三,頁 16a。
❽ 同註❿,卷二,頁 16a。

術技巧方面的評價」。❽ 再者，王萌評註雖善疏通字句，但其風格偏向穩健，於篇章大義闡發有限；相形之下，王遠按語多有探求篇章大義之處，個人寄託之語也較王萌爲少。義理的闡發，往往會流於附會。這一點，王遠自己也有認識。因此他說「臆解如此，恨不及先伯父之存而質之」。不過，王遠本身的學殖較爲豐厚，加上大膽假設的風格，因此其按語中往往閃爍著靈光。這和王萌的平實穩健頗爲不同。

(一) 王遠按語的義理發揮及其時代背景

王萌身經明清鼎革，故在評註〈天問〉湯武征伐的文字時頗有感觸。他說：「文王奉紂命爲西伯，號令于殷衰之時，秉鞭笞，作牧伯，率殷之叛國以事紂。」又謂：「周公既不喜擊紂，何爲又教武王使定周命乎？」對於衰亡的殷商似乎還有留戀之處。對於這些文字，王遠也有按語，但察其語氣，則與王萌不同。如〈天問〉稱伊尹爲「小臣」、又曰「小子」。王遠按云：「若深惡之。屈子於君臣放伐之際，蓋不勝忿矣。」❾ 「會鼂爭盟」節，按道：「言盟津之會八百，甲子之朝畢集，蓋必有期之者。將帥之勇，師旅之衆，蓋必有萃之者。曰何踐，曰孰使，深爲不滿之詞。掃盡應天順人等語。」❿ 又「彼王紂之躬」節按：「惡桀紂所以亡國，

---

❽ 同註❷。

❾ 同註❿，卷三，頁 19a。

❿ 同註❿，卷三，頁 19b。

然亦不寬湯武。」 ⑨ 驟而觀之,似乎將桀紂、湯武各打五十大板。但玩其辭氣,王遠之語與乃伯相比不帶一絲感情色彩。他所貶斥的固然包括昏君,但更在於亂臣賊子。這樣的言論,與康熙以後君權強化的背景殆不無關係。

王遠身處的時代,清廷的統治已相對穩定。故王遠雖無功名在身,其思想比起乃伯更加傾向儒家。這在他發揮《楚辭》義理之際不時可見。如夏禹與塗山氏的結合,歷來不無可議。〈天問〉所謂「胡爲嗜欲不同味,而快鼂飽」,王逸解曰:「何特與眾人同嗜欲,苟欲飽快一朝之情乎?」 ⑨ 今人金開誠也論道:「屈原並沒有否定禹繼鯀治水之功,卻懷疑他作爲聖君爲甚麼苟合成婚。」 ⑨ 而王遠按道:「胡爲辛壬癸甲四日便往治水,何其嗜好不與人同,如彼飲食,人甘其味,而禹止快朝飽乎?」 ⑨ 如此一說,反進一步呈現了夏禹捨身爲民、大公無私之風。這無疑是站在儒者的立場,歌頌聖君先王。可是,前文「焉得彼嵞山女,而通之於臺桑」二句,王遠卻闕而不解。可見其立論並不踏實。

不過,王遠本身的文學素養甚深,故他對某些篇章之大義的闡釋還是比較到位的。例如〈禮魂〉篇「春蘭兮秋菊,長無絕兮終古」,王萌註云:「春祠以蘭,秋祠以菊,即所傳之芭也。」將蘭、菊和「傳芭代舞」的「芭」扣上關係。其解固然通融,卻仍是就文理而言。然王遠按語則謂:「言二時之祭必薦馨也。無絕終

---

⑨ 同註⑩,頁 21b。

⑨ 同註⑥,頁 97 至 98。

⑨ 金開誠:《屈原辭研究》(南京:江蘇古籍出版社,1992 年初版),頁 227。

⑨ 同註⑩,卷三,頁 10a。

古,言魂得長享之也。屈子蓋憂楚之不祀,而致意于篇終如此。」
⑨⑤ 將此篇的內涵更提昇了一個層次。〈天問〉「永遏在羽山」、
「纂就前緒」二節,都是就鯀禹之事來發問。王遠按云:「以幹蠱
之事望之頃襄也。」 **⑨⑥** 又云:「言禹纂鯀之緒而能成功者,惟厥
謀之不同也。望頃襄正在此。」 **⑨⑦** 認為屈原道及鯀禹,就是為了
提醒頃襄王要繼承父業、為父報仇。

㈡ 王遠的詞章賞析

　　由於王遠關於詞章的論述皆用按語形式出之,因此所言大抵
是以王萌評註為參照,作出補充、牽合和駁正。王萌好言字法、句
法,好作評點之語,王遠的論述方式亦有相近處。為免冗沓,此處
不復贅言。進而言之,王遠更著重從整體來析《楚辭》之義,故考
求主旨、析探章法兩者是王遠就論詞章的核心工作。

1・考求主旨

　　就論詞章,王萌多以疏通文句為主,王遠進而考求一篇主
旨。如〈雲中君〉篇,朱熹謂第一節「浴蘭湯兮沐芳」描寫巫女降
神,第二節「蹇將憺兮壽宮」描寫神至之景,第三節「靈皇皇兮既

---

⑨⑤ 同註**⑩**,卷二,頁 18b。

⑨⑥ 同註**⑩**,卷三,頁 5b。

⑨⑦ 同註**⑩**,卷三,頁 5b。

降」為雲神離去之狀。❾❽　王萌之註幾乎全部取自舊詁，甚為簡略，對於主旨、章法也無論述，蓋亦以祭祀樂曲一概視之。王遠則能把握此篇獨有的特點而總括道：「此篇全是頌雲，未言主祭迎神之禮。」❾❾　他的理據是：「英，花英，言五采之衣，鮮明若華之英，寫雲之色。連蜷，長曲貌，寫雲之態。」⓪⓪　又按第二節道：「雲無定在，望其降而安於此也。雲能蔽日月，有時得日月而益絢爛，日月齊光，善於頌雲。雲從龍，故曰龍駕。帝服彰施五采，故曰帝服。翱遊周章，言其將下降也。二章總是言雲中君衣服容貌之美、性情之變動也。」⓪①　所論可謂深得宛曲。這樣的論述也許削弱了此篇的情節性，但一、二節合解，則全成賦體，描寫雲之狀貌，酣暢淋漓。

又如〈天問〉篇，王逸已經論道，屈原見楚有先王之廟及公卿祠堂，圖畫天地山川神靈及古聖賢行事，因書其壁，呵而問之，故其文義不次序。⓪②　所謂「文義不次序」，王萌以為主要是「有一人而前後錯舉以問者」，乃因「人事」這段而言。⓪③　而王遠的解釋則是：「曰書其壁而問之，不必實有其事。而奇情至理，如或見之。非叔師無此妙解。或議其非者，癡人也。通篇多故為癡語，

---

❾❽　同註❻❽，頁31至32。

❾❾　同註⓪，卷二，頁2b。

⓪⓪　同註⓪，卷二，頁2b。

⓪①　同註⓪，卷二，頁3a。

⓪②　同註❻❼，頁85。

⓪③　同註⓪，卷三，頁1a至1b。

不可以恆理求。蓋思君之至無所發，憤而爲此也。」⑩ 認爲王逸
之說固妙，卻有坐死之嫌；屈原心情既然哀憤瞀亂，文義不次序可
以想像。與王萌同代的李陳玉謂〈天問〉言天、地、人的脈絡非常
清楚。⑮ 而王遠認爲，天、地兩段都是人事一段的鋪墊：「蓋欲
問人事種種，故先爲迂遠之言也。」⑯ 然而，即便說道人事，屈
原也時時施以「欲擒故縱」之法。如「桀伐蒙山」一節，王遠按
道：「言伐蒙山何所得？得一妹嬉，以自亡國耳。冷語自妙。又言
妹嬉亦未大肆其惡，湯何以遽興兵端乎？又故作駭語也。」⑰ 由
於以陌生化的視覺進行觀察，因此人世不合理處更加突顯出來。直
到「天命反側」節，方按云：「以前多作駭語，似欲歸咎于天，至
此乃作正論，歎天命之無常，實由人事之臧否，天何嘗有意罰之、
有意佑之乎？」⑱ 如此解說，不但使〈天問〉一篇大義昭明，其
章法節構也一目了然。

---

⑩ 同註⑩，卷三，頁1b。

⑮ [明]李陳玉：「〈天問〉當分作三大段當分作三大段。自『遂古之初』起至
『曜靈安藏』止，為上段，共四十四句，是問天上事許多不可解處。自『不任
汩鴻』至『鳥焉解羽』止，共六十八句，為中一段，是問地上事許多不可解
處。自『禹之力獻功』起至末『忠名彌彰』止，共二百六十一句，為後一段，
是問人間事許多不可解處。」見《楚詞箋註》(復旦大學圖書館藏康熙十一年
(1672)刊本)卷二，頁2b至3a。

⑯ 同註⑩，卷三，頁2b。

⑰ 同註⑩，卷三，頁15a。

⑱ 同註⑩，卷三，頁21b。

2・析探章法

　　章法的析探，在王遠按語中比比皆是。王萌好言字法、句法，而故王遠更著眼於章法。如他因〈湘夫人〉首章而比較二〈湘〉道：「此亦神未來而想望之，與〈湘君〉首章微別而實同。前言不行，此偏言降，其實北渚之降，止是懸空摹擬，與中洲之留無異也。『目眇眇』，屬己既擬其降，遂含睇而遠望之也。前篇『願無波安流』所以遲夫君之來；此以『木落風生』知帝子之不降，意同而文法變換如此。」❿　二〈湘〉是二神贈答之詞抑或世人祭祀之詞，古無定說，而王遠取後者。他認爲二神終篇皆未降靈，故云篇旨相同。本於相同的篇旨，再細細比較章法，於是曲得其妙。又〈遠遊〉「指炎神而直馳兮」節之前，已經暢言東、西、北三方的遊歷。王遠仔細揆察文義而按云：「上三方皆在天上，此則仍在地下矣。蓋故鄉也。」⓫　指出前三方的天際翱翔，正是爲了烘托出下文故鄉楚國的倍加可愛。

　　可是，《評註》所收的四十篇作品，王遠並未一一析探章法。而且某些篇章的分析也失之粗略。以〈離騷〉爲例，王遠雖亦提及某段某段，但事實上並未明確地爲〈離騷〉分段。像「靈氛告余以吉占兮」以下的那一大截文字，也沒有隻字片言提及。這種情況在其他篇章中也復如此。因此可以斷言，王遠的章法之論雖有創獲、一定程度上也補充了王萌的不足，但猶未盡善。

---

❿　同註❿，卷二，頁 6a。

⓫　同註❿，卷五，頁 8b。

㈢ 王遠的考據工作

與王萌不同，王遠楚辭學的內容有更多的考據學成分。王萌評註、王遠攷音，固是分工；但觀書中除王遠以外，幾乎無人論及聲韻，可見王遠的學術興趣與眾人相異。自明代楊慎開始，學者逐漸重視楚辭聲韻學。然而，清初坊間流行的《楚辭》本子中，關涉聲韻學處似乎有限。《評註》所徵引的陸時雍《楚辭疏》、黃文煥《楚辭聽直》、周拱辰《離騷草木史》、林雲銘《楚辭燈》等書，都以論文為主。正如姜亮夫論《楚辭燈》，謂「完全以文章次序作基礎來研究《楚辭》，重於疏通文義而略於訓詁」、「對音韻、訓詁、歷史等註釋較隨便」。⑪ 因此，王遠攷音獨見雖然不多，但他能夠徵引吳棫、楊慎、顧炎武等人之說以解《楚辭》，在考據學尚未興盛的清初，是有其學術意義的。下文會分別論述其在訓詁、聲韻上的得失。

1・訓詁

王遠在論評《楚辭》的詞章時，比較注重援引內、外證，也不時作出一些新穎的推測。這樣的方法同樣被用於訓詁。

在引用內證方面，王遠很善於通過揣度他篇的文義來解釋問題。如〈離騷〉「反信讒而齌怒」，按云：「齌怒，猶言釀怒，

---

⑪ 姜亮夫、姜昆武：《屈原與楚辭》(合肥：安徽教育出版社，1996 年再版)，頁123 至 124。

〈抽思〉所謂『造怒』也。」⑫　洪興祖引《說文》曰：「齌，炊
餔疾也。」⑬　「炊餔」是一個漸進的過程，所以王遠把「齌怒」
釋爲「釀怒」，並舉〈抽思〉的「造怒」爲佐證。又〈惜誓〉「臨
中國之眾人兮」，按云：「中國謂楚國之中，即『臨睨舊鄉』之
意。」⑭　皆其類也。

　　再看外證。關於《楚辭》中第一人稱代名詞的用法，王遠按
〈大司命〉「紛吾乘兮玄雲」句道：「《楚辭》『余』字、『吾』
字多有代人稱者。《補》引漢樂歌云『靈之車，結玄雲』是也。」
⑮　除參考洪興祖的意見外，復引用《古文尚書》加以論述。〈離
騷〉「孰云察余之中情」、「夫何㷀獨而不予聽」二句，按云：
「此亦女嬃之言，上余字代原稱，下予字嬃自予也。今人口頭時有
此等稱謂。又《尚書・五子之歌》『萬姓仇予』，予指太康；『鬱
陶乎予心』，予字乃自予。與此一例。」⑯　對「余」、「予」自
謂、他謂的用法分析，大意粲然。再如〈惜誦〉中「仇」、「讎」
二字，朱熹僅簡單註云：「怨耦曰仇」、「讎，謂怨之當報者。」
⑰　王遠則引述《爾雅》以申析道：「仇讎微有深淺。《爾雅》：
『仇仇敖敖，傲也。』讎有必報之義。」⑱

---

⑫　同註⑩，卷一，頁 4b。
⑬　同註⑩，頁 9。
⑭　同註⑩，卷十，頁 3a。
⑮　同註⑩，卷二，頁 9a。
⑯　同註⑩，卷一，頁 11a。
⑰　同註⑱，頁 75。
⑱　同註⑩，卷四，頁 2b。

從王遠對「仇」「讎」之義的註解，可知他對於一些舊說常常斟酌損益，且擇善而從。再如〈招魂〉「像陳君室」句，《章句》云：「像，法也。」⑲ 《集註》則云：「像，蓋楚俗，人死則設其形貌於室而祠之也。」⑳ 朱熹既言「蓋」，知其僅爲推測。王遠按道：「朱子解非不佳，但古未必有畫像事，且下文俱造作第室事也。」㉑ 從古俗和文理兩端支持王逸的論述。

對於明人的論點，王遠也有採用者。〈離騷〉「夏康娛以自縱」一句，按云：「舊註謂夏康爲太康，然『康』『娛』二字下皆連用，『夏』字少住亦可。」㉒ 此說本自汪瑗《楚辭集解》，實較王、朱之解爲佳。而近代、同代《楚辭》註家於訓詁雖然留心不足，然若有創獲，王遠同樣從善如流。〈天問〉「崑崙縣圃，其尻安在」，王遠攷云：「尻舊註與居同，從几。陸時雍釋作脊骨盡處，則字當從九，音苦高反。遠按：陸音釋是也。」㉓ 同篇「緣鵠飾玉，后帝是饗」二句，引林雲銘曰：「治象謂之鵠。君子比德于玉，皆克享天心也。何桀承以謀國，終致亡乎？」王遠評析道：「解亦佳，但解『飾玉』未安。遠意：玉，天子所執之圭。〈攷工〉云：『天子用全。』註言：祼器也。祼圭一器，天子全用玉，爲之飾玉。似當作如此解。」㉔ 對於林氏的說法作出了補正。

---

⑲ 同註⑰，頁 202。

⑳ 同註⑱，頁 137。

㉑ 同註⑩，卷六，頁 5a。

㉒ 同註⑩，卷一，頁 11b。

㉓ 同註⑩，卷三，頁 7b。

㉔ 同註⑩，卷三，頁 16a 至 16b。

除此之外，王遠常常根據文義，就一些字詞之義進行較合理的推斷。〈惜往日〉「慙光景之誠信兮」，朱註：「慙見光景，故竄身於幽隱，然亦不敢不爲之備也。」⑫ 而王遠按語則謂：「景古影字。日月照臨，有光有景，人物不能逃，故曰誠信。而我身獨備歷幽隱，不蒙日月之照臨，故見光景而慙也。」⑫ 將一句中的「光景」、「誠信」二語串而講之，更爲周詳。又〈離騷〉「倚閶闔兮望予」，王逸云：「使閽人開關，又倚天門望而距我，使我不得入也。」⑫ 王遠曰：「望予，有旁觀冷笑之意，不必言拒我。」⑫ 觀此節的確沒有明言帝閽不准屈原進入天庭，故把「望予」解作「旁觀冷笑」，其意更堪涵詠。

2·聲韻

由於字音的變化，先秦時代的不少詩句在後世讀來已經不押韻。於是後人發明了叶韻的辦法，以求音調的諧和。南宋時，朱熹是叶韻說的集大成者，在其《詩集傳》、《楚辭集註》中大量運用了叶韻的方法。而朱熹之說，又受到吳棫的影響。不過簡而言之，吳棫對於叶韻說持有較負面的態度。如錢大昕指出：「世謂叶音出於吳才老，非也。……朱文公《詩集傳》間取才老之《補音》，而

---

⑫ 同註⑱，頁 95。
⑫ 同註⑩，卷四，頁 25b。
⑫ 同註⑰，頁 29。
⑫ 同註⑩，卷一，頁 15b。

加以叶字，才老書初不云叶也。」⑭ 張世祿《中國音韻學史》則
云：宋代研究古音的學者可分爲兩派。以吳棫爲代表的一派把韻書
上的韻部通合併用，以求古音；以朱熹爲代表的一派仍轉而採取協
句、合韻之例，復倡叶韻。自來都說朱熹叶韻之例本於吳氏《毛詩
補音》。此書已經不傳，無從證明。但我們並不能把宋人叶韻之說
歸咎於吳氏。吳氏說古音的地方，很多和朱熹所註明的協音並不符
合，因此推知朱熹《詩集傳》等書並非盡用吳氏之說。⑬ 吳棫歸
韻的方法是給先秦至唐宋韻文的韻腳字標上《廣韻》韻目，四聲分
列，而平聲分爲九部。但他不知道古音是發展變化的。他把上古韻
只看成是中古韻的簡單合併或通轉。⑬ 到了明代後期，叶韻已經
遭到學者的質疑。如陳第提出「時有古今，地有南北，字有更革，
音有轉移」，⑬ 對朱熹的叶韻之說作出了有力的駁斥。而陳第在
攷音時，僅採用了單個考訂的方法，尚未及於韻部的劃分。定音僅
用直音的方式，常有一字數音的情況。對於語音的轉移，也並沒有
進一步作出考證。到明末清初，顧炎武不再把《廣韻》整韻字作爲
合併單位，而是根據《詩經》等材料的實際離析《唐韻》，重新歸
部，爲古音研究奠定了堅實的基礎。王遠的攷音工作，就是在這樣

---

⑭ [清]錢大昕：〈韻補跋〉，載[宋]吳棫：《韻補》(臺北：藝文印書館《百部叢
書集成》影印道光楊尚文校刊《連筠簃叢書》本，1966 年初版)附錄，頁 10a 至
10b。

⑬ 張世祿：《中國音韻學史》(臺北：商務印書館，1966 年版)，頁 263 至 265。

⑬ 見胡安順：《音韻學導論》(北京：中華書局，2002 年初版)，頁 242。

⑬ [明]陳第：《毛詩古音考》(揚州：江蘇廣陵古籍刻社影印嘉慶十年(1805)虞
山張氏學津討原刊本，1990 年初版)〈自序〉，頁 3。

的背景上進行的。

王遠幾乎在每節都附有攷音部分。舉例言之，〈離騷〉「索
藑茅以筵篿兮，命靈氛為余占之。曰兩美其必合兮，孰信脩而慕
之」一節，王遠攷音云：

> 藑，一作瓊。筵，音廷；篿，音專。晦翁云：兩之字自為
> 韻。遠云：慕字從莫諧聲，可以韻合。篿占自韻。❸

文字雖然簡短，卻在體例和內容兩端比較全面地呈現出攷音部分的
特點。體例可歸結為：一、備異文，二、標音韻，三、徵舊說，
四、下按語。而在內容上，以其論「慕」「合」為韻、「篿」、
「占」為韻，可見王遠在考據時比較注重獨立思考。

王遠說：「古音不可求，而古韻相通處最寬也。」❸ 因此在
攷音中，王遠雖主要斟酌朱熹、吳棫之說，但卻更偏向於後者。這
在兩方面可以見到：第一，朱熹叶韻，是以《廣韻》的韻部為標準
的。即使《楚辭》原文韻腳用的是《廣韻》中的鄰韻字，朱熹也會
以同韻字協之。而吳棫分韻，後人歸納為九部，因此就很少有朱熹
這種情況。試舉一例：〈天問〉「應龍何畫，河海何歷」，朱註：
「歷，協音勒。」❸ 王遠云：「古韻陌、錫相通。」❸ 可知王遠
也並不拘於《廣韻》韻部。第二，同攝之字，只要平仄不同，朱熹

---

❸ 同註❿，卷一，頁 19b。
❸ 同註❿，卷四，頁 27a。
❸ 同註❻，頁 56。
❸ 同註❿，卷三，頁 6a。

就會叶韻。而王遠則指出，古代四聲是可以通押的，不必協音。如〈惜誦〉「發憤以抒情」、「指蒼天以爲正」二句，朱註：「正，協音征。」⑬ 遠云：「情正平去通韻。」⑬ 〈惜往日〉「遭讒人而嫉之」、「不清澂其然否」二句，朱註：「否，協音悲。」⑬ 遠云：「否，方彼反。平上通韻。」⑭ 再觀〈招魂〉「多珍怪些」、「華容備些」、「射替代些」三句，遠云：「古音寘、至、志、霽、祭、泰、卦、怪、夬、隊、代、廢韻通用。」⑭ 這自然是吳棫方法的繼承。

顧炎武認爲，入聲韻和陰聲韻相配是古音的正宗。這是因爲《詩經》中有陰、入相押的情況，《說文》形聲字中也有陰入相諧的現象。⑭ 王遠同樣認爲陰入相諧的現象於古韻常見。如〈湘君〉「桂櫂兮蘭枻」至「恩不甚兮輕絕」一節，遠云：「枻音曳，晦翁協音泄。末，吳才老協莫結反。按古音皆有去聲。雪相例反，末莫佩反，絕疾例反。」⑭ 這大概是受到顧氏的影響。顧炎武對於方音的意見，也得到王遠的贊同。〈遠遊〉「麗桂樹之多榮」、「野寂寞而無人」、「掩浮雲而上征」三句，王遠云：「顧亭林先生曰：『人字本不與榮成征通，然古人于耕、清、青韻中往往有讀

---

⑬ 同註㉘，頁 73。

⑬ 同註⑩，卷四，頁 1b。

⑬ 同註㉘，頁 94。

⑭ 同註⑩，卷四，頁 25a。

⑭ 同註⑩，卷六，頁 5b。

⑭ [明]顧炎武：《音學五書》(北京：中華書局影印本，1982 年初版)，頁 43。

⑭ 同註⑩，卷二，頁 4b。

入真、諄、臻韻者，當由方音之不同，未可以爲據也。」遠云：此
語即是。今吾鄉讀真、庚、清韻皆無分別，不知音者囿于風土，翻
覺古人分部多事，乃知方音各有是非，未可據此訾彼。」⑭

　　《續四庫總目》論王遠雖「於古音方言，辨訂頗詳」，然
「審音或未盡洽」。⑮ 以爲攷音部分也有不足之處，此誠的論。
王遠雖贊同顧炎武的一些意見，但顧氏離析《唐韻》、不以《廣
韻》韻部爲依歸的觀念，王遠卻幾乎毫無提及。此外，對於多音
字、破讀字，王遠認爲其說始於六朝。前此古人原無此疆彼界之
分。⑯ 這樣的說法是比較科學的。可是，另外一些按語的論述卻
有與這番說法有所牴觸。如〈離騷〉「余焉能忍與此終古」，遠
云：「《集韻》：『古音怙者顧也，音顧者始也。』則是古原有上
去二音。」⑰ 既然古無破讀，「古」字讀音又何必區分上去？更
有甚者，王遠既云「求古人之音，不得以本字爲協」，但在按語中
有時卻依然採用了叶韻方法。如〈離騷〉「周流乎天余乃下」、
「見有娀之佚女」二句，遠云：「下音戶。」⑱ 「九疑繽其並
迎」、「告余以吉故」二句：「迎，吳才老讀元具反。」⑲ 〈大
司命〉「靈衣兮被被」節：「按古音被音坡，離音羅，爲音譌。」

---

⑭　同註⑩，卷五，頁 5b。
⑮　同註㉑，頁 497。
⑯　同註⑩，卷一，頁 18b。
⑰　同註⑩，卷一，頁 19a。
⑱　同註⑩，卷一，頁 17b。
⑲　同註⑩，卷一，頁 20b。

⓯ 〈天問〉「而抑沉之」、「而賜封之」二句:「沈讀若蟲,與封韻。」⓯ 這些解釋依然沒有擺脫叶韻說。

結　語

明代中葉以後,詞章、考據、義理之學在發展和演變中,彼此相互排斥,又相互影響。東林諸子調和朱王,是義理之學內部的融合。焦竑爲心學中人,胡應麟爲七子殿軍,二人皆精於考據,顯現出義理－考據、詞章－義理之間的影響滲透。至於詞章之學上的師古、師心二說,更分別與心學、古學(考據學)有直接的關係。明末清初的幾十年,不僅在政治上是一個天翻地覆的年代,在學術上也經歷了重大的變化:陽明心學式微,考據學後來居上。這樣的學風也影響到文壇的好尚,獨抒性靈的公安派、竟陵派風格次第消隱,師古派的格調說逐漸恢復了領導地位。就楚辭學而言,這一時期出現了眾多的楚辭專著,與天啓以前相較,無論在數量和質量上都有了顯著的進步。這些註者大致可以分爲三類:如黃文煥、李陳玉本爲東林餘裔,在明末身歷黨爭之禍,故其註《騷》亦多抒一己之幽憤;周拱辰、賀貽孫等學本師心,然亦涉獵考據;錢澄之、王夫之則爲兼善漢宋之學者。雖然學有不同,但他們的楚辭學專著都呈現出對考據的重視。而王萌就是在這樣的學術風氣下開始《楚辭》評註工作的。

⓯ 同註⓾,卷二,頁 9b。
⓯ 同註⓾,卷三,頁 22a。

　　從本文對《楚辭評註》的論述中，我們可以看到在那個時期，兩代學者不同的治學方法。此書的兩位主要作者——王萌、王遠伯侄，一成長於晚明，終老於清初；一出生於鼎革後，約於雍正中葉去世。王萌於童年就受到了竟陵派領袖、鄉賢譚元春的賞識；入清之後，窮愁終老，卻繼續詩歌創作，「著身皆韻」。王萌評註《楚辭》，依然以評文爲主；在註解方面的零星創獲，也多是建基於評文的方法，而非從考據小學入手。四庫館臣謂鍾惺、譚元春《詩歸》點逗一二新雋字句，矜爲玄妙。此說施於王萌亦然，蓋其評文時，多著眼於字法、句法，甚少論及章法，和鍾、譚點逗字句的方式一脈相承。近人所編《續四庫總目》謂《評註》「詞旨淺近」、「失之穿鑿」，實亦承清人之見。不過，王萌對李贄、鍾惺等性靈文學領袖的學說不再如前人般全以圭臬奉之，另一邊廂又完成了《石鼓音義》這樣的考據學著作，可知其學風與明末之人已有涇渭。

　　至於王遠，一生雖然同樣沒有功名在身，但卻兩度擔任清朝官員的幕僚，並得到青睞，其遭際與乃伯相比，自已不同。康熙中葉以後，明末顧炎武等人倡導的經世學風開始熄滅，但他們對考據學的興趣卻被繼承下來。而清廷爲了抑制漢族知識份子的反滿情緒，鼓勵學者埋首故紙堆做考據工作，以消磨其意志。因此，王遠等入清後成長的一代人對聲韻訓詁學都或多或少產生了興趣。在《評註》中，聲韻訓詁的工作皆由王遠承擔，可資證明。另者，王萌的評文風格，在王遠身上得到了傳承和發揚；但是在王遠的按語中，明顯沒有了王萌那種獨澆壘塊的寄託之語。王遠雖然也嘗試闡發《楚辭》中的義理，但論其成果，卻遠遠不如他在詞章、考據方

面的成績。這是因為當時清廷雖聲言重尊程朱道學，事實上只是為了繼續加強皇權；文字獄的迭興，更使學者噤聲。故此，王遠的楚辭學，呈現出與王萌不同的另一種特色。歷來學者談及《評註》，多將王萌、王遠伯侄混而論之，這是不太相宜的。

《評註》除了反映出時代學風的變化外，在楚辭學上也具備了一定的地位，書中不乏可陳之善。王萌的成績主要在詞章之上。他於評註中探討文義、就論文法、感性點評、寄託抒發，令讀者能較深入地把握《楚辭》作品的思想內涵和文學技巧。然而在註解上，則多以紹述前人之說為主。王遠在其伯的根基上對《楚辭》詞章作出了進一步的賞析。因為他敢於做出合情理的推測，所以道出不少新見。詞章以外，王遠在考據、尤其是訓詁上頗有成績。至於聲韻方面雖辨訂頗詳，卻由於他對顧炎武的新說並沒有予以足夠的注意，所以仍然徘徊在叶韻和《廣韻》的町畦，未能向前邁進一步。對於義理的闡發，王遠也下過一些功夫；但是因局限於身份和時代的背景，令他在這個範疇收獲甚微。

《楚辭評註》一書在康熙、乾隆間重印數次，至少有兩次重印（乾隆二年、乾隆三十五年）是由姚培謙（鱸香居士）負責的。姚氏雖著有《楚辭節註》，但其書徵引《評註》意見處極為少見。對於《評註》的態度，清代其他註家也與姚氏相近。究其原因，蓋亦與王萌、王遠伯侄的學術取向有關。王萌祖祧竟陵，其評文的語言亦接近坊間的評點文字；而在清代，竟陵派被錢謙益斥為詩妖，評點之術也為通儒以小道譏之。至於王遠，雖大幅度增加了書中的考據內容，但在考音方面仍嫌粗糙，上視顧炎武、下視乾嘉諸老皆不無愧惡。因此，乾隆以來的《楚辭》註家大多只將《評註》目為

聊備一格的參考，就不難理解了。

《續修四庫全書總目提要》明代楚辭學著作提要補考

前　言

　　乾隆晚年，《四庫全書》編纂的竣工可謂文化史上的一件大事。由於政治、文化與歷史因素的影響，僅就所收書籍而言，《四庫全書》就有不少的缺漏。1920 年代初，日本政府決定比照美、英等國的先例，將庚子賠款的一部分退還中國，從事文化事業。1925 年 10 月，「東方文化事業總委員會」在北京成立，中方委員有鄧萃英、王樹枏、王式通等十一人，日方委員有入澤達吉、服部宇之吉等七人。其後又成立下屬機構「人文科學研究所」，此所主要研究事項之一便是《續修四庫全書總目提要》（下稱《續四庫總目》）的編纂。《人文科學研究所暫行細則》註明，《續四庫總目》的編纂分兩層次進行，一爲蒐集乾隆《四庫全書總目提要》（下稱《四庫總目》）內失載各書，二爲採集乾隆以後至宣統末年名人著作。書籍採集工作完成後，分爲經、史、子、集四部，由各研究員分撰提要。至 1938 年底，已撰成提要 20319 篇。抗戰勝利

時，工作尚未完成，研究成果爲國民政府接管，1949 年後歸北京中國科學院。1996 年，中科院將《續四庫總目》稿本全數影印出版。

　　乾隆時，由於四庫館臣對明人的偏見，不少明代著作皆未收入《四庫總目》。據筆者統計，有明一代楚辭學著作大概有八十餘種。然觀《四庫總目・集部・楚辭類》，正編並未著錄一種明代楚辭學著作，存目部份僅有汪瑗《楚辭集解》、陳洪綬《繡像楚辭》、屠本畯《離騷草木疏補》、《楚騷協韻》、黃文煥《楚辭聽直》、沈雲翔《楚辭評林》數種，另〈經部・小學類〉著錄陳第《屈宋古音義》，〈子部・雜家類存目〉著錄錢澄之《莊屈合詁》，可謂爲數戔戔。其次，四庫館臣對其中不少著作多有詆訾，如稱《楚辭集解》「以臆測之見，務爲新說」，❶《楚辭聽直》「詞氣傲睨恣肆，亦不出明末佻薄之習」，❷ 不一而足。而《續四庫總目》著錄了楚辭類著作五十七種，明代楚辭學著作共有十三種。除張燮編《宋大夫集》外，其餘十二種著作大致可分爲五類：

　　　一、註釋類：劉永澄《離騷經纂註》、趙南星《離騷經訂
　　　　　註》、王夫之《楚辭通釋》；
　　　二、評點類：閔齊伋《楚辭》、馮紹祖《楚辭句解評
　　　　　林》、陳深《楚辭》、佚名《批評楚辭集注》；

---

❶ [清]永瑢主編：《四庫全書總目》(北京：中華書局，1965 年影印初版)，頁
　1269。
❷ 同註❶。

三、 評註類：陸時雍《七十二家評楚辭》、林兆珂《楚辭述注》、蔣之翹《七十二家批評楚辭集注》；

四、 美術類：陳洪綬《繡像楚辭》；

五、 紹騷類：黃道周《續離騷》。

進而言之，《續四庫總目》所論亦較為中肯。如其論林兆珂《楚辭述註》：「其訓詁字義，悉有依據，其就諸本字句異同，參互考証，訂譌補遺，亦頗嚴謹，是則終異於同時諸人之穿鑿附會、恣情竄亂古書也。」❸ 論陸時雍《七十二家評註楚辭》：「考其所疏，推尋文義，頗能求騷人言外之義，與拘言涉理路者，固自有殊。」❹ 可見頗能掌握各書之長。對於某些名家之作的闕失，《續四庫總目》亦不諱言。如其論王夫之《楚辭通釋》：「謂〈遠遊〉一篇，極玄言之旨，後世魏伯陽、葛長庚、張平叔皆仿彼立言，非有所創，故取後世言玄者鉛汞龍虎煉己鑄劍三花五炁之說，以詮釋之。不知學術各有源流，非惟屈子之作，與道家殊塗，即道家之說，亦不能概以一軌。乃強為比附，未免附會學術之嫌。」❺ 所言至碻不易。不過，由於《續四庫總目》撰寫之時兵燹相尋、社會動盪，兼以典籍浩繁待理、資料零亂難檢，故提要內容或有疏略，在所難免。筆者泛覽《續四庫總目》中明代楚辭學著作提要，草成此文，非敢唐突先賢，於未盡之意略為補綴而已。

---

❸ 中國科學院圖書館整理：《續修四庫全書總目提要(稿本)》(濟南，齊魯書社，1996 年初版)冊 19，頁 485。

❹ 同註❸，頁 482。

❺ 同註❸，頁 689 至 690。

一 · 《楚辭》二卷
萬曆庚申（泰昌元年）烏程閔氏朱墨本
閔齊伋撰

【提要】《楚辭》二卷　萬曆庚申（泰昌元年）烏程閔氏朱墨本

　　【按】丁仁《八千卷樓書目》著錄《評點楚詞》二卷，閔齊
伋撰。❻　姜亮夫《楚辭書目五種》（下稱「姜目」）「楚辭十六
卷」條下版本部分，有萬曆四十八年閔齊伋二色、三色套印二卷
本。❼　由此可知，丁、姜所著錄者皆此書，且閔氏初刊即有二
色、三色套印本兩種。

【提要】編末是署皇明萬曆庚申烏程閔齊伋遇五父校。按萬曆無庚
申。此庚申當為明光宗泰昌元年。考《明史》神宗以庚申七月崩，
帝光宗立，改元泰昌，則是編之刻，當在庚申七月之前，故仍以萬
曆紀元焉。❽

　　【按】謂此書刻於庚申七月之前，所言良是。然以萬曆無庚
申、此庚申為泰昌元年，則略有舛誤。據《明史》所言，神宗於是
年七月駕崩後，光宗即位，詔改明年為泰昌元年。九月乙亥，光宗
崩。庚辰，熹宗即位，以明年為天啟元年，以是年八月以後稱泰昌

---

❻　見丁仁：《八千卷樓書目》(錢塘丁氏民國十二年(1923)聚珍仿宋版印)卷十
　　五，頁 1b。
❼　姜亮夫編：《楚辭書目五種》(上海：上海古籍出版社，1993 年版)，頁 5。
❽　同註❸，冊 19，頁 480。

元年，八月以前稱萬曆四十八年。❾ 故閔書所題「萬曆庚申」，乃萬曆四十八年八月前也。

【提要】惟詳其所注，均以紫陽《集[注]》為本，無所考証發明。又其於諸本字句異同，亦皆參互考訂，分注各字之旁，惜不標出處，未足依據。至其評語，則類多推敲文義，尋求語脈，分別標之書眉，又每篇各為總評，列之篇末，大致拘文牽義，鉤剔字句，罕有新意。❿

【按】姜目謂此書有旁註，「凡大義用朱刊，音切用墨，眉語皆朱印，多言意旨」，⓫ 似非可用「罕有新意」四字蔽之。

二·《楚辭句解評林》十七卷〈附錄〉一卷 萬曆十五年丁亥刊本　馮紹祖撰

【提要】《楚辭句解評林》……前有萬曆丁亥紹祖自序，知其書寔成於萬曆十五年丁亥。

【按】此書臺北藝文印書館有影印馮紹祖萬曆十四年丙戌刊本，首黃汝亨〈楚辭序〉，次馮紹祖〈校楚辭章句後序〉，次馮氏〈觀妙齋重校楚辭章句議例〉，各卷卷端及版心僅作「楚辭第 X」，未有作「楚辭句解評林」字樣處。嚴靈峰跋此本云：「此書

---

❾ [清]張廷玉主編：《明史》(北京：中華書局，1997 年版)，頁 297。

❿ 同註❸，冊 19，頁 480。

⓫ 同註❼，頁 5。

尙有明刊本改題：『楚辭章句評林』。」⑫ 崔富章《楚辭書目五
種續編》（下稱「崔目」）著錄萬曆十五年丁亥本，稱爲「改刻
本」，且謂卷端、版心題「楚辭句解評林」，⑬ 則《續四庫總
目》所據當爲此本。嚴氏所言「楚辭章句評林」，當爲「楚辭句解
評林」之訛。觀藝文影印本，馮氏〈自序〉題於丙戌，蓋此書初刊
於萬曆十四年丙戌，至次年重印時，遂將〈自序〉所題「丙戌」之
年份挖改爲「丁亥」。此書成於萬曆十四年，而非十五年，明矣。

【提要】紹祖字繩武，武林人，始末未詳。

　　【按】馮紹祖其人生平待考。而〈觀妙齋重校楚辭章句議
例〉云：「先王父小海公間有手澤，隨列之。」⑭ 考《浙江通
志・藝文》著錄《小海存稿》八卷，小註云：「《海寧縣志》：馮
覲著，字晉叔。」⑮ 同書又云：「馮覲，海寧人，甲辰進士。」
⑯ 可知小海乃馮覲之別號。馮紹祖書中，馮覲之批語時見，此即
隨列的「小海公手澤」。而馮紹祖則爲馮覲之孫。又藝文本各卷卷
首題爲「明後學武林馮紹祖繩武父校正」，而其〈校楚辭章句後

⑫ 嚴靈峰：〈跋〉，載[漢]王逸：《楚辭章句》(臺北：藝文印書館影印明馮紹祖
　萬曆丙戌(1586)刊本，1974 年再版)。

⑬ 崔富章編：《楚辭書目五種續編》(上海：上海古籍出版社，1993 年版)，頁
　5。

⑭ [明]馮紹祖：〈觀妙齋重校楚辭章句議例〉，同註12，頁13。

⑮ [清]沈翼機等纂、稽曾筠等修：《敕修浙江通志》(臺北：商務印書館影印文淵
　閣四庫全書，1983 年初版)卷二百五十，頁 22a。

⑯ 同註⑮，卷一百三十八，頁 9a。

序〉則署為「鹽官馮紹祖繩武父」。❶ 鹽官乃馮氏祖籍,在杭州府海寧縣。故馮紹祖自題「鹽官」係就縣而言,「武林」則就府而言。

【提要】全書都凡十有七卷,以《史記·屈原列傳》、〈各家楚辭書目〉及〈楚辭章句總評〉列冠篇首,為附錄一卷……其注分上下二格,下格全錄王氏《章句》,惟間以己意,別加旁注。又於每篇之末,備錄各家評論。至於上格,則雜採洪慶善、朱晦菴諸家注解,及鍾榮[嶸]、劉勰、王世貞、張之象諸家評語,分別條錄之,而附以「楚辭音釋」。❶

　　【按】藝文影印本,《史記·屈原列傳》、〈各家楚辭書目〉及〈楚辭章句總評〉雖為附錄一卷,然皆列於書末;諸家注解、評語及音釋條列眉間,並無格線。由此可見丙戌、丁亥二本之差異。

三·《七十二家評楚辭》十九卷《附錄》一卷《讀楚辭語》一卷康熙四十四年乙酉有文堂重刊本陸時雍撰

【提要】《七十二家評楚辭》十九卷《附錄》一卷《讀楚辭語》一卷

---

❶ [明]馮紹祖:〈校楚辭章句後序〉,同註⓬,頁10。
❶ 同註❸,冊19,頁481。

【按】陸時雍此書，原名《楚辭疏》或《楚辭新疏》，天啓間緝柳齋原刻。姜目謂《八千卷樓書目》題此書爲「七十二家評註」，蓋誤。❶ 由此可知，《總目》亦作此題，當非《八千卷樓書目》一時之訛。崔目著錄福建師範大學藏緝柳齋原刻天章閣重印本及內蒙古師院藏緝柳齋原刻康熙四十四年有文堂重印本，皆作「七十二家評註楚辭」。崔氏謂扉頁乃書坊所增，❷ 所言極是。

四・《離騷經纂註》一卷
興讓堂刊本　劉永澄撰

【提要】（劉永澄）官至兵部主事。㉑

【按】考劉永澄六世孫劉穎所作《職方先生年譜》，謂劉永澄登萬曆辛丑（1601）進士第，授順天儒學教授，北方稱爲淮南夫子。遷國子學正。與劉宗周、顧憲成、高攀龍等友善。滿考將遷，以省親歸，杜門讀書。壬子（1612），起職方主事，未上而卒，年三十七。「兵部主事」當爲「職方主事」之誤。

⓮ 同註❼，頁 104。
⓯ 同註⓭，頁 114。
㉑ 同註❸，冊 19，頁 483。

五·《繡像楚辭》五卷
崇禎十一年戊寅刊本　陳洪綬撰

【提要】陳洪綬撰

　　【按】此書原刊於崇禎十一年，上海圖書館有藏，扉頁題「繡像楚辭」，次陳洪綬序，次來欽之（風季）序。來序云：「朱子之《集註》，其補裨於後人者多矣。欽之伏而誦之，間或袞多益寡，此固欽之述註之本意也。」㉒ 可知此書之圖雖為陳洪綬所繪，註則係來欽之所為。此書於《四庫總目》存目類已有著錄，然所言偏重於畫，《續四庫總目》則側重於註焉。姜目著錄此書為「楚辭述註五卷，卷首附陳洪綬《九歌圖》」，㉓ 與《續四庫總目》並不相悖。

【提要】至其書注釋，則自〈離騷〉至〈漁父〉凡二十有五篇，蓋僅注屈原諸賦，而宋玉、景差以下諸篇皆弗與。核其所注，大抵意取折衷，故合叔師《章句》及紫陽《集注》為一編，又或掇拾諸家之說，參以己見，分別列之書媚[眉]，惟其書不以注釋為主，則吾儕亦不必斤斤論其優矣。㉔

　　【按】據來欽之序，此書以朱熹《楚辭集註》「袞多益寡」而已。考其註文，來氏之言大抵不差，而王逸之說幾無所取。姜亮

㉒ [明]來欽之：《楚辭述註》(上海圖書館藏崇禎十一年(1638)刊本) 〈序〉。

㉓ 同註❼，頁76。

㉔ 同註❸，冊19，頁484。

夫批評此書云：「來氏以朱熹《集註》本爲據，以爲詳體乎屈原之
言之志，則朱子所爲予之奪之者，可類推也。故僅取屈原賦二十五
篇。于晦翁之《集註》，稍稍衰多益寡，或加刪節，謂之《述
註》。凡熹所謂〈續離騷〉者以下三卷，及〈後語〉全部，皆刪而
不錄。而又採擇諸家評語，載之眉邊。並輯入陳洪綬屈子像及〈九
歌〉十二圖，以成本書。實無所發明。明人嗜陋好名，來氏此刊，
可爲代表。列來氏子姓之說至四五家，則以屈子書作顯揚宗親之用
矣！」⓺ 又云：「眉語有班孟堅、陳章侯、陶岸生、鍾伯敬。而
錄來氏一門之說最多，有來伯方、來且卿、來與京、來正侯、來子
升、來有虔。」⓼ 此書於上海圖書館藏有兩套，其一即姜氏所據
本。取其二與姜氏所據本相勘，眉批多王予安、來子問、陳眉公、
章有四、胡應麟、張鳳翼、沈括、王弇州、沈素先、陳辟先、王芳
侯、陸時雍、劉辰翁、王儀甫十四家。而《四庫未收書輯刊》第五
輯所影印中國科學院藏《楚辭述註》，亦爲崇禎刊本，版式與上圖
所藏相同，眉批又多孟子塞、祁止祥、王子嶼、王子樹、來石含、
祁匭熊、章羽侯、黃儀甫、來元成、王子宣、祁季超、來式如、朱
士服、王海觀、來元啓十五家。可知此書於崇禎間業已數次重印，
而每次重印時眉語皆有增益。

⓺ 同註⓻，頁 76。
⓼ 同註⓻，頁 77。

六・《楚辭述注》十卷
萬曆三十九年辛亥刊本　林兆珂撰

【提要】所注自〈離騷〉斷至〈大招〉，而以賈長沙以下諸賦，別為一編。❷❼

【按】查《續四庫總目》此語，當出自原書〈凡例・錄篇〉云：「長沙以下，別為一編，非敢有所去取，不以禰潤宗也。」❷❽然觀《楚辭述註》正文共十卷，其目為：〈離騷經〉第一、〈九歌〉第二、〈天問〉第三，〈天問〉第三，〈九章〉第四，〈遠遊〉第五，〈卜居〉第六，〈漁父〉第七，〈九辯〉第八，〈招魂〉第九，〈大招〉第十，並無賈誼以下諸作。知所謂「別為一編」，實即另書出版之意。

七・《離騷經訂註》一卷
萬曆四十一年癸丑刊本　趙南星撰

【提要】（趙南星）觸時忌乞歸，再起為考功員外郎，主京察，要路私人，貶斥殆盡。被嚴旨落職。

【按】考《明史》趙南星本傳，略云其於萬曆二年（1574）中進士後，除汝寧推官，遷戶部主事。張居正寢疾，朝士群禱，南

---

❷❼　同註❸，冊19，頁485。

❷❽　[明]林兆珂：《楚辭述註》(上海：上海古籍出版社《續修四庫全書》影印明刊本)。

星與顧憲成、姜士昌戒弗往。居正歿，調吏部考功，起歷文選員外
郎。疏陳天下四大害，疏出，朝論韙之，以病歸。再起，歷考功郎
中。二十一年（1593）大計京官，與尚書孫鑨秉公澄汰，政府大不
堪，貶三官。俄因李世達等疏救，斥南星爲民。㉙ 可知《續四庫
總目》謂其「再起爲考功員外郎」，「考功員外郎」當作「考功郎
中」；「主京蔡」當爲「主京察」之訛。

【提要】注前冠以《史記·屈原列傳》，大旨本之王逸《楚辭章
句》，而稍加刪改，故以《訂註》名其書。惟核其所釋，雖曰「訂
註」，寔於王氏之說，鮮所更易。㉚

　　　　【按】查趙氏此書除正文及〈屈原列傳〉外，尙有前序及後
跋。此二文於趙氏之楚辭學思想，多有呈現。如毛慶先生論後跋的
內容，認爲以前的學者多只看到屈原所指斥的「群小」惟私利是
圖，結黨排斥屈原。趙南星則看得更深刻，指出六國之君王不過是
臣子取利的工具。楚國之臣利用懷王好欺，把他作爲媚秦的工具，
由此可得終生富貴，也避不能容屈原。表面看君王是主宰，群臣不
過是君王的工具，實質則相反。㉛ 所論甚是。

㉙ 同註➈，頁 6297 至 6298。
㉚ 同註➌，冊19，頁 487。
㉛ 毛慶：〈略論明清之際屈學研究思想之嬗變與發展——兼及對楚辭學史的貢
　　獻〉，《武漢水利電力大學學報(社會科學版)》第 19 卷第 5 期，1999 年 9 月，
　　頁 69。

八·《楚辭評註》十卷
乾隆三十五年致和堂刊本　王萌撰

【提要】清王萌撰、朱軾校注。

　　【按】王萌生平，典籍鮮有記載，近代以來多以其爲清人。《湖北通志·藝文志》著錄「明王萌《楚辭評註》十卷」。❸❷《天門縣志》云：「王萌，字遜直。童年出口成詩，機神天邃，譚元春早識之。事親至性，不隨年疏。檢束笑言，不使志放諧俗而自矩。不求名而讀書，終其身貧窶，著身皆韻也。」❸❸ 考譚元春卒於崇禎十年（1637），則王萌生於明季無疑。《湖北通志》題曰「明王萌」，蓋王萌聲蹟於明社未屋前已聞於鄉里，後人尚知點滴，遂冠之於明代。進而言之，王萌註《騷》多感性評點，蓋受譚元春影響，與竟陵派頗有淵源。而《天門縣志》又謂其入清後不求仕進，終身貧窶；《楚辭評註·自序》題於「疆[彊]圉大荒落」，卻無清朝年號。綜合幾種資料，可推知王萌於明末當已成年，入清後以遺民自居，故不奉新朝之正朔。由此觀之，似從《湖北通志》，以其爲明人較適宜。查此書所記，僅有朱可亭（軾）評選、校訂，不聞其有校注。且全書十卷，可亭評語止有數條。題爲朱可亭評選、校訂，蓋徒挾其名聲招徠讀者而已。

---

❸❷ [清]楊承禧等纂、張仲炘等修：《湖北通志》(上海：商務印書館據清宣統三年(1911)修、民國十年(1921)增刊本影印，民國二十三年(1934)影印本)，頁3726。

❸❸ [清]胡翼修、章鑣纂：《天門縣志》(民國十一年(1922)天門縣署據乾隆三十年(1765)刻本石印)卷十七，頁7a。

【提要】是編前有王萌自序，題「疆圉大荒落仲冬長至日」，知其書寔成於乾隆二年丁巳。❹

【按】王萌生長於明末，前文已考。若乾隆二年仍在世，則壽介期頤。故王萌題款之「疆圉大荒落」，當爲康熙十六年丁巳（1677）。饒宗頤《楚辭書錄》著錄此書，所列版本有「康熙刊本」，亦可證初版不可能遲至乾隆初年。

九·《楚辭》十七卷
萬曆二十八年庚子吳興凌氏朱墨本
陳深批點

【提要】深始末未詳……書中所引諸家評語，其時代最晚者如張之象、馮覲等，多嘉、隆間人，則陳氏之時代，當亦在隆慶、萬曆間。❺

【按】《湖州府志》有陳深本傳，其言曰：「陳深，字霖孫，號九華，長興人。嘉靖二十八年舉人。初任雷州推官。隆慶五年知歸州，剸煩理劇，遊刃有餘。定條鞭而逋逃樂生，清民屯而豪強斂跡。譙樓館宇，整治一新，而民間秋毫無擾。薦調荊門州。」

---

❹ 同註❸，冊19，頁497。

❺ 同註❸，冊19，頁688。

❸❻ 《長興縣志·選舉志》錄嘉靖二十八年之中舉士子有名「陳昌言」而字「霖孫」者，小註云：「更名深。」又云：「按《胡[湖]府志》：是科既載陳深，下注榜名昌言，雷州推官。又載陳昌言，下注知[歸]州。考〈陳深傳〉，初授歸州守，後赴補，以違例降雷州理。本屬一人。《府志》作兩人，誤。」可知其本名昌言，字霖孫。 ❸❼ 姜目謂陳為「嘉靖乙酉進士」，查《明清進士題名碑錄》，無其名。且乙酉乃嘉靖二年，遠早於嘉靖二十八年。蓋「乙酉進士」係「己酉舉人」之誤。其卒年蓋在萬曆間。

十·《批評楚辭集注》八卷
明聽雨齋朱墨本

【提要】明聽雨齋朱墨本……惟於序目及每卷之末題「聽雨齋開雕」五字。

【按】崔目著錄此書，稱杭州大學藏有清康熙聽雨齋重刊套印本。套印本即《續四庫總目》所云「朱墨本」。崔目又謂卷末皆有「聽雨齋開雕」一行，則杭大本與《續四庫總目》所見當同為一本。崔目且曰：「考聽雨齋為清初秀水曹溶室名，書中『玄』、『鉉』、『眩』、『絃』皆缺筆，『禎』、『歷』不缺筆，當刻于

---

❸❻ [清]宗源瀚等修、周學濬等纂：《湖州府志》(臺北：成文出版社據同治十三年(1874)刊本影印，1970年初版)，頁1365。

❸❼ [清]趙定邦、丁汝書纂：《長興縣志》(臺北：成文出版社據清同治十三年(1874)修，光緒十八年(1892)增補刊本，1982年初版)，頁1642至1643。

康熙間。」❸ 則《續四庫總目》謂此本為明刊，似有訛誤。

【提要】不著纂輯者姓氏。❸

【按】崔目著錄明崇禎十年吳郡八詠樓刊《楚辭評林》八卷
〈總評〉一卷，前有沈雲翔（金蟠）自序。此即坊間所謂《八十四
家評楚辭》也。崔目於此版下又著錄清康熙聽雨齋重刊套印本，前
文已有言及。觀此聽雨齋本既無沈雲翔自序，又無纂輯者姓氏，蓋
刻意刪改之故。然聽雨齋本正文內容同於八詠樓本，其原編者乃明
末沈雲翔，庶無疑問。此書於《四庫總目》已有著錄，《續四庫總
目》所據為不著撰者之重刊本，遂以為二書，誠有疏失，然觀其所
論，則視《四庫總目》為持平矣。

十一·《七十二家批評楚辭集注》八卷
天啓六年丙寅忠雅堂刊本　蔣之翹撰

【提要】其徵引各書，如桑民懌、焦弱侯諸家之作，流傳頗罕，則
其纂輯之功，尤不可沒矣。❹

【按】誠如《續四庫總目》所言，此書「書眉徵引所及，自
司馬子長至晚明諸子，凡七十有二家，搜採頗稱詳備」。然據蔣之
〈自序〉，僅提及兩種罕見之楚辭學著作：「參古今名家評，暨家

---

❸ 同註❸，頁 64。
❸ 同註❸，冊19，頁 688。
❹ 同註❸，冊19，頁 696。

傳李長吉、桑民懌未刻本，裁以臆說，謀諸剞劂氏。」❹ 李長吉
乃唐人李賀，而桑民懌即成化、弘治間的桑悅。筆者曾有專文論桑
悅之書，謂其乃桑氏以任長沙通判時的讀《騷》筆記爲基礎，增補
而成。此書從未刊行，蔣之翹去世後隨即亡佚。❷ 然蔣書輯錄的
焦竑（弱侯）評語，並無證據支持其曾獨立成書。考蔣書共收錄焦
竑評語十三條，如評〈湘夫人〉「蓀壁兮紫壇」章：「藻麗如天孫
雲錦。」❸ 評〈天問〉「夜光何德」章：「語極翩逸有致。」❹
大率爲一時意到之評點，不似立言之書的內容，亦不見於焦竑現存
之著作。考焦竑乃萬曆十七年（1589）狀元，並無評點著作傳世。
然當時坊間編書，往往託於其名下（如《二十九子品彙釋評》題爲
焦氏所編，《四庫全書總目》已辨其僞）。蔣之翹聲聞士林，固然
不屑作僞；但若這些評語本係他書僞託，蔣氏不察而轉錄，則未必
無可能焉。

結　語

　　據上文所言，《續四庫總目》中明代楚辭學著作提要之未盡

---

❹ [明]蔣之翹：《七十二家評楚辭》(北京中國科學院藏忠雅堂天啟六年(1626)刊
　　本)〈自序〉。
❷ 見陳煒舜：〈桑悅及其《楚辭評》考論〉，《清華學報》新 36 卷第 1 期，頁
　　237 至 272。
❸ [明]蔣之翹：《七十二家評楚辭》(上海圖書館藏天啟五年(1625)忠雅堂刊本)卷
　　二，頁 6b。
❹ 同註❸，卷三，頁 4a。

善處主要可分爲八點：㈠書名失考，如以《七十二家評楚辭》乃陸時雍書原名，不知其本名爲《楚辭疏》。㈡作者失考，如不知《批評楚辭隼計》即沈雲翔《八十四家評楚辭》；仍以《繡像楚辭》後所附《楚辭述註》爲陳洪綬所爲，不知作者乃來欽之。㈢作者生平失考，如陳深本傳見於《湖州府志》及《長興縣志》，而《續四庫總目》不審。㈣版本年代考核未確，如以萬曆十五年爲馮紹祖《楚辭章句》初刊之年，以王萌《楚辭評註》初刊於乾隆二年。㈤書籍內容失察，如論趙南星《離騷經訂註》僅及於註文，於前序、後跋毫無論述。㈥誤解史料，如以萬曆無庚申年。㈦徵引訛誤，如以朱軾爲《楚辭評註》校註者，然其書原作「校訂」而已。㈧敍述未清，如引林兆珂《楚辭述註·凡例》之語，謂此書「長沙以下，別爲一編」，令讀者誤以爲賈誼等人之作亦見收於此書。此外，明代楚辭學著作如張鳳翼《楚辭合纂》、張京元《刪註楚辭》、賀貽孫《騷筏》、李陳玉《楚詞箋註》、周拱辰《離騷草木史》等，皆不見於《續四庫總目》，蓋當時蒐羅未盡之故。然整體觀之，《續四庫總目》與《四庫總目》相比，於明代楚辭學著作搜羅之功不可沒，且持論更爲中肯。卷帙浩博，世逢明夷，故白璧微瑕，亦在情理之中。今此套宏著於沉寂四紀後得以重梓，霑漑學林，厥功之鉅，實難估量矣。

香港楚辭學著作舉隅

前　言

2003 年春，在香港中文大學創校四十週年慶典講座中，饒宗頤教授以校徽的圖案——鳳凰為討論對象，將《詩·商頌·玄鳥》的「天命玄鳥，降而生商」與〈離騷〉「鳳凰既受詒兮，恐高辛之先我」相對應，指出玄鳥就是鳳凰。獨到的慧眼，除相待於深厚的學殖外，自也有賴對新觀念認知、對新出土材料的掌握。而二十五年前，正是這位學者提出要建立楚辭學：

> 中國文學重要總集，如《詩經》與《文選》，都已有人著書成為專門之學，像《詩經》學、《文選》學之類，《楚辭》尚屬闕如。本人認為今日治學方法的進步，如果配合新材料和新觀念，《楚辭》的研究，比較《詩經》更有它的重要性。由於研究領域的開拓，「楚辭學」的建立，成為一種獨

立的學問，是極其重要而有意義的。❶

儘管《楚辭》的研究早自兩漢已經開展了，但當代學術史上提出
「楚辭學」之概念的，饒氏可謂一馬當先。總結現代學者的意見，
❷ 楚辭學的內容可以歸為以下幾方面：

一、 《楚辭》作者生平、思想研究；
二、 《楚辭》作品的詮釋與研究；
三、 楚辭體（或稱騷體）文學發展狀況的研究；
四、 《楚辭》文化及其影響的研究；
五、 《楚辭》研究史的研究。

清代及以前傳統楚辭學的內容，基本上只限於一、二兩項。而近世
以來，隨著思想觀念的更新，研究者也學習、創造了新的研究方
法，開闢了新的研究範疇。二十世紀的楚辭學研究，在深度、廣
度、高度、頻度上皆超越了前代。

香港地處南海一隅，古稱蠻荒。然自開埠以來，則人文薈
萃，學林彥碩，往往來居；至於路出此地而留下遺澤的，更是不計
其數。早在二十世紀初期，賴際熙太史就榮任香港大學中文系首任

❶ 饒宗頤：〈「楚辭學」建立的意義〉，《澄心論萃》(上海：上海藝文出版
社，1996 年初版)，頁 15 至 16。
❷ 有關楚辭學的定義，參李大明《漢楚辭學史》(成都：電子科技大學出版社，
1994 年初版)、李中華、朱炳祥《楚辭學史》(武漢：武漢出版社，1996 年初版)
及周建忠《楚辭與楚辭學》(長春：吉林人民出版社，2000 年初版)。

系主任。1930 至 1940 年代，時有內地學者至該系訪問講學。1950
年代，錢穆先生在港創辦新亞書院，陳湛銓、梁簡能等教授任教聯
合書院。1963 年香港中文大學成立後，伍俶、曾克耑、黃華表、
周法高、潘重規、饒宗頤、劉殿爵等知名學者皆先後於中文系執掌
教鞭。學術氣氛，於焉稱盛。《楚辭》作為中國文學的重要源頭，
一直得到了香港學者的重視和研究。

一‧香港楚辭學研究概況

　　總而觀之，香港楚辭學的研究成果以單篇論文為多，專書次
之。專書方面，早在抗戰時期，饒宗頤教授避居香港，因與錢穆先
生論辯而完成《楚辭地理考》；1950 年代遷港，又有《楚辭書
錄》之作。二書在楚辭地理學、楚辭目錄學中，皆有首創之功。其
後，黃華表教授任職珠海書院，有《離騷四釋》，於文義之疏通頗
有卓見。佘雪曼教授《離騷正義》、❸ 何敬群教授《楚辭精
注》，亦梓於此時。1960 年代，出現了楚辭學論文的結集，上海
書局《屈原》、文苑書屋《楚辭集釋》等，在當時皆頗具影響。七
十年代以還，楚辭學研究更趨多元化，除梁簡能教授《楚辭九歌注
箋》等仍採取注釋的方式外，又有吳天任教授《楚辭文學的特質》
深入淺出地剖析講解，何廣棪教授《漢賦與楚文學的關係》從文學
史的角度論述《楚辭》的影響，常宗豪教授《楚辭——靈巫與九

---

❸ 按：此書 1955 年梓於香港，然據扉頁所言，係作者 1946 年在四川大學時的講
　義。見佘雪曼：《離騷正義》(香港：雪曼藝文院，1955 年初版)。

歌》酌用了神話學、民俗學、文化學的研究方法，林蓮仙教授《楚
辭音均》乃楚辭音韻學之專著。藍海文以詩人的敏銳、學者的細膩
撰構了《今木楚辭》。吳宏一師的《詩經與楚辭》深入淺出地介紹
了《楚辭》的產生、名義、編集與流傳、屈原及其他作者的生平與
作品；以流暢舂容的文字選譯了〈離騷〉、〈少司命〉、〈天
問〉、〈哀郢〉等篇章；附錄「研究書目」分為「入門書目」、
「基本書目」、「參考書目」三類，誠可謂楚辭學之門津。此外，
據悉黃耀堃教授亦將整理增訂其楚辭課之筆記，予以梓行。除個人
著作和論文集外，又有研究計劃之成果。如在香港中文大學中國文
化研究所的劉殿爵、何志華等教授策劃和主持下，一系列的古籍逐
字索引工具書正陸續面世，《楚辭逐字索引》即為其中的一種。

　　單篇論文方面，有些收進了個人論文集，如錢穆先生《中國
文化綜論》、饒宗頤教授《澄心論萃》、鄭良樹教授《辭賦論
集》、陳炳良教授《神話·禮儀·文學》、黃耀堃教授《語言學論
文集》等；有些載入了大學、院系學報，如《中國文化研究所學
報》、《新亞書院學術年刊》、《崇基學院學報》、《浸會學院學
報》、《珠海學報》等；更多的是研討會上所宣讀者，如二千年
夏，香港中文大學中文系與中國屈原學會、北京大學以及深圳大學
聯合舉辦「屈原學國際研討會」，便得到香港學者們踴躍的支持。
抑有進者，各大專院校的研究生、本科生中，以楚辭為研究對象者
亦不乏人。香港浸會大學中文系本科畢業論文中，更有兩篇以香港
楚辭學研究為主題者——徐詩韻〈五十年代以來香港屈原研究討論
文章之分析〉及陳樂珊〈五十年來香港楚辭研究論文資料分析〉。
再如黃志強的〈王夫之《楚辭通釋》研究〉，即為其在新亞研究所

文學組之碩士學位論文。復以香港中文大學中文系爲例,據不完全統計,1980年代中期以來至2003年爲止,與楚辭學相關的本科畢業論文即有十多篇:

題目	學生	年份
就《楚辭集注》看朱熹對《章句》《補注》之是正	吳麗珍	1986
〈九歌·湘君〉集釋	王詠儀	1987
九歌「綺靡以傷情」探微	蔡靜玲	1989
「無叛棄本旨」與「賦其事」說淺論——王戴兩家九歌說比較	黃美恩	1991
戴震〈九歌注〉「賦其事說」探討	許子濱	1992
論王、朱〈九歌〉注中之「賓主彼我」	董秀生	1993
王夫之「九歌說」試析	張翠茵	1995
〈天問〉中有關鯀、禹治水的傳說	林雪梅	1995
〈離騷〉、〈九歌〉香草美人研究	黃麗賢	1996
〈九歌〉意象闡微	許爲民	1996
敦煌殘卷「楚辭音」研究	黃海卓	2000
論汪瑗《楚辭集解》之「九歌說」	蘇詠嫻	2000
《楚辭釋文》研究	戴慶成	2001
試論李商隱詩與楚辭之關係	程中山	2001
彼堯舜之耿介兮,既遵道而得路——從屈原對堯舜的嚮往論析其政治理想	郭錦茵	2001
錢杲之《離騷集傳》研究	施杏兒	2002

可知歷年以來，楚辭學都是香港專上院校師生的研究重點之一。各篇畢業論文涉及了文學、文獻學、小學、注釋學、神話學、歷史學諸方面的學理；而就楚辭學而論，則覆蓋了詞章、義理、考據、專人、專書、專說、文化、學史等不同的範疇。除卻專文，部分內容牽涉楚辭學的論文更是不勝枚舉，以中文大學中文系哲學碩士論文觀之，如林偉業〈王夫之詩論研究〉、嚴宇樂〈重建詩歌傳統——陸時雍詩論探析〉等，分別對《楚辭通釋》、《楚辭疏》諸楚辭學著作的論述，少則分節，多則專章，亦或散見全篇、隨文討論。

吳淑鈿云自 1950 年代以來，香港的學術人口流動性頗大，尤其是早期，要為作者確認一個香港人的身份是困難的事。又因學術刊物出版園地有限，不少香港學者的研究成果都發表於外地，造成紀錄的隱蔽，要準確統計香港學者的研究資料實不容易。❹ 這番話同樣適用於香港楚辭學研究之上。國際楚辭學界對香港楚辭學研究的整體情況和特色不太了解，很大程度上是因為目前尚無人整理編纂一詳備的「香港楚辭學著述知見錄」。崔富章、潘嘯龍主編《楚辭著作提要》、褚斌杰主編《屈原研究》以及中國屈原學會所編《中國楚辭學》的書末分別附有楚辭學著作及論文目錄，但對於香港地區相關論述的著錄則時有遺漏。筆者叩問《楚辭》日淺，且向以拘守學術畛畦自戒，故雖身居香港，也未甚留心於此。然香港楚辭學之整體研究既已發軔，筆者亦欣欲參與。徐詩韻、陳樂珊之

---

❹ 見吳淑鈿：〈近五十年香港古代文評研究出版資料考察(1950-2000)〉，載復旦大學中國語言文學研究所主編：《古代文論研究的回顧與前瞻——復旦大學2000 年國際學術會議論文集》(上海：復旦大學出版社，2002 年初版)，頁 237 至 238。

研究既以單篇論文之研究爲主，本文則著眼於專書，選取五種具代表性的著作，加以述評，其目爲：黃華表教授《離騷四釋》、饒宗頤教授《楚辭書錄》、林蓮仙教授《楚辭音均》、梁簡能教授《楚辭九歌注箋》、藍海文先生《今本楚辭》，五書在學理、內容、研究方法上各有自身的特色，可謂覆蓋了楚辭學的不同範疇。通過本文的寫作，筆者希望達到兩個目標：一則管中窺豹，與讀者共嚐一臠；二則拋磚引玉，蘄引起賢達深入研究香港楚辭學之興趣。

二・黃華表《離騷四釋》

黃華表教授，字仲光，又字二明，廣西藤縣人，1897 年生。❺ 早年畢業於復旦大學，美國留學歸來後，長期供職於教育界及政界。1950 年代後，先後擔任香港珠海書院文史系及香港中文大學新亞書院中文系主任。後赴臺灣，任中國文化學院華岡教授。1977 年逝世。《離騷四釋》即作者在香港所開楚辭課的講義。王恢（字子廓）〈校印後記〉云：「這部《離騷四釋》，是民國四十二年黃先生囑我抄寫的兩部之一。」❻ 則成書時代更早於 1953 年。作者自撰〈壁山閣著作目錄〉著錄此書，解題曰：

> 《離騷四釋》　約四萬字，曾寫發學生，但未刊　此 書 為

---

❺ 按：《楚辭著作提要》作 1925 年，蓋將「民前十四年」誤作「民國十四年」之故。

❻ 見王恢：〈校印後記〉，載黃華表：《楚辭四釋》(臺灣：學生書局影印鈔本，1979 年初版)，頁 281。

在珠海書院教授《離騷》時之講義。近人教授《離騷》，雖
尊之，而實多臆說也。見《山帶閣》者寡矣，何論王、洪、
朱子之書乎？本編分釋文、釋詞、釋韻、釋義四目，故謂之
四釋。釋文以王逸、洪興祖為主；釋詞以朱子《集注》為
主；釋韻以龍啟瑞《古韻通說》為主，陳第、段玉裁、錢大
昕諸人為輔；釋義以王逸、洪興祖為主，鄙見亦時時附焉。
❼

由此可知「四釋」之義。此書由臺灣學生書局據王恢鈔本影印出
版，首正文；次附錄一，收〈史記屈原列傳〉、〈班固離騷贊
序〉、〈王逸楚辭章句敘〉、〈王逸離騷經章句敘〉、〈劉勰辨
騷〉、〈洪興祖論離騷〉、〈朱熹楚辭集注離騷經序〉、〈朱熹楚
辭集注序〉八文；次附錄二收論文〈關於「屈原離騷」的幾個問
題〉一篇；次王恢〈校印後記〉，紀錄鈔書、印書經過；次〈壁山
閣著作目錄〉。

　郭杰論此書云：「就其體例而言，條分縷析，令人有別開生
面之感。」❽ 又云：「總體來說，本書之『四釋』，以『釋義』
部分最有價值……『釋義』在引述古來權威諸說之後，多能提出一
得之見，有時甚至展開全面深入的論述，尤其注意結合〈離騷〉前
後文義，相互照應，體會較為深刻，見解雖不新奇，卻很厚實，至

---

❼ 黃華表：〈壁山閣著作目錄〉，同註❻，頁 292。
❽ 潘嘯龍、毛慶主編：《楚辭著作提要》(武漢：湖北教育出版社，2003 年初
　版)，頁 393。

今仍不乏借鑒啓發意義。」❾ 所言非虛。作者講授《楚辭》、
《史記》、韓文、詩古文辭等，要多以傳統文章家之方法切入，故
《離騷四釋》的「釋義」最見功力，良有以也。在這部分，作者或
提出論證、或分析文理，頗有所得。如關於〈離騷〉的創作年代，
作者認爲是在屈原遭襄王流放江南之後，於是在「謇吾法夫前修」
四句後有詳盡的討論：綜合此段，大抵可以歸結三點：

> 一、 懷王之時，屈原仍在楚廷，行動自由，當時的環境不
> 　　　可能令他萌生沉水之心。
>
> 二、 比對〈離騷〉和〈漁父〉的文字，頗有相類之處，可
> 　　　見二者的創作年代比較接近，所呈現屈原的心情面貌
> 　　　也很一致。
>
> 三、 〈離騷〉只述及懷王時事，但這並不代表此文即作於
> 　　　懷王時。❿

---

❾ 同註❽，頁 397。

❿ 黃華表云：按合乎古則，不能合乎今。原之意已決矣。依彭咸之遺則，伏後
「從彭咸之所居」句。洪興祖以此語指原在懷王時已決自沉之志，恐非情理。
蓋屈原雖嘗見疏於懷王，但不復在左徒之位耳。使齊國，重任也，故能諫懷王
何不殺張儀，而懷王亦聽而悔之。又秦昭約與懷王會，原復諫之。懷王雖聽子
蘭，卒入武關，竟死於秦，而原此時尚參與密勿，何得早萌自沉之志？故曰其
非情理也。竊按本篇前後文義，曰「長顑頷亦何傷」，曰「老冉冉其將至」，
其時其情，實與作〈漁父〉時相類。〈漁父〉篇云「寧赴湘流，葬於江魚之腹
中」，與將「從彭咸之所居」正同。蓋此時懷王既死，襄王在位，子蘭弄權，
原已無復立朝之望。又年已老，不忍宗國淪亡，寧一死以見志，正比干諫而死
之義。故原之自沉，謂爲熟計則可，謂早決於懷王之世，則不可也。竊意本文

所謂「王叔師之注亦常有涉及襄王時」，作者在其他章節中尚有補充。如「攬茹蕙以掩涕」二句，作者櫽括《章句》云：「言己自傷放於艸澤，心悲泣下，霑濡我衣，浪浪而流，猶自引取柔愞香艸，以自掩拭，不以悲放失仁義之則也。」又按道：「叔師此注，自傷放於艸澤云云，是亦認〈離騷〉作於襄王放逐之後矣。」⓫ 至此可知，作者論斷的方法，主要在於時代背景的分析、文辭的穎悟、以及對舊注的細心爬梳。

在論證的過程中，作者也會參照其他古籍、其他論說，以作出斷語。如「惟夫黨人之偷樂」一章，按道：「言己之所以急於求進，不避禍殃者，爲君國耳。太史公所謂『存君興國，而欲反覆之，一篇之中，三致意焉』者，是也。四句證今。」⓬ 從《史記》之陳述來佐證〈離騷〉原文。又如「昔三后之純粹」一句，戴震《屈原賦注》中，謂「三后」爲楚之先王熊繹、若敖、蚡冒。此說出自汪瑗《楚辭集解》。「釋義」按云：「戴說甚新，但恐非屈意。」⓭ 雖未作進一步的分析，但觀其解後文「彼堯舜之耿介」

歷數懷王之事，乃屈子追述其生平，如今人之自傳。本篇之作，固已有死志，但不能以述及懷王之事，即謂其作於懷王之時也。吾鄉謝梅莊(濟世)先生《離騷解》已疑之。梅莊之前，吾家少[維]章(文煥)先生《楚辭聽直》亦疑之，林雲銘(西仲)《楚辭燈》亦疑之。即王叔師之注、洪興祖之補，句裡行間，亦常有涉及襄王時者，特以史遷之說，橫亙在胸，不敢復問，遂至文離曲說，如洪氏之前說耳。(同註❻，頁45至48。)

⓫ 同註❻，頁113至114。

⓬ 同註❻，頁21。

⓭ 同註❻，頁17至18。

章曰：「此章與前章，剖析治亂，何其甚明。」⓮ 可知其論斷是根據前後文而推出的。

　　對於章法的解析、微言的闡發、屈原心理的揣摩，是《離騷四釋》的長處。如「惟草木之零落」一章，按云：「原未仕之前，蓋已見懷王之失德矣。故一方恐己之不得用，一方亦恐君之遂老，不能用賢以致治也。」⓯ 這兩句一般都解作屈原對己身「老冉冉其將至」的感慨，而作者則認為是對楚王荒湎日夜的擔憂，於意亦通，且更見人臣眷眷無窮之情。「汨余若將不及」一章，按云：「前二句言求用之意，後二句言潛龍之意。」⓰ 所謂「潛龍」，即《周易》乾卦初九爻辭戒急自修之義。既欲求用，又需戒急，這種徘徊的心情，是很符合屈原個性的。「前望舒使先驅」一章，按云：「以下三章，每章皆正反其辭。正者，原之所以求見乎君也。反者，君之左右所以蔽原使不得見乎君也……皆承上『欲少留此靈瑣』及『將上下求索』而言，皆冀君王庶幾復我也。」⓱ 作者結合這三章，發現每章皆前振而後抑，如「雷師告余以未具」、「飄風屯其相離」、「倚閶闔而望予」三句，無不令前文氣沮。可知屈原未得覲見上帝，不待司閽阻撓，前雷師、飄風已有徵兆矣。此論體現了作者文章家的敏銳觸覺。此外，作者也以詩證詩，幫助讀者理解文義。如論「哀民生之多艱」一章道：「傷因己之廢，民生遂疾苦而無告也。杜工部〈奉先詠懷〉云：『默思失業徒，因念遠戍

⓮ 同註⓺，頁 20。

⓯ 同註⓺，頁 15。

⓰ 同註⓺，頁 13。

⓱ 同註⓺，頁 130 至 131。

卒。憂端齊終南，澒洞不可掇。』與屈子先後一轍，均希稷契人語
也。」⑱ 「哀民生之多艱」一句，文義淺顯，無須再求深解。而
作者則結合文理及屈原生平，認爲民生所以多艱，正是因爲自己不
能見用之故；這種悲天憫人的承擔感，和杜甫遙相呼應。

　　至於「釋韻」部分，郭杰認爲「多引《古韻通說》，亦無甚
創見」。⑲ 實際上，此部分雖以龍啟瑞說爲主，陳第、段玉裁、
錢大昕諸人爲輔，但作者之個人觀點，也可覽知。如「求矩矱之所
同」與「摯咎繇而能調」二句同在一章，而唐宋以後不能押韻，朱
熹亦以未詳備考。《四釋》則在此處眉注道：

> 　　按《韓非子·揚搉篇》：「君操其名，臣放其形。形名參
> 　　同，上下和調。」亦以「同」「調」爲韻。屈韓約略同時，
> 　　豈爲學舌之誤？又豈得屈韓並誤？又屈韓異域，又不得謂之
> 　　方言，甚顯然矣。⑳

短短數語，雖未由古音變化、韻部分合等方面來論說，卻從《韓非
子》中找到了戰國後期「同」「調」二字押韻的佐證。作者又根據
屈、韓籍貫之不同，進一步指出：對於《楚辭》中不太押韻的字，
不能一概簡單地歸爲方言的原因。此真可謂卓識。

　　〈附錄二〉所收〈關於「屈原離騷」的幾個問題〉一文，對

---

⑱ 同註❻，頁 51。
⑲ 同註❽，頁 397。
⑳ 同註❻，頁 192。

「屈原否定論」作出了周詳的批駁。在批判此論的學者當中，黃氏是較早的一位。郭杰在《離騷四釋》的解題中詳細述評了此文內容，甚為中肯，這裡無須復贅。現謹將其內容大意撮為數端：

一、「屈原是否存在」的懷疑最早由廖平和胡適提出。

二、廖氏並不講究客觀的考證法，疑古多出於主觀。

三、胡適之「五大可疑」全就〈屈原列傳〉而發；然而屈原的存在與否根本在於他那二十五篇作品，即使完全沒有司馬遷這一篇文字，屈原還是一樣存在的。

四、楚國文化水準高，故能產生老莊這樣與中原的孔孟相埒的人。因此，屈原事蹟的播傳，絕不會像洪荒之世只賴口傳那樣不足據信。

五、西漢之世，賈誼、淮南王及其幕僚、東方朔、嚴忌、王褒、劉向、揚雄都受過屈原的影響。他們都是傑出的學者，不可能盲目崇拜「並無其人」的屈原。

郭杰認為此文顯示出作者銳敏的學術眼光和超遠的見識，論證充分，材料翔實，有著嚴密的邏輯和令人信服的力量。又說：「由於此書出版於臺灣，又主要是手鈔體影印成書，故大陸一般學者多未接觸到它，在後來關於『屈原是否存在』的論爭中，似也未見有人引述及此，不能不讓人感到遺憾。」[21]

郭氏以為《離騷四釋》之精采之處在於正文的「釋義」部分

---

[21] 同註[8]，頁395。

和〈附錄二〉的〈關於「屈原離騷」的幾個問題〉。本文則以爲除
此之外,「釋韻」部分亦時有創見,非僅移字過紙而已。郭氏還論
道:〈附錄一〉的材料皆爲歷來研究楚辭的經典之作,但較爲常
見,匯集起來似不費力,當然也省卻一些普通讀者的翻檢之勞。❷
以今日學術環境來看,郭氏所論,實爲不虛。然反觀 1950 年代的
香港,甫歷戰亂,物資匱乏。所謂「見《山帶閣》者寡矣,何論
王、洪、朱子之書乎」,可見當時書籍之難得。替學生將前人研究
資料匯集一處,也有不得已的苦衷。郭氏謂「釋文」不過引述王
逸、洪興祖舊說;「釋詞」則引朱熹「此章比也」、「此章賦
也」,並無實際意義。❷ 筆者贊同黃氏在這兩部分的新見不多。
但一切學術內涵都是累積而來的,此書既爲大學本科課程的基礎教
材,自須以踏實慎重的態度紹述前人的觀點,而不同於專門研究著
作那「大膽假設、小心求證」的風格。即便如此,郭氏謂此書「體
會較爲深刻,見解雖不新奇,卻很厚實」,仍可作爲定案。

三 · 饒宗頤《楚辭書錄》

饒宗頤教授,字伯濂,號固庵,又號選堂,廣東潮安人,
1917 年生。現爲香港大學中文系榮譽講座教授、香港中文大學榮
休講座教授。饒氏構寫《楚辭地理考》時,只是「避居」香港;而
編纂《楚辭書錄》時,則已因大陸易幟而遷港。此書首刊於 1956

---

❷ 同註❽,頁 394。
❷ 同註❽,頁 396 至 397。

年，雖為文獻學著作，卻也寄寓了故國之思。❷❹ 〈自序〉言及緣
起道：

> 今觀〈離騷〉，每擲經語：如奔走先後，明出於《詩》；謇
> 謇為患，則本諸《易》……其言曰：「耿吾既得此中正」，
> 又曰：「所非忠而言之兮，指蒼天以為正」。此其深契於
> 《易》中正之義，從容中道，信道篤而自知明，固昭昭可睹
> 也……予悲屈子內美合於《易》《庸》中正之義，猶暗晦不
> 見白於後世也，故因是書而發之。❷❺

作者自幼愛《騷》，目屈原為大儒；故此書之編纂，亦有「昭先賢
之心」的動機。

　　張君炎《中國文學文獻學》云：有關《楚辭》的目錄比較
多，較早的有明代蔣之翹的《楚辭總目》和《楚辭目錄》，晚清端
木采[埰]的《藏楚辭目》。現代有胡光煒的《楚辭學考》、劉紀澤
的《楚辭書錄》、張冠英的《楚辭書目》（中大圖書館周刊，1929
年）、和臨軒的《楚辭著述考》（《進德月刊》，1937 年）等。
1949 年以後，則有姜亮夫《楚辭書目五種》（1961）、北京圖書
館《偉大的愛國詩人屈原・楚辭書目略》（1953）、南京圖書館
《屈原作品及其參考資料簡目》（1954）、上海市人民圖書館《楚

---

❷❹ 見曾克耑：〈楚辭書錄序〉，饒宗頤：《楚辭書錄》(香港：蘇記書莊，1956
　　年初版)，頁2。
❷❺ 饒宗頤：〈楚辭書錄自序〉，同註❷❹，頁1至2。

辭——概說與讀物要目》（1957）、上海市合眾圖書館《屈原作品展覽目錄》（1950 年代前期）、首都圖書館《館藏屈原作品及其有關論述》（1953）、饒宗頤《楚辭書錄》等。❷ 這些書目除《楚辭——概說與讀物要目》及《楚辭書目五種》外，餘者出版年代皆早於饒書。劉向《別錄》於每書皆詳列篇章之目，此雖良識美意，然後世目錄家限於篇幅及聞見，往往難以遵此遺則。❷ 各種楚辭書目大率皆條列著作名稱、卷數、作者、版本而已。相比之下，《楚辭書錄》（及稍後的《楚辭書目五種》）之體例則頗稱完備，故毛慶稱此書有「首創之功」。❷

全書首曾克耑先生序，次自序，次圖版二十五幅，次正文。正文分爲書錄、別錄、外編三部。〈書錄〉之結構如下：

---

❷ 張君炎：《中國文學文獻學》(南昌：江西人民出版社，1986 年初版)，頁 228 至 230。按：早於蔣之翹者，尚有明代馮紹祖萬曆刊本《楚辭章句》所附〈各家楚詞書目〉，共收楚辭著作九種。除《集註》下附朱熹〈目錄序〉，其餘八種則分別附有晁公武《郡齋讀書志》、陳振孫《直齋書錄解題》之解題。所錄雖不完備，然亦楚辭書目編纂之濫觴。

❷ 余嘉錫綜合《隋書·經籍志》、毌煚、朱彝尊、《四庫總目》、孫詒讓及王先謙之說，指出書錄之功用有六：一、述作者之意，論其指歸，辨其訛謬；二、覽錄而知旨，觀目而悉詞；三、一書大義，爲舉其綱，書有亡失，覽其目錄，猶可想見本末；四、品題得失，藉以求古書之崖略。辨今書之真僞，並核其異同；五、擇撢群藝，研核臧否，爲校讎之總匯，考鏡之淵概；六、闡明指要，資學者博識。見余嘉錫：《目錄學發微》，《余嘉錫說文獻學》(上海：上海古籍出版社，2001 年初版)，頁 10。

❷ 同註❽，頁 311。

· 294 ·

書錄	知見楚辭書目第一	1）輯注本
		2）古寫本
		3）正文本
		4）篆文本
		5）日本人著述
	元以前楚辭佚籍第二	
	擬騷第三	
	圖譜第四	
	譯本第五	

就「知見書目第一」而論，歸納其特點，蓋有以下九端：

一、備舊說。如《楚辭章句》下，錄有晁公武《郡齋讀書志》提要、《四庫總目》以及姚振宗《隋書經籍志考證》提要；❷⁹《楚辭集注》下錄有《四庫總目》關於此書體例的論述，陳振孫《直齋書錄解題》對〈天問〉與《山海經》、《淮南子》之淵源的意見，以及周密《齊東野語》對朱熹注《騷》本事的記載。❸⁰ 這些資料能協助讀者盡快掌握該書的內容及研究情況。

二、撮旨意。賀貽孫《騷筏》下，論云：「貽孫以文人習氣說《騷》，有時亦可得言外意。惟以不求甚解爲不落學究氣，則淺薄不學者，多藉口矣。」❸¹ 論沈雲翔《楚辭集注評林》，則謂

---

❷⁹ 同註❷⁴，頁 1 至 2。

❸⁰ 同註❷⁴，頁 7。

❸¹ 同註❷⁴，頁 20。

「剽竊蔣之翹本」。❷ 論陳本禮《屈辭精義》曰:「大旨在發明微言大義。」❸ 論屈復《天問校正》曰:「是編隨意移置其前後,謂之錯簡。」❹ 對作者的寫作動機、方法、特色和評價皆一言可蔽。

三、發體例。楊萬里《天問天對解》下,先錄《四庫總目》云:「是書取屈原〈天問〉、柳宗元〈天對〉比附貫綴,各爲之解。」復案道:黃伯思〈新校楚辭序〉云:「〈天問〉之章,辭嚴義密,最爲難誦。柳柳州獨能作〈天對〉以應之,深宏傑異,析理精博,近世文家,亦難遽曉。故分章辨事,以所對別附於問,庶幾覽者瑩然。」誠齋此編,猶黃氏例也。❸ 可知〈天問〉〈天對〉對照之法,非由楊萬里首創。(如明代陳仁錫、清代王萌注《騷》,實亦循黃氏例。❸)論錢澄之《莊屈合詁》道:「先列朱子《集注》,次列己注。標以『詁曰』二字,實則衍繹朱注之義。」❸ 可見錢詁之方法。又王闓運《楚辭釋》下,錄其自敘謂:「因章句而爲箋,叔師義有隱滯,箋以表明。」復補充道:「亦有不依章句者,如鄭箋與毛異義,是其例也。」❸ 知王闓運注《騷》之例,並未盡言於自敘之中。

---

❷ 同註❷,頁 10。

❸ 同註❷,頁 33。

❹ 同註❷,頁 27。

❸ 同註❷,頁 13。

❸ 見[明]陳仁錫:《古文奇賞初集》(臺南:莊嚴文化事業有限公司據浙江圖書館藏萬曆四十六年(1618)刻本影印,1997 年初版)。

❸ 同註❷,頁 25。

❸ 同註❷,頁 36。

　　四、查亡佚。《書錄》往往根據其他書目的著錄，考核存亡。如錢杲之《離騷集傳》下云：「《宋史・藝文志》、錢曾《讀書敏求記》著錄。」❸ 此外，又參照其他資料以論證之。如夏鼎《楚辭韻寶》，今已不見於世。《書錄》引《湖北通志・藝文志》「參政夏時亨爲其鏤版於蜀」之語，說明此書曾有刊本。❹

　　五、考版本。《書錄》對於一些楚辭著作之版本，收錄頗爲豐富，如王逸《楚辭章句》收錄十三種版本，朱熹《楚辭集註》收錄二十七種版本。現迻抄《楚辭燈》版本的著錄，以見其例：

　康熙三十六年丁丑挹奎樓刊本
　　　嶽雪樓《書目》有校抄本。又通行石印本。
　民國六年北京石印本。改題爲「《楚辭易讀》」
　日本寬政十年戊午（即清嘉慶三年）翻刻本　題尾張秦鼎士鉉校讀，有鼎序。
　又天保十三年（即清道光二十二年）刊本　　（嘉業堂藏）❹

對於一些書坊的名稱，亦有考據。如毛晉《屈子》下云：「《邵亭知見書目》有《屈子》綠君亭刊本無注。即此。按綠君亭爲子晉書室名，子晉早年刻書，綠君亭與汲古閣並用，中年後則專用汲古閣之名。」❹ 此外，一些並未單行的著作，《書錄》皆詳細注明其

---

❸ 同註❷，頁 13。
❹ 同註❷，頁 18。
❹ 同註❷，頁 22 至 23。
❹ 同註❷，頁 39。

印刷詳情。如王念孫《楚辭雜志》下云：「高郵《王氏著書》本（在《讀書雜志餘編》中，共二十六則。）」❹ 王樹枏《離騷注》下云：「在《陶廬叢刻》中。又光緒間文莫室刊本。」❹ 對於另梓的序言，亦陳列書名，如朱駿聲《離騷賦補注》下云：「自序亦載《傳經室文集》。」❹

六、錄庋藏。《書錄》所收之書，皆詳記內地、香港、臺灣、日本各地的館藏狀況。某些版本或爲書家舊藏，即列出之。如《楚辭集注》有崇禎十一年刊本，《書錄》記云：「小田切藏四冊，有『國瑗』、『懷璧』二印。」❹

七、記生平。每書之著述者、刊印人皆附簡傳，以資參考。如《楚辭集注》有吳訥校刊本。記曰：「訥字敏德，常熟人。宣德間，官至右都御史。著《文章辯體》。」❹ 若生平未詳，亦標出之，如孟奧撰《楚辭音》，下標「始末未詳」四字。❹ 前賢有相關考證則備之，如宋處士諸葛氏撰《楚辭音》，記道：「姚振宗疑即琅邪諸葛璩。」❹

八、述學術。除記生平外，《書錄》也有文字論及著者的學術好向。林兆珂《楚辭述注》下云：「兆珂此編外，尚有《檀弓述

---

❹ 同註❷，頁 36。
❹ 同註❷，頁 37。
❹ 同註❷，頁 35。
❹ 同註❷，頁 7。
❹ 同註❷，頁 10。
❹ 同註❷，頁 45。
❹ 同註❷，頁 45。

注》、《選詩約注》等。並科舉之學也。」❺ 於錢澄之《莊屈合
詁》則云：「（錢氏）嘗問《易》於黃道周，經學篤實。」❺ 丘
仰文《楚辭韻解》下云：「陸燿〈序〉謂：省齋邃於《易》學，由
《易》韻通諸《楚詞》，以毛檢討（奇齡）五部三聲兩界兩合之說
讀之，進退出入，無不就範。（見《切問齋集》四）」❺ 雖短短
數語，著者之學風卻庶可認知。

九、辨傳承。對於著作中的一些相似、相近的論說，《書
錄》會指出其傳承的關係。如劉永澄《離騷經纂注》下云：「王邃
《離騷輯評》屢引其說。」❺ 於李陳玉《楚辭箋注》條云：「錢
澄之釋〈懷沙〉爲懷長沙，即本其說。」❺ 龔景瀚《離騷箋》
下，則謂：「其總論〈離騷〉謂作於懷王未返頃襄未立之時，略同
陳第顧成天之說。」❺

由此可見，《楚辭書錄》使讀者得以認識、參詳作者的真知
灼見。這要歸功於正文的完備體例，發揮了傳統書目的學術功能
──辨章學術，考鏡源流。

「元以前楚辭佚籍」部，作者自各種古代書目中錄得楚辭古
著若干種，條列於此，俾讀者考見早期楚辭學的面貌。「擬騷」之
部，收錄了自〈反離騷〉以後共五十五篇作品，並按曰：

---

❺ 同註❷，頁 16。

❺ 同註❷，頁 25。

❺ 同註❷，頁 30。

❺ 同註❷，頁 19。

❺ 同註❷，頁 21。

❺ 同註❷，頁 31。

> 歷代擬《騷》之文，皆有所為而作，深符離憂之旨。本編捃
> 摭，初以有單刊者入錄，繼思丁部散漫，更難搜尋，因稍為
> 補輯，用便後學。惟掛漏滋多，苴訂有待。若僅效《騷》體
> 如江文通應謝主簿《騷》體、沈亞之〈湘中怨〉、韓南澗
> 〈羈鳳辭〉等，則姑從略。至其見于《章句》及《後語》
> 者，世所習知，故不錄。**56**

可知作者之去取，自有成法存於胸中。「圖譜」部記載美術作品若
干，詳列尺寸、繪畫方式、內容、題跋、著錄等各項資料。「譯
本」部收有德、英、法、意、日五種語言的翻譯作品二十七種。

　　正文第二部份為〈別錄〉，包括「近人楚辭著述略」和「楚
辭論文要目」兩端。第三部份〈外編〉為「楚辭拾補」，共有考證
文字五則：一、「離騷」異文亦作「離慅」考；二、晉郭璞《楚
辭》遺說摭佚；三、隋僧道騫《楚辭音》殘卷校箋；四、唐鈔《文
選集注・離騷》殘卷校記；五、唐陸善經《文選・離騷》注輯要；
六、唐宋本揚雄〈反離騷〉合校，附陳姚察、唐顧胤遺訓條錄。
「楚辭拾補」輯錄了一些重要研究資料。如郭璞《楚辭注》佚文得
以輯錄一起、陸善經《文選離騷注》得以自日藏唐寫本鈔出，饒氏
居功至偉。除輯錄外，還有一些校刊。如洪興祖指出〈離騷〉「曰
黃昏以為期兮，羌中道而改路」二句為後人從〈九章・抽思〉中竄
入。饒氏以唐寫本《離騷注》無此二句，六臣本《文選》亦無，可
證洪氏所論非虛。

---

56 同註**24**，頁62。

　　毛慶論云：「此書爲最早出版之楚辭書目專著，雖然沒有後出之姜亮夫《楚辭書目五種》完備，然首創之功，畢竟應該予以肯定。」❺⑦ 實際上，《楚辭書錄》的面世，對於學界還是產生過較大的影響。如游國恩主編《離騷纂義》所列陸善經之注文，即參考自《書錄》。成書於 1958 年的《楚辭書目五種》計有輯注、圖譜、紹騷隅錄、札記、論文五種，持之與《書錄》的體例相比，不難看到二者之間的影響。❺⑧ 饒氏身處香港，對於海外楚辭學著作的各種情況自然了解；但另一方面，由於當時中港兩地長期的阻隔，很多藏於內地的著作往往不便閱覽，加上《書錄》於香港出版，難以在內地發行，因此總體而言，《楚辭書錄》在整個楚辭學界的影響力，就遜於《楚辭書目五種》了。

四・林蓮仙《楚辭音均》

　　自六朝諸家《楚辭音》至清末李翹《屈宋方言考》、徐天璋《楚辭叶韻攷》等，楚辭音韻學專著之面世，可謂不絕如縷。民國以來，董同龢、羅常培、周祖謨、王力等運用西方語言學方法來研究楚辭音韻，卓有成績。1940 至 1980 年代間，由於兩岸三地政治

---

❺⑦ 同註❽，頁 311。

❺⑧ 按：姜書付梓晚於饒書，後出轉精，理所自然。姜書於饒說多有採用，如饒書謂近人王瀣《離騷輯評》屢引明劉永澄《離騷經纂註》之說、明夏鼎《楚辭韻寶》當曾於四川付印等，姜書皆全文過錄；某些訛誤，姜亦照錄之，如謂南宋高元之爲明人、高氏所作《變離騷》著錄於《續文獻通考》(實未著錄)等。觀姜書所錄包羅古今，卻獨不及饒書，亦甚可怪，蓋當時政治環境之故歟。

環境、學術氣氛的差異，此類專著在內地僅有王力《楚辭韻讀》、劉永濟《楚辭音注詳解》數種出版；相比之下，港、臺似賢於內地，有饒宗頤《楚辭與詞曲音樂》、傅錫壬《楚辭古韻考釋》、徐泉聲《楚辭韻譜》、以及林蓮仙《楚辭音均》等，

　　林蓮仙教授，祖籍廣東潮州，1925 年生。先後執教於香港崇基學院、香港中文大學，講授《楚辭》、音韻學等課程。林氏自少熟讀《楚辭》，並由此引發對楚辭音韻學的興趣。執教期間，曾發表多篇楚辭學論文。《楚辭音均》則係其楚辭音韻學之專著。此書於 1979 年出版，然〈自序〉謂「脫稿迄今已經十多年」，❺⁹ 則該書於 1960 年代中期業已問世。全書首王韶生序、次自序、次中英文提要、次插圖、次正文、次參考書錄、次作者著作目錄表、次擬騷二首。本書整體之研究方法與結論，在提要中有簡扼的說明：

　　　　本書以南宋朱熹《楚辭集注》為根據，就其中所載屈原、宋玉（景差）之韻文十題三十六篇作為研究對象，用語言學、音韻學、文字學、訓詁學為工具，在批判過去《楚辭》學者、古韻學者學說之基礎上，揚棄取捨，重訂《楚辭》韻譜。進而以《廣韻》為梯航，以現代漢語方言為旁證，參以王力、高本漢、周祖謨、陸志韋諸家之古音學說及上古擬音，推擬《楚辭》音韻系統及其近似音值。據歸納所得，《楚辭》音當有三十韻部、廿八聲類及四調類。三十韻部包括陰聲十部、入聲十一部、陽聲九部；廿八聲類依發音

---

❺⁹ 林蓮仙：〈自序〉，《楚辭音均》(香港：昭明出版社，1979 年初版)。

部為區別為六大類；至於四調類，則是中國語所特備之平、
上、去、入四聲。

正文共五章。第一章「楚辭音韻學說述評」，對道騫、朱熹、陳
第、段玉裁、王念孫、江有誥、聞一多、劉師培諸前賢之說逐一論
評其得失。第二章「楚辭音韻總論」，首先總論楚辭韻部，分合為
三十部，繼而論述「合韻」的問題，最後研究聲類與調類。第三章
「楚辭韻部分論」以其他先秦兩漢古籍為佐，逐部比對楚辭韻至
《廣韻》的流變，並討論實際音值。第四章為「楚辭韻譜重擬」，
存疑韻字附之。第五章「楚辭韻字攷異」，據宋端平本《楚辭集
注》、明馮紹祖刊《楚辭章句》、道騫《離騷音》殘卷、劉師培
《楚辭攷異》、聞一多《楚辭斠補》五書，依篇序校刊韻字之異
文，羅列《廣韻》音系之反切、攝、呼、等、調、韻、聲、音值，
復標出楚辭音之韻部。

　　據王力《漢語音韻》所記，宋代鄭庠始分古韻為六部，其後
顧炎武分為十部，江永十三部，段玉裁十七部，孔廣森十八部，江
有誥二十一部，章太炎二十三部，黃侃二十八部。❻ 而王力個人
的意見則如下：「古韻三十部具有很大的普遍性；它不但適用於
《詩經》，而且適用於同時代的其他詩歌韻文。《楚辭》時代上比
《詩經》晚了至少二三百年，在地域上也相差很遠，但是《楚辭》
的用韻和《詩經》基本上是一致的。」❻ 晚年云：「《楚辭》的

---

❻ 見王力：《漢語音韻》(香港：中華書局，1972 年初版)，頁 144 至 166。
❻ 見王力：《古代漢語》(北京：中華書局，1962 年初版)，頁 535。

韻分爲三十部，比《詩經》的韻多出了一個多部。這是從侵部分化
出來的。時代不同了，韻部也不盡相同了。」⑫ 林氏商榷道：

> 王先生把《楚辭》韻和《詩經》韻一致看待，似乎不很客
> 觀。根據《楚辭》韻譜歸納所得，王先生說《楚辭》韻分三
> 十部的見解與本書的結論相同，但與《詩經》韻部之數卻稍
> 有出入。這就是語音的時代性和地域性畢同畢異的表現；下
> 而至於漢代，兩漢韻部與《詩經》《楚辭》的韻部又有著顯
> 著的不同。⑬

現將王、林二氏歸納的楚辭韻部表列如下，以資參詳：

---

⑫ 王力：《楚辭韻讀・凡例》(上海：上海古籍出版社，1980 年初版)，頁 1。
⑬ 同註㊾，頁 61 至 62。

王力			林蓮仙		
陰聲韻	入聲韻	陽聲韻	陰聲韻	入聲韻	陽聲韻
之部	職部	蒸部	之部	職部	蒸部
幽部	覺部	冬部	幽部	沃部	
宵部	藥部		宵部	藥部	
侯部	屋部	東部	侯部	屋部	東部
魚部	鐸部	陽部	魚部	鐸部	陽部
支部	錫部	耕部	歌部		
脂部	質部	真部	支部	錫部	耕部
微部	物部	文部	脂部	質部	真部
歌部	月部	元部	微部	術部	文部
	緝部	侵部	祭部	月部	元部
	盍部	談部		盍部	侵部
			緝部		談部

比對二人之說，不計次序及韻部名稱等細微差別外，林氏異於王氏之處有二端：一、歸冬入東部；二、多一祭部。祭部之獨立主要靠數據歸納而來，茲不冗言。❻ 至於東冬合部之論，則頗爲精采。林氏指出，顧炎武、江永、段玉裁、戴震皆合東冬爲一部，至孔廣森方主分立。復論道：

---

❻ 按：可參原書頁 118 至 119。

其實，孔氏以為古音東冬分立，於《詩經》音說，固合事實，但卻不符合《楚辭》音的系統，這顯然是一個方音問題。我們試以《詩》音東冬二部的界線去量度《楚辭》韻，則《楚辭》韻譜中，東部自協者十二例，冬部自協者四例，而東冬互協者僅一例；以此觀之，東冬似無可合之理。按《楚辭》韻譜中，東陽合用者二例，冬陽合用者四例，東侵合用者四例，東蒸合用者一例；此外，東冬與侵、東冬與談互押者又一例。像這類廣泛互用的韻例，可又違背了古韻東冬分立的原則。查江晉三論古韻東冬分立的理由之一說：「東每與陽通，冬每與蒸侵合，此東冬之界限也。」今《楚辭》音則不然，一如上述，冬陽合用反較東陽合用的多一倍，而東有與蒸侵互用之例，冬反無之；即使冬有和侵談同用的韻例，但均混雜有東部字。由此可見《詩》韻東冬二部的性能在《楚辭》韻中表現的很模稜，也可以說，《楚辭》韻這兩部沒有分立的可能與必要。夏炘說得對：「炘按核以《易傳》、《楚詞》，東冬或不可分；核以《詩》三百篇，則分用劃然。」⑥⑤

通過韻部自用、合用的例證，輔以前賢的議論，證明《楚辭》音中東冬二部不分的青況，所言甚覈。進而言之，林氏認為《詩經》為雅言音，《楚辭》為方音，並不贊同後者為前者的直系後裔。這番

---

⑥⑤ 同註⑤⑨，頁 123。按：請參原書〈東冬獨用合用總表〉、〈東部獨用韻字一覽表〉、〈冬部獨用韻字一覽表〉、〈東冬互用與他部合用韻例表〉。

意見也通過東冬的分合情況得到支持。她指出：「兩漢時期，東冬二部仍有界限，惟《淮南子》則混淆不可劃分。統計《淮南子》用韻中，東部平聲獨用者十處、上聲五處、去聲三處；冬部則唯有平聲獨用者四例。此外，《淮南》韻譜有東冬合用者十二例，東幽合用者一例，東談合用者一例，東蒸合用者六例，東冬陽合用者一例；冬侵合用者二例。（按：參自夏炘《詩古韻表二十二部集說》。）東與蒸侵協，冬與陽協，而東冬互協者又竟達十二例之多，這說明《淮南子》與《楚辭》同樣具有東冬不可分的特性；《淮南》多楚音，其東冬不分的特點，正可反證《楚辭》音具備這一特性。」❻❻

除對韻部分合提出意見外，林氏又討論到聲調的問題。她認為，《楚辭》韻字所反映上古楚音四聲之辨甚嚴。她舉了「化」、「爽」、「下」、「予」等字，指出與它們押韻的字，聲調上都很整齊劃一。以「化」字為例：

> 「化」字《廣韻》僅收四十禡，音「呼霸切」，現代漢語方言可能一致地讀去聲。但是，《楚辭》韻腳「化」字六見，均協平聲：
>
> 〈離騷〉：他化　化離
>
> 〈天問〉：為化　施化
>
> 〈思美人〉：化為
>
> 〈九辯〉（二章）：化何

---

❻❻ 同註❺❾，頁 123 至 124。

可見「化」字的古楚調，當是平聲。❻

　　林氏以爲，了解到《楚辭》四聲並存的現象，即可持以進行其他研究。她發現屈、宋作品中，以「予」釋爲「我」而處於韻腳者凡九見，而此九韻例中，與上聲字協韻的有八例，所餘〈遠遊〉一例則與平聲協韻。以《詩經》檢核，「予」字入韻者凡六見，亦均與上聲字爲韻，並作「我」解。由是而觀之，〈遠遊〉此段韻例之「予」字，遂與下文韻腳不協。古漢語中，「余」「予」、「吾」「我」分別爲平上相對的第一人稱代詞。因此，此例之「予」字殆爲「余」字之誤。朱熹於此處注云：「予，一作余。」可爲佐證。此校勘學之用也。❻

　　總覽林氏此書，徵引該博，立論篤實，不爲標奇立異之說，非唯在楚辭音韻學有所創獲，於詞章學、文獻學者也有裨益。惟該書係影印手抄本，發行於港台，故知者亦不甚多。如崔富章、潘嘯龍主編《楚辭著作提要》，僅備於書目之中，未有解題，甚爲可惜。

五·梁簡能《楚辭九歌注箋》

　　梁炳坤教授，字簡能，號簡齋，以字行，廣東順德人，1904年生。戰後來港，任香港聯合書院中文系教授。其後去職，與陳湛

---

❻ 同註❺⑨，頁 85 至 86。
❻ 同註❺⑨，頁 88 至 89。

銓等籌辦經緯書院及經緯國學研究所。卒於 1991 年。《楚辭九歌注箋》至梁氏晚年方才出版，而內容則積之有年。觀其〈自序〉云：「余好《楚辭》，而以之執教於上庠者，不覺二十餘載……因於摭拾舊說之外，輒附陳己見，以為講授之資。積稿既富，抄錄每感不便，諸生因有以附之剞劂為請者。」⑥⑨ 此書只解〈九歌〉十一篇，亦為教材之用。〈凡例〉謂：「每章先酌取各家解說，標明曰『注』；而於其末則附陳己見，有所論列，標名曰『箋』。」⑦⓪ 訓詁義理，以王逸、洪興祖、朱熹之說為本，以《文選五臣注》、陳第《屈宋古音義》、錢澄之《屈詁》、黃文煥《楚辭聽直》、王夫之《楚辭通釋》、林雲銘《楚辭燈》、蔣驥《山帶閣注楚辭》、戴震《屈原復注》、陳本禮《屈辭精義》、馬其昶《屈賦微》、王萌《楚辭評註》等斟酌損益之，又采《詩三百》、《尚書》、《孟子》、《爾雅》、《史記》、《漢書》、《逸周書》、《呂氏春秋》、杜詩等古籍以資參詳。

　　作者對於〈九歌〉的整體認知是：「〈九歌〉之為楚人樂神之辭，本無可疑；自王逸以來，咸謂〈九歌〉為屈原所作，亦無可疑；乃近世學人有以為非是者，其鑿空好奇，誠不足深論也。沅湘之民，信鬼好祠，因而有祭曲之流傳，而屈原竄伏其域，於更定其歌詞之間，俯仰天人，浩發己意，不亦情之至常也與？」⑦① 五四以來，「屈原否定論」甚囂塵上；至 1970 年代又有日本學者重新

---

⑥⑨ 梁簡能：〈自序〉，《楚辭九歌注箋》(香港：仁學出版社，1982 年初版)，頁2。

⑦⓪ 梁簡能：〈凡例〉，同註⑥⑨，頁1。

⑦① 梁簡能：〈自序〉，同註⑥⑨，頁1。

提出此論。作者肯定《楚辭》所錄〈九歌〉爲屈原所作，並繼承王逸、朱熹的說法，指出屈原更定〈九歌〉，一則主祭祀，二則發已意。這是繼黃華表後香港學者對於此論的又一回應。

　　觀全書之箋法，大率爲駁評各家之說後，旁采他書，作一定案。舉例而言，〈湘君〉「揚靈兮未極」至「隱思君兮陫側」一章，注文羅致王逸、朱熹、錢澄之、王夫之、林雲銘、蔣驥、戴震、陳本禮之說。箋云：「王逸注牽入女嬃懷王，無足觀矣。而『女嬋媛』，朱子以爲『旁觀之人』，馬其昶用之。錢澄之以爲『女巫』，陳本禮然之。林雲銘、蔣驥、戴震皆以爲湘君之侍女也。古者祭神，本有女樂，《詩·召南·采蘋》曰：『于以奠之，宮室牖下；誰其尸之？有齊季女。』《漢書·郊祀歌·練時日》：『眾嫭竝，卓奇麗；顏如荼，兆逐靡。』……朱注所謂『旁觀之人』者，蓋謂供神女樂之類與？」⑫　各章箋文，悉從此例。此書篇幅雖然有限，但在前人研究的基礎上，也時有獨見。

　　如前所言，作者繼承王、朱之說，認爲屈原更定〈九歌〉有雙重目的。但自〈九歌〉內部查之，又須逐篇辨析內容旨意。〈東皇太一〉箋云：「此篇語氣和平，與以下諸篇不同，當是祀神之章，王逸『自傷』數語，實屬多餘。」⑬　以此篇無關諷諫，不贊同王逸求之過深。至於〈雲中君〉末章，箋文則自「極勞心之忡忡」一句申發道：「凡此類或自寫其忠愛之惻悱，亦有意存焉。」

---

⑫　同註⑲，頁 28 至 29。
⑬　同註⑲，頁 8。

❼ 對於某些篇章的大旨，作者不滿意各家解釋，而自爲之說。如〈山鬼〉一篇，王逸仍以其中的人鬼關係爲君臣際會之比擬；林雲銘認爲「〈九歌〉之所作，皆與思君無涉」，故〈山鬼〉亦純爲祭鬼之辭；朱冀甚至以此篇爲招隱之作。梁氏則分析「表獨立兮山之上」至「歲既晏兮孰華予」一章道：

> 鄙意以爲此章爲本篇正文，蓋山鬼來至祭所，而爲祭巫詠歎之詞也。前云：「若有人兮山之阿」，彷彿之語也。此云：「表獨立兮山之上」，則非彷彿矣。且白雲容容，赤日冥冥，雖晝而晦，既風且雨，寫得氣氛陰森，正是山鬼降臨之景，如在其上，如在其左右也。靈脩，謂山鬼。欲其久留，憺然忘歸，慰我孤寂。自顧遲暮，幽處山中，正與山鬼爲鄰，而與人世隔絕，誰復榮華於予哉？故欲與山鬼結交，殷勤款語，猶賢於孤獨耳。語至沉痛。❼

認爲屈原在此篇中所表達的，是「幽獨處乎山中」、侶麋鹿而友山鬼的自傷自憐之意。各家將〈山鬼〉內文勉強與君臣際會之意相牽合，反不如梁氏之說，較爲自然。再如〈東君〉「駕龍輈兮乘雷」至「觀者憺兮忘歸」一章，梁氏引《漢書‧郊祀志下》曰：「成帝末年，頗好鬼神。谷永說上曰：『楚懷王隆祭祀，事鬼神，欲以獲福，助卻秦師，而兵挫地削，身辱國免。』」該條資料先由馬其昶

---

❼ 同註❻，頁 15。

❼ 同註❻，頁 124。

載入《屈賦微》，梁氏參考其說，進而論云：

> 夫祀日之禮，本國家之典，非其他淫祀可比，然谷永之說漢
> 成，正中楚懷之短也。故呂氏曰：「楚之亡也，作為巫
> 者。」是也。《周書・命訓解》曰：「福莫大於行義，禍莫
> 大於淫祭。」況假祭祀之名，以取聲色之娛乎？細味上二
> 語，蓋言日出而太息云者，則以歡樂未盡，惜日上之速也。
> 李太白〈烏棲曲〉云：（原文從略）此曲可移作本章注腳
> 也。⓱

對於「羌聲色兮娛人，觀者憺兮忘歸」的情況，梁氏頗不以為然，
指摘此正為楚人耽於淫祀、延及正祭之證。然而，屈原為何將之寫
入〈東君〉呢？梁氏又在後文解釋：

> 頃襄夢寐之間，不忘乎美色，其荒淫甚矣。莊辛之諫，正屈
> 子之心所欲言者也。乃不得而言，故寄之斯文，用宣心
> 畫⋯⋯後之學者讀之，或痛哭流涕，或欷歔太息，而不能自
> 已者也。⓲

所謂「莊辛之諫」，即《戰國策・楚策》所載莊辛說頃襄王「馳騁
乎雲夢之中，而不以國家為事」之典。梁氏認為屈原在〈東君〉中

⓱ 同註⑲，頁88。
⓲ 同註⑲，頁98。

描寫祭日的華麗場面，也就是爲了諷諫襄王。此論亦可備一說。

在章法和句法的分析上，作者時有細緻的見解。如〈湘君〉「石瀨兮淺淺」一章，箋云：「此篇『石瀨』一句，承上『桂櫂』二句，『飛龍』句，承上『揚靈未極』句。下二句則承『心不同』二句。」❼❽ 可謂仔細。又就該章論道：「是一章分承上二章，太史公所謂『一篇之中三致意焉』者，非乎？豈唯〈離騷〉已也？」❼❾ 更將《史記》對〈離騷〉的論斷置於〈九歌〉之上，以見屈原作品風格的一致性。又〈湘夫人〉「鳥何萃兮蘋中，罾何爲兮木上」句，箋云：「『鳥萃』二句，即上篇（按：即〈湘君〉）『采薜荔』二句之意，總言不得其所也。」❽⓿ 從不同的篇章中尋找互證。又解〈湘夫人〉首章道：「《說文》：『眇，一目少也。』以眇眇狀遠望之神，至妙。三四兩句，望之既明，知非帝子之下降，只是洞庭生波，秋風落木而已。」❽① 認爲帝子並未降於北渚，此章純爲想望之辭而已。言之成理。至於句法，如〈河伯〉「魚鱗屋兮龍堂」一章，箋云：「此章及下章，三句一韻。」復引《詩・召南・行露》首章、《魏風・十畝之間》次章與嶧山碑文證之。❽② 可見三句一韻之式，古已有之。

在詞章賞析方面，梁氏之論時能爲讀者提供感性的認知。如〈湘夫人〉首章，作者論道：「觀其迷離之筆，仿佛知情，有《三

---

❼❽ 同註❻❾，頁 33。

❼❾ 同註❻❾，頁 33。

❽⓿ 同註❻❾，頁 43。

❽① 同註❻❾，頁 41 至 43。

❽② 同註❻❾，頁 106 至 107。

百篇》『西方美人』之思乎！」❽ 〈九歌〉與後世詩作的傳承關
係，作者也每每點出。如〈少司命〉「望美人兮未來」句，箋云：
「後世詩人不少擬之而成名作者，若魏文帝〈秋胡行〉『朝與佳人
期，日夕殊不來。』謝靈運〈夜宿石門〉『美人竟不來，陽阿徒晞
髮。』皆是。」❽ 此外，在分析章法的同時，作者也往往賞其文
詞，如論〈少司命〉曰：「此篇極文詞變化，迷離髣髴之情矣。首
章言荼之愁苦，若見其容。次章即接忽而目成，若有情意，惟不言
神降，而悅懌之情，躍乎紙上矣。三章以文字補足神降之義，然而
無言以達之。抑才降耳，又不辭而竟去，何其無情乃爾乎？亦既去
矣，而迹獨留，宿乎帝郊，若有所待，是神之意，終非相絕，猶有
可合之望也，以起下文。夫〈九歌〉之義，凡言與神之離合，皆以
喻君臣之親疏，持此以繹之，意或不遠矣。」❽ 可謂曲盡其妙。

　　觀梁氏全書的寫作，主要採用了傳統的注釋家和文章家的方
法，在前賢的基礎上拾遺補闕、進退斟酌，以穩健為特色。有學者
認為〈九歌〉可能是古代的戲劇，作者頗不贊同：「直以後世之戲
劇，以視古先之祭祀也，恐未必然。夫歐西文學，戲劇高據上流，
我國非爾也。」❽ 梁氏自命為「食古之士」，嘆息「歐風東漸，
竟撓文囿」。❽ 這無疑顯示他對那些挾洋自重、遊談無根者的厭
惡。

---

❽ 同註❽，頁 41 至 43。

❽ 同註❽，頁 79。

❽ 同註❽，頁 76 至 77。

❽ 同註❽，頁 38。

❽ 同註❽，頁 38。

六·藍海文《今本楚辭》

　　藍海文，本名藍田，廣東大埔人，1942 年生。國際桂冠詩人。曾任世界華文詩人協會會長、世界中國詩刊社長兼主編、香港詩人協會會長。有詩文集多種，楚辭學著作則有《天問譯注》及《今本楚辭》。名曰「今本」，緣作者重新編排了篇目，並因〈天問〉有錯簡而進行了順調。全書所收篇目依次爲〈離騷〉、〈九歌〉、〈橘頌〉、〈天問〉、〈九章〉、〈九辯〉、〈招魂〉、〈大招〉、〈卜居〉、〈漁父〉。〈九歌〉之中，作者合二〈湘〉爲一篇，以〈禮魂〉爲〈國殤〉之尾聲；又將〈橘頌〉自〈九章〉中獨立出來，歸〈遠遊〉入〈九章〉之中。作者解釋道：「本書使〈九歌〉歸於九篇。〈橘頌〉是一篇獨立的勵志詩。使〈遠遊〉回到〈九章〉裡去。〈九章〉諸篇既然已寫作先後爲序，其餘各篇便不能不必以寫作先後爲序了。〈離騷〉排之在前，因它是屈原的代表作。〈卜居〉和〈漁父〉置之於後，因與前面的文體出入較大，是散文詩的緣故。」❸ 附〈天問錯簡〉（即歷來傳本）、〈屈原年譜〉。本書正文的體例以小序先行，次今譯，次原文分段注釋。小序對作品進行了精簡的介紹，文字中也加入了一己之見。如〈九歌〉小序云：

　　　〈九歌〉是屈原年輕時代進用朝中早期的作品。戰國時

---

❸ 藍海文：〈前言〉，《今本楚辭》(臺北：文史哲出版社，1991 年初版)，頁 9。

代，楚國巫風盛行，各地都有祭神的樂歌，這些祭歌的歌詞，大都粗俗鄙陋。有鑑於此，楚懷王遂詔令年輕而極負文名的屈原，整理祭歌。屈原收集民間祭歌，就在原有的基礎上，進行藝術的再創作。使其詞意清麗，結構更加完整，音韻更加鏗鏘和諧。這些經過屈原再創作的祭歌，就是〈九歌〉。

〈九歌〉〈九辯〉均為古代傳說中的天樂，屈原襲用為篇名。

〈九歌〉純粹是祠神的樂章。屈原寫〈九歌〉及〈橘頌〉之時，與懷王的關係至為融洽，正是「蜜月」時期。歷代注家搞不清楚〈九歌〉的寫作時期，竟將屈原被放逐後的感情強加進去，這些都被糾正。

〈九歌〉的藝術成就很高，是中國文學史上的優秀詩篇。描寫了祭祀中歌舞娛神的場面，寫出所祀之神的性格和特點。表現人們對愛情和美好生活的熱烈追求。語言清新優美，感情真摯而濃烈，歷來為人傳誦，極富浪漫主義色彩，對後代文學有深遠的影響。⑧⑨

覽觀作者所撰的小序，除見其一家之言外，也不難發覺他對諸家之說的吸取和整理。

《今本楚辭》的今譯部分是全書的一個顯著特色。作者說：

---

⑧⑨ 同註⑧⑧，頁 81。

「本書『今譯』，力求忠於原著，且盡量一韻到底。」❾⓪ 非止如此，作爲一位詩人，作者以優美流暢的文筆對《楚辭》進行了再創造。郭杰譽之爲迄今所見到較爲成功的楚辭今譯。❾① 由於詩人的敏感，作者對於文義的拿捏可謂當行本色。如〈思美人〉「登高吾不悅兮，入下吾不能」，作者注道：登高、入下是對文，同爲雙關語，「登高」意謂趨炎附勢，「入下」意謂俯首就辱。❾② 誠能得古人之文心。〈天問〉「蜂蛾微命，力何固」，作者以爲「既嘆息人民命運的悲苦，也驚訝於秦民族勢力的日益強大」。❾③ 〈招魂〉「豺狼從目，往來侁侁些」句，作者將之與前文「一夫九首」結合起來，認爲「豺狼」是形容那些「拔木九千」的九首巨人。❾④ 〈大招〉「朱脣皓齒」至「恣所便只」一段，作者小結道：「以上……都是描述茅束泥糊用以殉葬的『芻靈』之美。（歷代注家竟把這些「美女」視爲眞實的「後宮佳麗」，其錯之大，不言而喻。）」❾⑤ 認爲只是描寫女俑，可謂新穎而合乎情理。

此外，對於《楚辭》作品中的一些「懸案」，作者每每能在固有的研究基礎上進行一些合理的推斷。如〈湘君〉〈湘夫人〉二篇，早在明代中期，周用已經認爲可以合而爲一。❾⑥ 其後持此說

---

❾⓪ 藍海文：〈前言〉，同註❽❽，頁 8。

❾① 同註❽，頁 597。

❾② 同註❽❽，頁 287。

❾③ 同註❽❽，頁 231。

❾④ 同註❽❽，頁 464。

❾⑤ 同註❽❽，頁 514。

❾⑥ 見[明]周用：《楚詞注略》(上海圖書館藏順治九年(1652)周之彜刊本)，頁 4a。

者往往有之。藍氏則認爲：「本篇是娛湘水愛神的上下場的連續歌舞，是一首優美的戀歌。」❾ 〈卜居〉、〈漁父〉二篇，有學者認爲並非屈原所作。而藍氏以此二篇都是屈原以第三人稱所寫的敘事詩。❾ 〈天問〉「該秉季德」、「恆秉季德」二段，王國維根據甲骨攷定爲殷商先公王亥、王恆事。藍氏則通過玩味原文、參考舊說，構設出這樣一個故事：王亥兄弟因善於畜牧而成爲有易國君的賓客，旋又先後與有易的王后發生姦情。王恆出於妒意，勾結衛士殺死王亥，其後又繼承了商國的王位。❾ 雖然箇中隱情，史已無徵，但作者勉力作出了合理而連貫的串說，這對於讀者而言，無疑是有裨益的。實際上，藍氏對〈天問〉研究最見功力。正如郭杰所指出，他以神話爲背景，以歷史爲座標，抓住「錯簡」的突破口，對之進行全面系統的整理研究，顯示出其卓異的見識和深厚的功底。這種勇於探索的精神予人以極大的啓發，在一定程度上是對中國上古神話研究中的一個突破，也推動了學術的發展。⓿

　　然而，此書也略有不足之處。舉例而言，作者在某些分節之處，或可斟酌。如〈招魂〉「鏗鐘搖簴，揳梓瑟些」句，朱熹將之與「箟蔽象棋，有六簙些」以下數句歸爲一節，⓵ 蓋因「簙」、「迫」、「白」、「日」、「瑟」數字皆押入聲韻。而藍氏則將之

---

❾ 同註❽❽，頁 89。

❾ 同註❽❽，頁 525、535。

❾ 同註❽❽，頁 200 至 203。

⓿ 同註❽，頁 597。

⓵ 見[宋]朱熹：《楚辭集註》(臺北：藝文印書館據宋端平乙未(1235)刊本影印，1968 年再版)，頁 263。

與「娛酒不廢，沉日夜些」等歸爲一節。⑩ 就文理而論，「鏗鐘」兩句似非必歸於後文而文義方通。再者，本書在注音時往往採用直音的方法，這在內地和臺灣也是常見的。內地、臺灣的直音選字，一般只考慮國語的發音是否相同；而香港則只考慮粵音是否相同。這種情況導致國語人閱讀香港書籍時，直音部分毫無用處；反之亦然。藍氏爲香港人，然此書在臺灣出版，直音全依國語。如〈招魂〉「汨吾南征」，注云：「汨音古。」⑩ 這在粵語就不同音了。又如「薜荔」二字，直音曰「閉利」。⑩ 如果選擇「骨」字、選擇「避厲」二字，則國、粵音皆能照顧，當更周詳。此外，本書爲大學用書；作者說：「現在的社會，要學的東西太多，青年學子學楚辭，讀本書已經足夠。」又說：「古今所有的楚辭注本，都錯得不忍卒讀……這些注本，都應放在文化博物館裡，永遠被保存下來。」⑩ 對於莘莘學子來說，讓他們通過閱讀最佳注本來盡快掌握《楚辭》，固是好事。然而智者千慮，必有一失；兼且印刷上的魯魚亥豕，焉能盡除？假使學子以爲一書在手，無待他求，不但有積非勝是的危險，也減少了他們比對眾說、獨立思辨的機會。

結　語

　　香港楚辭學研究資料，雖不可謂汗牛充棟，然亦在在多有。

---

⑩ 同註㉝，頁 484。

⑩ 同註㉝，頁 486。

⑩ 同註㉝，頁 129。

⑩ 藍海文：〈前言〉，同註㉝，頁 9、8。

可喜的是，單篇論文方面的研究工作，已在新一代的年輕學者手中
開展。而本文所介紹五種香港楚辭學專著，內容則可歸入注釋學、
目錄學、音韻學三個範疇。三種注釋本，又可細分爲傳統式與現代
式兩種。由於歷史與文化的原因，老一輩的學者如黃華表‧梁簡
能、饒宗頤諸教授非常著意於傳統學術的傳承，因此他們的楚辭學
著作的風格是在平實穩健的基礎上尋求突破。林蓮仙教授的著作以
傳統音韻學爲主。至於藍海文先生的楚辭學研究則體現了新一輩的
學風：本於文學，復以跨學科的方式進行假設、求證。通過介紹幾
本具代表性的著作，筆者希望略盡綿薄，令海內外學界對香港楚辭
學研究的歷史有一粗略的了解，也盼望更多有志之士投入研究，關
心香港楚辭學的過去和現狀，並爲其將來的發展作出貢獻。

參考書目

傳統文獻

《十三經注疏》，臺北：藝文印書館 1985 年影印嘉慶二十年
　　（1815）阮元南昌學府刊本

[漢]劉安撰、高誘注：《淮南鴻烈解》，臺北：商務印書館影印文
　　淵閣四庫全書，1983 年初版

[漢]司馬遷：《史記》，北京：中華書局，1997 年版

[漢]班固：《漢書》，北京：中華書局，1997 年版

[漢]王逸：《楚辭章句》，臺北：藝文印書館影印明馮紹祖萬曆十
　　四年丙戌（1586）刊本，1974 年再版

[漢]王逸：《楚辭章句》，臺北：藝文印書館影印明馮紹祖萬曆丙
　　戌（1586）刊本，1974 年再版

[漢]王逸章句、[宋]洪興祖補注，《楚辭補注》，北京：中華書
　　局，2002 年版

[漢]王逸章句、[宋]洪興祖補註：《楚辭補註》，臺北：大安出版
　　社，1995 年初版

[漢]王逸註、[明]趙南星訂：《離騷經訂註》，北京中國科學院圖
　　書館藏萬曆刊本

[漢]王逸註、[明]趙南星訂：《離騷經訂註》，香港大學馮平山圖
　　書館藏趙悅學刊本

[晉]陸機、[梁]鍾嶸著，楊明譯注：《文賦詩品譯註》，上海：上

海古籍出版社，1999 年初版

[晉]陶潛：《陶淵明集》，臺北：商務印書館影印文淵閣四庫全
　　書，1983 年初版

[梁]沈約：《宋書》，北京：中華書局，1997 年版

[梁]劉勰著、范文瀾註：《文心雕龍註》，臺北：開明書店，1993
　　年初版

[梁]蕭統編，[唐]呂延祚等注：《景印宋本五臣集注文選》，臺
　　北：國家圖書館南宋紹興三十一年（1161）建刊本影印，
　　1981 年初版

[唐]皎然著、李壯鷹註：《詩式校註》，北京：人民文學出版社，
　　2003 年初版

[唐]柳宗元：《柳宗元集》，臺北：漢京文化公司，1982 年版

[宋]陳彭年等重修：《廣韻》，臺北：藝文印書館，1994 年正版八
　　刷

[宋]蘇軾：《東坡全集》，臺北：商務印書館影印文淵閣四庫全
　　書，1983 年初版

[宋]黃庭堅：《山谷集》，臺北：商務印書館影印文淵閣四庫全
　　書，1983 年初版

[宋]陳師道：《後山詩話》，臺北：商務印書館影印文淵閣四庫全
　　書，1983 年初版

[宋]楊時：《龜山集》，臺北：商務印書館影印文淵閣四庫全書，
　　1983 年初版

[宋]吳棫：《韻補》，臺北：藝文印書館《百部叢書集成》影印道
光楊尙文校刊《連筠簃叢書》本，1966 年初版

[宋]呂本中：《紫薇詩話》，臺北：商務印書館影印文淵閣四庫全書，1983 年初版

[宋]阮閱：《詩話總龜》，臺北：商務印書館影印文淵閣四庫全書，1983 年初版

[宋]陸游：《劍南詩稿》，臺北：商務印書館影印文淵閣四庫全書，1983 年初版

[宋]周必大：《文忠集》，臺北：商務印書館影印文淵閣四庫全書，1983 年初版

[宋]楊萬里：《誠齋集》，臺北：商務印書館影印文淵閣四庫全書，1983 年初版

[宋]曾丰：《緣督集》，臺北：商務印書館影印文淵閣四庫全書，1983 年初版

[宋]朱熹：《楚辭集注》，臺北：藝文印書館據宋端平乙未（1235）刊本影印，1968 年版

[宋]朱熹：《楚辭集註》，臺北：文津出版社，1987 年版

[宋]朱熹：《詩集傳》，上海：上海古籍出版社影印武英殿本，1987 年版

[宋]樓鑰：《攻媿集》，臺北：商務印書館影印文淵閣四庫全書，1983 年初版

[宋]胡仔：《苕溪漁隱叢話》，臺北：商務印書館影印文淵閣四庫全書，1983 年初版

[宋]葛立方：《韻語陽秋》，臺北：商務印書館影印文淵閣四庫全書，1983 年初版

[宋]趙與虤：《娛書堂詩話》，臺北：商務印書館影印文淵閣四庫

全書，1983 年初版

[宋]呂喬年編：《麗澤論說集錄》，臺北：商務印書館影印文淵閣
　　四庫全書，1983 年。

[宋]黎靖德編：《朱子語類》，北京：中華書局，1986 年初版

[宋]魏仲舉：《五百家註昌黎文集》，臺北：商務印書館影印文淵
　　閣四庫全書，1983 年初版

[宋]不著編輯人：《集千家註杜詩》，臺北：商務印書館影印文淵
　　閣四庫全書，1983 年初版

[宋]魏慶之：《詩人玉屑》，臺北：商務印書館影印文淵閣四庫全
　　書，1983 年

[宋]林希逸：《列子口義》，臺北：藝文印書館，1971 年版

[宋]羅濬：《寶慶四明志》，臺北：商務印書館影印文淵閣四庫全
　　書，1983 年初版

[宋]陳振孫：《直齋書錄解題》，臺北：廣文書局，1979 年影印再
　　版

[宋]陳振孫：《直齋書錄解題》，臺北：臺灣商務印書館影印文淵
　　閣四庫全書，1983 年初版

[宋]王應麟：《困學紀聞》，臺北：臺灣商務印書館景印文淵閣四
　　庫全書，1983 年初版

[宋]文天祥：《文山集》，臺北：商務印書館影印文淵閣四庫全
　　書，1983 年初版

[宋]戴表元：《剡源文集》，臺北：商務印書館影印文淵閣四庫全
　　書，1983 年初版

[宋]嚴羽著、郭紹虞校釋：《滄浪詩話校釋》，北京：人民文學出

版社，1961 年初版

[元]吳澄：《吳文正集》，臺北：商務印書館影印文淵閣四庫全書，1983 年初版

[元]馬端臨：《文獻通考》，臺北：商務印書館，1987 年初版

[元]袁桷：《延祐四明志》，臺北：商務印書館影印文淵閣四庫全書，1983 年初版

[元]袁桷：《清容居士集》，臺北：商務印書館影印文淵閣四庫全書，1983 年初版

[元]楊維楨：《東維子集》，臺北：商務印書館影印文淵閣四庫全書，1983 年初版

[元]脫脫主編：《宋史》，北京：中華書局，1997 年版

[明]楊士奇：《東里集》，臺北：商務印書館影印文淵閣四庫全書，1983 年初版

[明]楊榮：《文敏集》，臺北：商務印書館影印文淵閣四庫全書，1983 年初版

[明]葉盛：《水東日記》，北京：中華書局，1980 年初版

[明]陳沂：《拘虛詩譚》，載於吳文治主編：《明詩話全編》，南京：江蘇古籍出版社，1997

[明]王守仁：《王陽明全集》，上海：上海古籍出版社，1992 年初版

[明]李夢陽：《空同集》，臺北：商務印書館影印文淵閣四庫全書，1983 年初版

[明]周用：《楚詞注略》，上海圖書館藏順治九年（1652）周之彝刊本

[明]楊慎：《升菴外集》，臺北：商務印書館影印文淵閣本四庫全書，1983 年初版

[明]楊慎：《丹鉛摘錄》，臺北：商務印書館影印文淵閣本四庫全書，1983 年初版

[明]謝榛：《四溟詩話》，北京：人民文學出版社，1961 年初版

[明]張之象：《楚騷綺語》，臺南：莊嚴文化事業有限公司據遼寧大學圖書館藏萬曆四年至五年（1576-1577）吳興凌氏桂芝館刻文林綺繡本影印，1995 年初版

[明]張之象編：《唐詩類苑》，臺南：莊嚴文化事業有限公司據北京圖書館藏萬曆二十九年（1601）曹仁孫刻本影印，1997 年初版

[明]張之象輯，[明]俞顯卿補訂：《古詩類苑》，臺南：莊嚴文化事業有限公司據北京大學圖書館藏萬曆三十年（1602）刻本影印，1997 年初版

[明]張之象輯：《太史史例》，濟南：齊魯書社據四川大學圖書館藏嘉靖四十四年（1565）長水書院刻本影印，1996 年初版

[明]張之象輯：《彤管新編》，濟南：齊魯書社據北京圖書館藏嘉靖三十三年（1554）刻本影印，2001 年初版

[明]張之象輯：《唐雅》，濟南：齊魯書社據浙江圖書館藏嘉靖二十年（1541）長水書院刻本影印，2001 年初版

[明]張之象：《楚範》，中國科學院圖書館藏明高濂刊本

題[明]歸有光：《諸子彙函》，臺南：莊嚴文化公司據遼寧省圖書館藏天啓五年（1625）刻本影印，1995 年初版

題[明]歸有光批閱，文震孟訂正：《南華真經評註》，杭州：杭州

古舊書店影印明刊本，1983 年初版

[明]黃姬水：《吳風錄》，上海：上海涵芬樓據清晁氏《學海類編》本影印，1920 年版

[明]茅坤：《茅鹿門先生文集》，上海：上海古籍出版社據據中國科學院圖書館藏萬曆刻本影印，1995 年初版

[明]陳深：《批點本楚辭》，北京中國科學院藏凌毓枏萬曆二十八年（1600）雙色套印本

[明]陳深：《諸子品節》，臺南：莊嚴文化公司據遼寧大學圖書館藏萬曆十九年（1591）刻本影印，1995 年初版

[明]陳深：《諸史品節》，臺南：莊嚴文化事業有限公司據湖北省圖書館藏萬曆二十一年（1593）刻本影印，1995 年初版

[明]陳深：《墨子品節》，收入《墨子大全》，北京：北京圖書館據明刊本影印，2002 年初版

[明]陳深：《韓子迂評》，臺灣國家圖書館藏萬曆刊本

[明]陳深批點：《批點本楚辭》，臺灣國家圖書館藏萬曆二十八年（1600）朱墨刊本

[明]陳深：《十三經解詁》，臺南：莊嚴文化事業有限公司據浙江圖書館所藏萬曆刻本影印，1995 年初版

[明]李攀龍：《滄溟集》，臺北：商務印書館影印文淵閣四庫全書，1983 年初版

[明]李攀龍輯：《唐詩選註》，萬曆三十三年（1605）世美堂刊本

[明]汪瑗：《楚辭集解》，《續修四庫全書》，上海：上海古籍出版社據萬曆四十三年（1615）刻本影印，1995

[明]汪瑗撰、董洪利點校：《楚辭集解》，北京：北京古籍出版

社，1994 年初版

[明]王世貞：《弇州四部稿》，臺北：商務印書館影印文淵閣四庫
　　　全書，1983 年初版

[明]王世貞：《藝苑卮言》，收入丁福保輯，《歷代詩話續編》，
　　　北京：中華書局，1983 年版

[明]張鳳翼：《楚辭合纂》，北京清華大學藏明末刊本

[明]陳第：《毛詩古音考》，揚州：江蘇廣陵古籍刻印社影印嘉慶
　　　十年（1805）虞山張氏學津討原刊本，1990

[明]焦竑：《焦氏筆乘》，上海：商務印書館，1935 年初版

題[明]焦竑等：《二十九子品彙釋評》，《四庫全書存目叢書》，
　　　臺南：莊嚴文化公司據北京圖書館分館藏萬曆四十四年
　　　（1616）刻本影印，1995 年初版；又一套，北京師範大學
　　　藏本

[明]趙南星：《味檗齋文集》，上海：商務印書館，民國二十五年
　　　（1936）初版

[明]何喬遠：《萬曆集》，海口：海南出版社影印北京故宮圖書館
　　　藏萬曆刊本，2000 年初版

[明]何喬遠：《釋騷》，福建省圖書館藏楊浚冠悔堂咸豐間鈔本

[明]葉向高：《蒼霞草全集》，揚州：江蘇廣陵古籍刻印社據天啓
　　　刊本影印，1994 年初版

[明]葉向高：《蒼霞草》，北京：北京出版社《四庫禁燬書叢刊》
　　　據北京大學圖書館藏明天啓刻本影印，2001 年初版

[明]葉向高：《蒼霞續草》，北京：北京出版社《四庫禁燬書叢
　　　刊》據北京大學圖書館藏明萬曆刻本影印，2001 年初版

[明]葉向高:《蒼霞餘草》,北京:北京出版社《四庫禁燬書叢刊》據北京大學圖書館藏明天啓刻本影印,2001 年初版

[明]葉向高:《蘧編》,北京:北京圖書館出版社據民國二十四年（1935）烏絲欄抄本影印,1999 年初版

[明]丁元薦:《尊拙堂文集》,臺南:莊嚴文化事業有限公司據北京圖書館藏順治十七年（1660）丁世溶刻本影印,1997 年初版

[明]林兆珂:《楚辭述註》,上海:上海古籍出版社《續修四庫全書》影印明刊本

[明]許學夷:《詩源辯體》,北京:人民文學出版社,1998 年初版

[明]袁宏道:《珂雪齋集》,上海:上海古籍出版社,1989 年初版

[明]劉永澄撰、[清]劉寶楠手批:《離騷經纂註》,上海圖書館藏明萬曆興讓堂刊本

[明]劉永澄:《劉練江先生集》,臺南:莊嚴文化事業有限公司據北京圖書館分館藏乾隆劉穎刻本影印,1997 年初版

[明]陳仁錫:《古文奇賞初集》,臺南:莊嚴文化事業有限公司據浙江圖書館藏萬曆四十六年（1618）刻本影印,1997 年初版

[明]來欽之:《楚辭述註》,上海圖書館藏崇禎十一年刊本

[明]蔣之翹:《七十二家評楚辭》,北京中國科學院藏忠雅堂天啓六年（1626）刊本;又一部,上海圖書館藏天啓五年（1625）忠雅堂刊本

[明]黃煜:《碧血錄》,收入中國歷史研究社編:《東林始末》,上海:上海書店據神州國光社 1951 年排印本影印,1982 年

版

[明]黃文煥：《楚辭聽直》，順治十四年（1659）補刊本

[明]陸時雍：《楚辭疏》，臺北：新文豐出版公司影印明末緝柳齋
　　刊本，1986 年版

[明]李陳玉：《楚詞箋註》，復旦大學圖書館藏康熙十一年
　　（1672）刊本

[明]周拱辰：《離騷草木史》，上海圖書館藏嘉慶六年（1803）聖
　　雨齋刊本

[明]黃宗羲：《明儒學案》，上海：上海古籍出版社，1986 年初版

[明]黃宗羲：《明文海》，臺北：臺灣商務印書館影印文淵閣四庫
　　全書，1983 年初版

[明]顧炎武：《音學五書》，北京：中華書局影印本，1982 年版

[明]王萌：《楚辭評註》，《四庫未收書輯刊》影印北京中國科學
　　院藏乾隆二年（1737）刊本

[明]王萌：《楚辭評註》，上海圖書館藏康熙刊本

[明]王萌：《楚辭評註》，北京清華大學圖書館藏乾隆三十五年致
　　和堂刊本

[清]胡文學：《甬上耆舊詩》，臺北：商務印書館影印文淵閣四庫
　　全書，1983 年初版

[清]林雲銘：《楚辭燈》，康熙三十六年（1667）挹奎樓刊本

[清]黃虞稷：《千頃堂書目》，臺北：臺灣商務印書館影印文淵閣
　　四庫全書，1983 年初版

[清]朱彝尊：《靜志居詩話》，北京：人民文學出版社，1990 年初
　　版

[清]朱彝尊：《經義考》，臺北：商務印書館影印文淵閣四庫全書，1983 年初版

[清]仇兆鰲：《杜詩詳註》，臺北：商務印書館影印文淵閣四庫全書，1983 年初版

[清]聖祖皇帝：《全唐詩》，北京：中華書局，1960 年初版

[清]鄭元慶輯：《湖錄經籍考》，臺北：廣文書局，1969 年初版

[清]徐文靖：《竹書紀年統箋》，臺北：藝文印書館據光緒三年（1877）浙江書局本影印，1966 年版

[清]沈翼機等纂、稽曾筠等修：《敕修浙江通志》，上海：商務印書館據光緒二十五年（1899）浙江書局重刊本民國二十三年（1934）影印本（光緒本據雍正十三年（1735）本重刊）

[清]沈翼機等纂、稽曾筠等修：《敕修浙江通志》，臺北：臺灣商務印書館影印文淵閣四庫全書，1983 年初版

[清]張廷玉主編：《明史》，北京：中華書局，1997 年版

[清]高宗皇帝：《續文獻通考》，臺北：商務印書館影印文淵閣四庫全書，1983 年初版

[清]高宗皇帝：《續通志》，臺北：臺灣商務印書館影印文淵閣四庫全書，1983 年初版

[清]高宗皇帝：《唐宋詩醇》，臺北：商務印書館影印文淵閣四庫全書，1983 年初版

[清]胡翼修、章鑛纂：《天門縣志》，民國十一年（1922）天門縣署據乾隆三十年（1765）刻本石印

[清]永瑢主編：《四庫全書總目》，北京：中華書局，1965 年版

[清]宋如林等修、孫星衍等纂：《松江府志》，臺北：成文出版社

影印嘉慶二十二年（1817）刊本，1983 年版

[清]陸心源：《儀顧堂題跋》，臺北：廣文書局，1968 年影印初版

[清]陳田：《明詩紀事》，北京：中華書局，1993 年初版

[清]宗源瀚等修、周學濬等纂：《湖州府志》，臺北：成文出版社據同治十三年（1874）刊本影印，1970 年初版

[清]楊開第修、姚光發等纂：《重修華亭縣志》，臺北：成文出版社據光緒四年（1878）刊本影印，1970 年初版

[清]趙定邦、丁汝書纂：《長興縣志》，臺北：成文出版社據清同治十三年（1874）修, 光緒十八年（1892）增補刊本，1982 年初版

[清]鄭知同著，蔣南華、黃萬機、羅書勤校注：《鄭知同楚辭考辨手稿校注》，貴陽：貴州人民出版社，2004 年版

[清]楊承禧等纂、張仲炘等修：《湖北通志》，上海：商務印書館據清宣統三年（1911）修、民國十年（1921）增刊本影印，民國二十三年（1934）影印本

趙爾巽主編：《清史稿》，北京：中華書局，1997 年版

丁仁：《八千卷樓書目》，錢塘丁氏民國十二年（1923）聚珍仿宋版印

今人著述

中國科學院圖書館整理：《續修四庫全書總目提要（稿本）》，濟南：齊魯書社，1996 年初版

王力：《古代漢語》，北京：中華書局，1962 年初版

王力：《楚辭韻讀》，上海：上海古籍出版社，1980 年初版

王力：《漢語音韻》，香港：中華書局，1972 年初版

王其榘：《明代內閣制度史》，北京：中華書局，1989 年初版

北京大學古文獻研究所編：《全宋詩》，北京：北京大學出版社，
　　1991 年初版，冊 48

北京圖書館編：《北京圖書館古籍善本書目》，北京：書目文獻出
　　版社，1990 年初版

余嘉錫：《目錄學發微》，載《余嘉錫說文獻學》，上海：上海古
　　籍出版社，2001 年初版

冷東：《葉向高與晚明政壇》，汕頭：汕頭大學出版社，1996 年
　　初版

吳文治主編：《明詩話全編》，南京：江蘇古籍出版社，1997 年
　　初版

吳宏一：《清代詩學初探》，臺北：牧童出版社，1977 年初版

宋抱慈：《兩浙著述考》，杭州：浙江人民出版社，1985 年初版

李大明：《漢楚辭學史》，成都：電子科技大學出版社，1994 年
　　初版

李中華、朱炳祥：《楚辭學史》，武漢：武漢出版社，1996 年初
　　版

李聖華：《晚明詩歌研究》，北京：人民文學出版社，2003 年初
　　版

李劍雄：《焦竑評傳》，南京：南京大學出版社，1998 年初版

佘雪曼：《離騷正義》，香港：雪曼藝文院，1955 年初版

周建忠：《楚辭與楚辭學》，長春：吉林人民出版社，2000 年初版

易重廉：《中國楚辭學史》，長沙：湖南出版社，1991 年初版

林蓮仙：《楚辭音均》，香港：昭明出版社，1979 年初版

金開誠：《屈原辭研究》，南京：江蘇古籍出版社，1992 年初版

姜亮夫、姜昆武：《屈原與楚辭》，合肥：安徽教育出版社，1996
　　年再版

姜亮夫編：《楚辭書目五種》，北京：中華書局，1961 年初版

洪湛侯主編：《楚辭要籍解題》，武漢：湖北人民出版社，1984
　　年初版

胡安順：《音韻學導論》，北京：中華書局，2002 年初版

孫春青：《明代唐詩學》，上海：上海古籍出版社，2006 年初版

國立臺灣大學編印：《國立臺灣大學圖書館善本書目》，臺北：臺
　　灣大學，1968 年初版

崔大華：《莊學研究》，北京：人民出版社，1992 年初版

崔富章：《楚辭書目五種續編》，上海，上海古籍出版社，1993
　　年初版

崔富章主編：《楚辭學通典篇目》，武漢：湖北教育出版社，2003
　　年初版

崔富章編：《楚辭書目五種續編》，上海：上海古籍出版社，1983
　　年版

張世祿：《中國音韻學史》，臺北：商務印書館，1966 年版

張君炎：《中國文學文獻學》，南昌：江西人民出版社，1986 年
　　初版

張宏生：《江湖詩派研究》，北京：中華書局，1995 年初版

梁簡能：《楚辭九歌注箋》，香港：仁學出版社，1982 年初版

陳良運：《中國詩學批評史》，南昌：江西人民出版社，1995 年初版

復旦大學中國語言文學研究所主編：《古代文論研究的回顧與前瞻——復旦大學 2000 年國際學術會議論文集》，上海：復旦大學出版社，2002 年初版

黃華表：《楚辭四釋》，臺灣：學生書局影印鈔本，1979 年初版

楊伯峻：《列子集釋》，北京：中華書局，1979 年初版

楊豔秋：《明代史學探研》，北京：人民出版社，2005 年初版

雷夢辰：《清代各省禁書彙考》，北京：書目文獻出版社，1989 年初版

廖可斌：《明代文學復古運動研究》，上海：上海古籍出版社，1994 年初版

熊良智：《楚辭文化研究》，成都：巴蜀書社，2002 年初版

劉毓慶：《從經學到文學：明代詩經學史論》，北京：商務印書館，2001 年初版

潘嘯龍、毛慶主編：《楚辭著作提要》，武漢：湖北教育出版社，2003 年初版

藍海文：《今本楚辭》，臺北：文史哲出版社，1991 年初版

羅宗強：《明代後期士人心態研究》，天津：南開大學出版社，2006 年初版

嚴靈峰：《無求備齋文庫諸子書目》，臺北：中央圖書館，1987 年初版

饒宗頤：《楚辭書錄》，香港：蘇記書莊，1956 年初版

顧易生、蔣凡、劉明今：《宋金元文學批評史》，上海：上海古籍
　　出版社，1996 年初版

毛慶：〈略論明清之際屈學研究思想之嬗變與發展──兼及對楚辭
　　學史的貢獻〉，《武漢水利電力大學學報（社會科學版）》
　　第 19 卷第 5 期（1999.5.），頁 65-70

王承丹：〈略論李夢陽詩文理論的矛盾性及其影響〉，《伊犁師範
　　學院學報（社會科學版）》1996 年第 3 期，頁 17-19

吳廣平：〈明代宋玉研究述評〉，《淮陰師範學院學報》
　　（2003.1.），頁 102-109

汪榕培：〈承前啓後，推陳出新：陶淵明的〈停雲〉詩賞析〉，載
　　《外語與外語教學》，大連：大連外國語學院，1998 年第 2
　　期，頁 40-46

周建忠：〈明代楚辭要籍題解〉，《書目季刊》37 卷第 2 期
　　（2003.6.），頁 61-75

昝亮：〈楚辭書目五種補考五則〉，《古籍整理研究學刊》1997
　　年第 3 期，頁 16-20 及 66

陳煒舜：〈桑悅及其《楚辭評》考論〉，《清華學報》新 36 卷第
　　1 期，頁 237-272

黃寬重：〈家族興衰與社會網路：以宋代的四明高氏家族爲例〉，
　　「宋代墓誌史料的文本分析與實證運用國際學術研討會」，
　　臺北：東吳大學，2003 年 10 月

潘美月：〈明代刻書的特色〉，載鄭因百先生八十壽慶論文集編輯
　　委員會主編：《鄭因百先生八十壽慶論文集》，臺北：臺灣

商務印書館，1985 年初版，頁 239-270

饒宗頤：〈「楚辭學」建立的意義〉，載《澄心論萃》，上海：上海藝文出版社，1996 年初版，頁 15-16

後　記

　　拙作幸付學生書局梓行，實因潘美月教授鼎力相助。潘教授
與陳怡良教授欣而命序，何師文匯慨然題簽，令拙作平添輝光。業
師吳宏一教授，與佘師汝豐、黃師維樑、陳鵬翔教授及鄭吉雄教
授，皆曾就此書之出版表示關心與支持。黃德偉教授嘗撥冗講解排
版技巧。撰稿過程中，臺、港、大陸等處之資料檢覈，有賴友儕徐
群、梁穎、丁國偉、高超群、蔡玄暉、程中山、彭方、楊月櫻諸君
之熱心。校對影印，則及門蕭家怡、蔡宜芸、助理廖蘭欣與有勞
焉。在此謹舉誠悃，深表謝意。本書所收九篇論文，悉涉楚辭學
史。屈子〈天問〉云：「纂就前緒，遂成考功。何續初繼業，而厥
謀不同？」遂額曰《纂緒》，用銘前修篳路藍縷之功，且以「續初
繼業」自勉。書中除〈東林三家《離騷》註綜論〉一文係由博士論
文之部份章節增刪改寫，其餘大率爲近年之研究心得，諸篇皆曾發
表於海內外研討會或學術期刊。然暇日翻覽，文字及論述仍或未
洽，自惟學之弗積，率爾成章，舛繆時出，不禁汗顏。故斯次結
集，於所見未洽處必加修正，以求精進。茲簡述諸篇內容概要及發
表情況如下：

　　一、〈高元之及其《變離騷》考述〉——宋代楚辭學頗爲興
盛，如洪興祖《楚辭補註》、朱熹《楚辭集註》皆爲楚辭學權威著
作。高元之身爲理學中人，深嗜《楚辭》，著有《變離騷》九篇，
身後由友人周大受梓行。此書流傳不廣，至明代前期已不顯於世，

明中葉後逐亡。本文根據現存文獻資料，對高元之生平、著作、文學思想作一考述，進而論斷葉盛《水東日記》所收〈高元之先生變離騷序〉乃高氏自序，並試探《變離騷》之創作背景、刊印情況、內容大旨。本文認為，高元之文學思想先後受江西詩派、江湖詩派影響。楚辭學方面，高氏注意調和屈騷與儒家之矛盾，納屈騷入儒家思想之框架。《變離騷》著成時，朱熹《楚辭集註》尚未刊行，故《變離騷》內容不受朱註影響，高氏自序之觀點可代表洪《補》成書後、朱註付梓前數十年間宋人楚辭學之情況。本文刊登於《成大中文學報》第 15 期(2006.12.)，頁 27-56。初稿宣讀於「宋代文化國際學術研討會」，四川大學古籍所主辦，2006 年 8 月，成都。

　　二、〈張之象《楚範》題解〉——明代乃楚辭學之興盛期，相關著作涉及義理、考據、詞章各方面之研究。張之象《楚範》以楚辭文體、修辭之研究而見稱當時，後又登錄《四庫全書總目存目》。然清代以來，《楚範》流傳稀少，學者多未寓目，以致現當代論著鮮及此書。本文嘗試考覈張之象生平著作、文學思想，並以此為背景，概述《楚範》內容大旨，評騭其長短，以補苴當代楚辭研究之罅漏。本文刊登於《書目季刊》第 40 卷第 1 期(2006.06.)，頁 49-55。

　　三、〈陳深楚辭學著作考敘〉——嘉靖、萬曆間，湖州學者陳深著述甚富，遍及四部，於經學及《楚辭》尤為究心，有經學著作七種、楚辭學著作四種。然因其生平鮮為後人所知，且著述流傳不廣，故論者極罕。本文首先就陳氏之生平及著述作一初步考察，復以敘錄形式介紹其四種楚辭學著作之特色，以見明代楚辭學一隅。

本文宣讀於「宋元明浙東學術國際研討會暨《呂祖謙全集》發佈會」，浙江省社會科學聯合會、浙江師範大學、金華市政協、浙江古籍出版社、上海古籍出版社聯合主辦，2008 年 3 月，金華。

　　四、〈葉向高及其楚辭論探賾〉──葉向高係晚明臺閣文臣代表人物，於當時文風有一定影響。本文以知人論世入手，初步分析歸納葉向高文學思想之特色，進而考察其楚辭論之內涵。就文學創作而言，葉向高強調作者必須「辭尚體要」、「修辭立誠」。總結師古、師心二說之失，提倡率易之文風。葉向高並不反對模倣前代作品，然主張須「使古語今事混合無跡」。就文體而言，葉氏認為文之至者貴真、詩之治者以道性情為主。楚辭論方面，葉向高闡發屈原之忠、死與文學創作之關係，比較君臣、父子、夫婦三倫，指出了三者之不同，且以為屈原之死，對後世為臣者有勸忠之效。葉氏視朱熹「忠而過」之論為反語，雖有曲解之嫌，但可見明代後期，即使官方對於《楚辭》之意見亦與前期大有不同。本文初稿宣讀於「2007 年楚辭國際研學術討會暨中國屈原學會第十二屆年會」，中國屈原學會、浙江大學人文學院、浙江大學古籍研究所、浙江大學中國古代文學與文化研究所、浙江大學楚辭學研究中心聯合主辦，2007 年 9 月，杭州。

　　五、〈東林三家《離騷》註綜論〉──長期以來，學者論及明人《楚辭》註本，多著眼於嘉靖、隆慶時汪瑗之《楚辭集解》以及明末清初黃文煥、李陳玉、錢澄之、王夫之諸家，於萬曆後期至天啟朝較少究心。該段時期，東林黨爭熾烈，文壇上則師古說影響漸衰、師心說方滋。師古、師心之說，東林中人每有批判、調和與融會。其文學思想、政治抱負，亦體現於楚辭論中。趙南星、何喬遠

和劉永澄悉為東林中人，分別有《離騷經訂註》、《釋騷》、《離騷經纂註》傳世。三家《離騷》註以闡發大義為主，辭章賞析、音韻訓詁各有特色，品質上雖優劣互見，卻皆具有承上啟下之特點，體現義理、詞章、考據之學於晚明逐漸合流之趨勢。本文刊登於《書目季刊》第 40 卷第 4 期(2007.03.)，頁 81-94。

六、〈歸有光編《玉虛子》辨偽〉——舊題歸有光《諸子彙函》收錄屈原作品十一篇，名曰〈玉虛子〉。乾隆間，四庫館臣已懷疑此書乃偽造。姜亮夫《楚辭書目五種》著錄〈玉虛子〉一卷，逕題為歸有光編，影響所及，當今學者沿之不疑。本文論證〈玉虛子〉之註文抄自陳深《屈子品節》、朱熹《楚辭集註》及洪興祖《楚辭補註》，而 108 條評語（包括眉批與總評）中有 100 條是剿襲、黏合《屈子品節》、題焦竑《屈子品彙》及其他古籍，偽託明朝賢達為之。全書校勘草率，論點前後矛盾，實為坊賈射利之本。通過本文論述，可推想《諸子彙函》全書的學術價值，也能藉而窺探明中葉以後作偽風氣發展之軌跡。本文縮寫稿刊登於《漢學研究》第 24 卷第 2 期(2006.12.)，頁 449-482。初稿宣讀於「中國古典文獻學及中國學術的總體發展暨顧廷龍先生誕辰 101 週年國際研討會」，北京大學古文獻研究中心、復旦大學古籍研究所、華東師範大學古籍研究所聯合主辦，2005 年 11 月，上海。

七、〈從《楚辭評註》看明末清初的學風轉變〉——明清兩代芸芸楚辭學著作中，學者於王萌、王遠伯侄《楚辭評註》一書鮮有注意。偶或討論此書，亦常混二王為一談。本文旨在考證此書之作者生平、成書年代及版本，並論析二王楚辭學特色。王萌生長於晚明，終老於清初，受竟陵派影響，其成績要在詞章之上。王萌於評

註中探討文義、就論文法、感性點評、寄託抒發，讀者因此較能深入地把握《楚辭》作品之思想內涵與文學技巧；而註解方面，則多以紹述前人之說爲主。王遠生於鼎革後，在乃伯基礎上進而分析《楚辭》詞章，於訓詁上頗有成績；而聲韻方面雖辨訂頗詳，卻仍然徘徊在叶韻與《廣韻》之町畦；其義理之闡發，亦因局限於身份和時代背景，收獲未豐。論析二王之楚辭學特色，吾儕可覺察兩代學者治學方法之異同，進而就明末清初學術風氣之演變軌跡提供佐證、作出思考。本文刊登於《中國文化研究所學報》第 46 期(2006.08.)，頁 313-338。

　　八、〈《續修四庫全書總目提要》明代楚辭學著作提要補考〉——《續修四庫全書總目提要》共著錄楚辭類著作五十七種，其中明代楚辭學著作有十三種。較《四庫全書總目》爲多。由於此書撰寫之時社會動盪，兼以典籍浩繁，提要內容或有疏略。有關問題可歸納爲八點：㈠書名失考，㈡作者失考，㈢作者生平失考，㈣版本年代考核未確，㈤書籍內容失察，㈥誤解史料，㈦徵引訛誤，㈧敘述未清；此外，不少著作則未見著錄。然整體而言，此書於明代楚辭學著作搜羅之功不可沒，且持論中肯。故白璧之瑕，情有可原。本文刊登於《書目季刊》第 41 卷第 3 期(2007.12.)，頁 41-52。

　　九、〈香港楚辭學著作舉隅〉——五十多年來，香港投身楚辭學者在在多有。然因時局變化、訊息阻隔、資料散亂，導致其研究成果不顯於世。本文在勾勒香港楚辭學概況後，對五種具代表性之著作進行述評，以蘄引發海內外學者進一步了解、研究香港楚辭學之興趣。本文縮寫稿刊登於《雲夢學刊》第 25 卷第 4 期(2004.06.)，頁 5-10，收入「人大複印資料」。曾於湖南理工學院

中文系報告。戴錫琦主編《屈原學研究集成》頗有採用。

　　今年元月，十二指腸忽罹潰瘍，茶飯不思，舉筆乏力。大夫謂係工作壓力之故。自忖家嚴慈年逾耳順，索居香海；外王父八秩晉七，寂寞漢皋。爲人子孫，遊而無方，不克承歡膝下，思之赧然心惻。無舉一反三之宿慧，有一曝十寒之前科，承乏佛光，寒暑四易，謬得前輩同仁厚愛，閒雲野鶴，壓力何來？隻身旅臺，唯求遠離囂塵，潛心問學，將勤補拙，以待攻錯而已。若病根在此，則我甘作「斷腸」之人，無悔於衣帶漸寬。當日訪醫畢，口占五絕七首，斗膽迻錄於此；造語雖不無衰颯之憾，唯聊誌此情此病，且以「纂緒」自警焉：

◎向午胸如絞，訪醫陽未斜。曲腸云已斷，今我在天涯。
◎徒聞五石散，難耐萬金裘。嬋娟滿床月，無須靈藥偷。
◎濁喉聲裂帛，孤臆氣凝霜。聊倚箜琴弄，微歌不可長。
◎手澤黃衣厚，縹緗銀蘚生。持毫肘無力，侘傺最難平。
◎東風弗解意，吹夢到誰邊？無質還思舉，冰床自宛延。
◎晶簾常辟雨，紅蠟已成灰。塵鏡熹光裡，腰身瘦幾圍？
◎鶗鳩東飛後，蹉跎嗟暮遲。勗哉夫子志，傳道若懸絲。

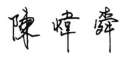

民國 97 年 4 月 15 日
時值外王父壽辰

國家圖書館出版品預行編目資料

屈騷纂緒：楚辭學研究論集

陳煒舜著.－初版.－臺北市：臺灣學生，2008
面；公分
參考書目：面

ISBN 978-957-15-1422-2(精裝)
ISBN 978-957-15-1421-5(平裝)

1. 楚辭 2. 研究考訂

832.18   97016312

屈騷纂緒：楚辭學研究論集 (全一冊)

著　作　者：陳　　　煒　　　舜
出　版　者：臺 灣 學 生 書 局 有 限 公 司
發　行　人：盧　　　保　　　宏
發　行　所：臺 灣 學 生 書 局 有 限 公 司
　　　　　　臺北市和平東路一段一九八號
　　　　　　郵 政 劃 撥 帳 號 ： 0 0 0 2 4 6 6 8
　　　　　　電　話 ： (0 2) 2 3 6 3 4 1 5 6
　　　　　　傳　真 ： (0 2) 2 3 6 3 6 3 3 4
　　　　　　E-mail：student.book@msa.hinet.net
　　　　　　http://www.studentbooks.com.tw

本書局登
記證字號 ：行政院新聞局局版北市業字第玖捌壹號

印　刷　所：長 欣 印 刷 企 業 社
　　　　　　中和市永和路三六三巷四二號
　　　　　　電　話 ： (0 2) 2 2 2 6 8 8 5 3

定價：　精裝新臺幣五○○元
　　　　平裝新臺幣四○○元

西 元 二 ○ ○ 八 年 十 二 月 初 版